HOMO INC.ORPORATED

HOMO INC.ORPORATED

O triângulo e o unicórnio que peida

Sam Bourcier

ISBN 978-65-8694101-2

n-1 edições

Embora adote a maioria dos usos editoriais do âmbito brasileiro, a n-1 edições não segue necessariamente as convenções das instituições normativas, pois considera a edição um trabalho de criação que deve interagir com a pluralidade de linguagens e a especificidade de cada obra publicada.

coordenação editorial **Peter Pál Pelbart**
e Ricardo Muniz Fernandes
direção de arte **Ricardo Muniz Fernandes**
assistente editorial **Inês Mendonça**
tradução **Marcia Bechara**
preparação **Clarissa Melo**
revisão **Susanna Kruger**
projeto gráfico **Érico Peretta**
ilustração/capa **Cako Facioli**

crocodilo edições
corpo editorial **Clara Barzaghi**
e Marina Barzaghi de Laurentiis

AMBASSADE DE FRANCE AU BRÉSIL
Liberté Égalité Fraternité

Este livro, publicado no âmbito do Programa de Apoio à Publicação 2018 Carlos Drummond de Andrade da Embaixada da França no Brasil, contou com o apoio do Ministério da Europa e das Relações Exteriores | *Cet ouvrage, publié dans le cadre du Programme d'Aide à la Publication 2018 Carlos Drummond de Andrade de l'Ambassade de France au Brésil, bénéficie du soutien du Ministère de l'Europe et des Affaires Etrangères*

1ª edição | outubro, 2020

Sam Bourcier

HOMO INC.ORPORATED

O triângulo e o unicórnio que peida

tradução **Marcia Bechara**

n-1 edições

crocodilo

Obrigado, Leo

*Este livro é, entre outras coisas, a história de duas experiências políticas. A primeira, que eu teria evitado e nunca teria imaginado: o inferno esquisito no qual se transformou a faculdade neoliberal à la française, alto lugar da "educastração" (Mieli), da gestão do pensamento e das subjetividades, especialmente para minorias sexuais, de gênero e raciais; a segunda, o encontro com o coletivo queer e transfeminista italiano de Bolonha, o Smaschieramenti, que me trans-formou na hora certa. Na Itália, as queers e as transfeministas são corajos*e brilhantes. Nós precisamos de sua política queer e transfeminista, generosa e fabulosa, de seus conceitos e de suas práticas, que são o gênero enquanto trabalho, e a greve dos gêneros. E do feminismo biopolítico em geral. Este livro é dedicado a elas.*

Diferentemente das Queer Zones, não encontraremos notas de rodapé cheias de referências. Elas serviram no seu tempo a dar visibilidade aos universos críticos e políticos indispensáveis e não traduzidos em todos os sentidos do termo. Mas é hora de mudar a política de citação e de romper com os códigos de compartilhamento do saber, incluindo os da universidade.

Pequena "gramática" queer e transfeminista

Em matéria de gramática, ortografia e generização da língua, criei um index ad hoc para este livro. Não me sinto confortável com a ideologia do neutro em geral, a mesma que permitiu que um Barthes se equivocasse ao longo de seminários sobre a questão da comunidade... A solução que consistia em neutralizar tudo relativo aos gêneros e da concordância não me convinha. Demorei muito tempo para encontrar uma solução. Finalmente, pareceu-me que podemos muito bem fazer a concordância em função da posição de enunciação *política dentro de um contexto. A grafia que consiste a intercalar "a" ou "a.s" é preservada para aquele.as a que ela se refere: binário.a.s alinhado.a.s com a diferença sexual. Não são eu quem deve invisibilizar as marcas da hegemonia da diferença sexual à qual ainda nos submetemos diariamente ou ressignificar o.as que a praticam, a reivindicam ou a reificam explicitamente ou não, conscientemente ou não. Não sou eu quem deve atribuir a neutralidade de gênero aos outros. Minha experiência de trans* não binário me ensinou que, por enquanto, a melhor maneira de enfrentar o binarismo na vida cotidiana e, portanto, a ficção da diferença sexual é constantemente me autodesignar e desafiar verbalmente os erros de designação quando eles são produzidos dentro do contexto das interações linguísticas. A fortiori, porque minha expressão de gênero não atende aos requisitos do* passing. *As escolhas em termos de representação pronominal e concordância (em todos os sentidos, inclusive políticos) serão, por conseguinte, baseadas em afinidades políticas e afetivas, às vezes afetuosas. Sem constância ou sistematicidade, então. Ao inferno com a correção e o estruturalismo da gramática e da orto-grafia de boa reputação.*

Pode ser em função de um "a gente" e um "nós" que ocupam um espaço crescente no final do livro. Para aqueles que não estão mais por aqui, como Solanas, o (pronome) "iel" se impôs como alguém que responde a Warhol, que a confunde com um policial quando ela chega na Factory: "Sim, veja meu distintivo", responde ela, mostrando sua buceta... Quando as pessoas são conhecidas, a autodeterminação de gênero é, naturalmente, respeitada. Com Chelsea Manning, por exemplo. Para os "bons homossexuais", aqueles do same sex, *os homossexuais institucionais, o masculino prevalece sobre o feminino, obviamente.*

Isso acontecerá praticando o uso extensivo do asterisco. O asterisco tem um aspecto prático e bonito, parece uma estrela. Eu até visualizo uma lantejoula, certamente solitária, mas uma lantejoula mesmo assim. E se fosse possível, ele teria todas as cores neste texto, de modo que, no final, cintilaria e brilharia. Eu uso esse signo queer camp *e* kitsch *estranho para concordâncias de gênero e em variadas zonas de enunciação* queer *e transfeminista, como em fabulos**, estudant**, militant**, unicórni** e assim por diante. Vejo aí uma extensão do * usado em "trans*", que permite ocultar o "sexual" do "transexual" e deixar aberto o repertório de identidades e de subjetividades trans*.*

Finalmente, como sempre, a gíria estará presente para perfurar o tecido linguístico defendido pelo sistema.

Temos os meios para praticar uma gramática e ortografia de geometria variável. A linguagem straight, *pertinente, motivada, essa sabemos de cor. Por isso, é perfeitamente possível praticar outras regras sem afetar a legibilidade dentro de um texto e na língua em geral. Incluindo a língua falada. Somos adultos o suficiente para ler e escrever divulgando concordâncias de gênero e um uso de pronomes pessoais que se destacam da massa da língua aprendida, dentro do pano de fundo unificado e pseudo-homogêneo da língua francesa. Por trás de cada concordância e cada escolha pronominal, há uma história que é fácil de reconstituir.*

Trata-se de outro episódio da "guerra" que lésbicas, queers *e trans* promovem à linguagem, ao* Pensamento straight *e à sua dimensão biopolítica. Só que nós evoluímos depois de Wittig e sabemos que é possível não escolher o caminho da "redução utópica", como ela o fez. Vocês me dirão que isso não passa de literatura. Sim e não. Para mim, esse tipo de política da linguagem não deve ficar restrita aos livros,* _mas deve ser praticada em todos os lugares. A inscrição à linhagem wittigiana é mais uma referência à prática gramatical alternativa do uso do masculino e feminino de Wittig, por e para si mesma, e não em relação à epopeia picaresca dos pronomes que acontece de_ Guérillères à Virgile, _passando por_ Paris-la-politique. _Não é a Wittig da abolição sonhada de gêneros, formatada na abolição de classes de sexo, que realiza as Guérillères onde o "elas" ganham sobre os "eles", produtores da diferença: "Elas dizem, eles constituíram você como uma diferença essencial". Não é a universalização reversa do "eles" que nos transportaria para um estatuto impessoal além dos sexos ou para um lugar fora do sexo. Em vez disso, são os autorretratos do "pequeno Wittig" de_ Paris-la-politique, _no qual o inferno são as feministas, "elas", essas "guerrilheiras" que se tornaram um "Judas" que se opõem ao "mim/eu" de uma Wittig exasperada; é o escritor minoritário conhecido como Wittig, de gênero concordado no masculino, como no prefácio de_ A Paixão, _de Djuna Barnes, que se encontra próximo da lésbica-monstro que passa – uma vez que não se veem nem seus pelos, nem suas escamas quando ela observa seus adversários com golpes de raio laser, perto da sapatão peluda de enorme clitóris de_ Virgile, _quer dizer, da "lésbica-lobisomem"._

O lado trans*.

O desafio não é tanto a ressignificação quanto a rematerialização. É impossível separar "realidade textual" e "realidade social", ou se limitar à primeira, como fez Wittig, por medo de ver seus livros contaminados pela segunda: a homossexualidade. Isso é impossível se levarmos em conta a dimensão biopolítica da linguagem e do pensamento cis-straight, se quisermos sair cotidianamente da violência administrativa do estado, do estado civil, do Direito, dos regimes disciplinares e da supervisão dirigidos aos corpos. Os trans*, os queers _e_ *as transfeministas trabalham juntos na realidade social, linguística e textual, ou a materialidade social linguística e literária como um todo. Seu trabalho não é apenas literário ou o que há de profundamente político no canteiro de obras literário de Wittig, iels* espalham por todos os lugares. Sob nenhuma hipótese, o trabalho deles sobre a materialidade literária e linguística pode ser dessocializado pelo excesso de "linguicismo",[1] já que seu* gender fucking *generalizado está presente. Iels* não elaboram, por definição, o não sexo, o além dos sexos ou a abolição da diferença dos sexos, a "exclusão" utópica, em uma palavra. Iels* já estão em coconstruções dos gêneros e corpos, cuja presença é importante assinalar, em todos os lugares.*

1 Neologismo do autor. [N.T.]

HOMOS *AT WORK*: TRABALHO, FAMÍLIA, PÁTRIA

O TRIÂNGULO BIOPOLÍTICO

QUEER ZONING E QUEER PRÁXIS: POLÍTICAS DA PERFORMANCE & NEOLIBERALISMO

ENTÃO, O QUE FAZEMOS DURANTE A GREVE?

O ESCRITÓRIO DO UNICÓRNIO

HOMOS *AT WORK*: TRABALHO, FAMÍLIA, PÁTRIA

Quem é você? "Um homossexual" obedece à definição do "invertido" do século XIX, que já não é mais, como no século XVII, uma pessoa que praticava a sodomia. Ele se tornou esse tipo sexual, essa identidade sexual descrita por Foucault em seu primeiro volume da História da Sexualidade, onde o filósofo analisa a produção da verdade do sexo moderno como um regime confessional que obriga você a responder declinando "sua" identidade sexual. "Quanto você custa?", "Quanto você nos custou?", "Quanto você produz?", "Quanto você vale?" são as novas questões colocadas por um regime de produção da verdade do sexo e do gênero indexados, sexual e racialmente conectados ao mercado na era neoliberal.

O mercado como local de veracidade e subjetivação

Foucault passou sua vida fazendo uma "história de regimes de veracidade", ou seja, uma história política da produção da verdade. Ele começa com a sexualidade. E com a descrição de uma *scientia sexualis* ocidental com sua enorme quantidade de especialistas, médicos, terapeutas do sexo, criminologistas e juristas, que mais tarde se juntarão a psicanalistas, biólogos, psicólogos, sociólogos e outros sargentos sexuais. Depois, em um seminário que ele deu ao Collège de France durante o ano letivo de 1978-1979, Foucault abordou outro regime de produção da verdade. O título desse seminário? O nascimento da biopolítica. E por onde Foucault passa para explicar o nascimento da biopolítica? Por uma genealogia do liberalismo e do neoliberalismo. Dessa vez, é o mercado que é decifrado como "um lugar de formação da verdade". Foucault quer entender como, no século XVII, o liberalismo – o nosso divertido regime democrático –, enquanto marco de racionalidade política e prática do governo, produzirá novos problemas biopolíticos sobre a população, como saúde, raça, taxa de natalidade e higiene. Nesse seminário, Foucault não fala mais sobre mais sexualidade, mas isso não o impede de se perguntar sobre o fato de que o mercado também pode se tornar um lugar de veracidade, de produção da verdade para o sujeito sexual e os gêneros. Não existiriam estreitas relações entre o mercado, a divisão do trabalho, a sexualidade, o gênero, a raça e as esferas do público e do privado? Foucault, pensador tão pouco feminista, que prefere seus arquivos da Biblioteca Nacional[1] às lutas feministas que lhe são contemporâneas, não enxerga essa correlação. Ao contrário das feministas materialistas da época. Federici trabalha desde 1972 no movimento internacional WfH (*Wages for Housework*).

Ao lado de outras (Fortunati, Dalla Costa, James) na França, no Canadá, na Itália, na Inglaterra e nos Estados Unidos, Federici desenvolveu a análise marxista do trabalho, sublinhando o trabalhado doméstico não remunerado enquanto desnaturalizador, mostrando que ele é a fonte do sistema de produção da fábrica e não o seu "Outro", transformando o *houseworker* que é a dona de casa no tema proletário crucial da política. Foucault não se importa nem um pouco com o trabalho. Essa entrada é muito marxista para ele e o tema não o sensibiliza. Mas ele tem em comum com feministas como Federici – não poderíamos dizer o mesmo de Delphy ou das materialistas feministas francesas – o fato de estar interessado na dimensão biopolítica da subjetividade. Na ocasião, no entanto, faltavam subjetividades, as lésbicas, gays, sem mencionar as trans*. É que antes do final da década de 1990, para as feministas, o

1 Da França. [N.T.]

vínculo é feito mais entre gênero (feminino) e trabalho do que entre gêneros, no plural, e sexualidades.

Exatamente. O que acontece se jogarmos sexualidade, gênero e raça no tapete da economia política? Se tentarmos ver como o mercado constitui hoje um lugar de veracidade, de produção de verdade do indivíduo homossexual? Que tal um indivíduo sexual caracterizado como um *homo economicus*? Um homossexual caracterizado como *homo economicus*? Quando falamos de capital gay, pensamos em turismo gay, gentrificação ou na indústria do sexo gay, o mercado de reprodução assistida pelo estado.[2] Essas quotas de mercado fazem parte do marketing e do mercado, no sentido clássico do termo. São reservas de exploração biopolítica, nas quais o nicho de mercado se instalou. Eles estão longe da *Double Income No Kids* dos anos 1980-1990. Mas, em termos de abordagem econômica do comportamento homossexual, há mais a ser dito: é preciso lidar com a questão da luta contra as discriminações e o trabalho.

"A homofobia é um desperdício em termos de talento": obrigado, Randstad!

Há algum tempo, as investigações e pesquisas sobre a discriminação de pessoas LGBT – as LGs, na verdade – no trabalho, vêm florescendo. A imprensa gay se alegra. Defensores dos direitos inauguram um novo filão. E esperam que eu me engalfinhe na luta contra as desigualdades profissionais e pela igualdade no trabalho. Não o trabalho de todos, apenas as de gays e lésbicas. Os trans* não, ou quem sabe mais tarde. Por enquanto, eles fazem sua entrada na cena dos direitos na seção

2 Refere-se ao Estado francês. [N.T.]

necrológica. Esquecemos que, para as mulheres e as pessoas *racializadas*,[3] ainda estamos à espera disso, da igualdade profissional, o que poderia nos levar a refletir sobre a eficiência e a sinceridade dos dispositivos colocados em prática. De fato, *todos esses estudos falam apenas de uma coisa: a otimização do capital humano e sexual de gays e lésbicas, o.a.s homossexuais*. Os estatísticos concentraram-se em analisar as diferenças salariais entre gays e heterossexuais e a discriminação no trabalho, que afeta gays e lésbicas. Pode-se perguntar, entre outras coisas, como eles puderam concluir que as lésbicas são menos discriminadas que os gays no trabalho. Mas vamos em frente. Em maio de 2012, um simpósio da OCDE foi realizado em Paris com o Comitê de Idaho, representado por Louis-Georges Tin, da Globe (*Gays, Lesbians and Others for Better Equity*) e da OWN (*Organisation Wide Network on Gender and Diversity*). O destaque da conferência foi o anúncio do lançamento de uma pesquisa para avaliar o custo da homofobia em todo o mundo. Isso mesmo. A pesquisadora do IRIS, encarregada do projeto com Idaho, nos disse que a homofobia era um fator de pobreza na África e um obstáculo real ao desenvolvimento, cujo impacto deveria ser quantificado. Os embaixadores, os ativistas profissionais gays e lésbicas e os economistas presentes a seguiram, comparando estatísticas e projetos, para nos provar (*evidence based*) que a luta contra a discriminação passaria pela ação de países europeus em países homofóbicos, impulsionados por fundos de múltiplos doadores. É a esse preço que o acesso aos direitos seria garantido, particularmente nos países árabes, que foram objeto de um tratamento preferencial.

3 Do francês "racisé", expressão pejorativa que significa que uma pessoa é identificada a um grupo racial de acordo com sua aparência física. [N.T.]

Randstad, a empresa campeã mundial de empregos temporários e precários, estava lá. A Randstad investe fortemente na gestão da diversidade com campanhas contra a homofobia. O *soft power* exige: é sempre melhor administrar internamente o seu negócio para evitar processos caros que possam sujar a imagem da empresa. A Randstad criou até o *Quick Scan* com a colaboração da *L'Autre Cercle*, associação francesa de empreendedores gays e lésbicas. O aplicativo em questão é uma ferramenta de gerenciamento, disponível no site da empresa. Seu objetivo? Ajudar as empresas a avaliar seu grau de *gay-friendliness*. Esse desejo de medir a homofobia e seu custo não é simplesmente uma questão de administrar a diversidade, o que seria muito questionável por si só. É um testemunho de uma nova situação biopolítica em que homossexuais e lésbicas assimilacionistas, conscientemente ou não, se voltam para o lado errado da questão. Como muito bem disse Hillary Clinton em seu discurso mais recente sobre os direitos LGBT, em 6 de dezembro de 2011, em Genebra, no Dia Internacional dos Direitos Humanos: "Cada vez que um grupo é tratado como inferior, isso implica em custos". Se o capital da governamentabilidade neoliberal é o "capital humano", um de seus setores mais lucrativos é a discriminação, como afirmava em 1957 Gary Becker, o "pai" da teoria de mesmo nome, com seu best-seller *The Economics of Discrimination*. O número crescente de pesquisas sobre este trabalho é revelador dessa "generalização da análise econômica do comportamento humano" e sobre as "relações não comerciais" (Foucault). Clinton apenas colocou em prática as teorias de Becker de que o custo da discriminação deve ser assumido pelo conjunto da população, quando as minorias perdem seu status de minoria e as empresas que continuam a discriminar se mostram menos competitivas do que as que não o fazem mais. A secretária de estado aproveitou a oportunidade para anunciar a criação de novos fundos dedicados à luta contra a discriminação LGBT, contra a AIDS. Um importante ponto de virada biopolítica: o dinheiro gasto em direitos LGBT irá agora para as tecnologias da vida, do trabalho e do mercado, especialmente porque gays e lésbicas não apenas trabalham (como tais), mas também foram incorporados no mercado da reprodução. Os homossexuais estão cada vez menos associados à morte, como foi o caso no início da epidemia da AIDS. Embora a crise da AIDS esteja longe do fim, a biomedicina da vida está chegando, pelo menos nos países ricos. É o fim dos preservativos e da vacina hipotética, muito menos lucrativos. Mesmo os gays soronegativos tomarão a pílula preventiva antes de transar sem camisinha. Obrigado à *Fundação Bill e Melinda Gates*, que tem Donald Rumsfeld em seu conselho de administração, que financiaram o teste do *Iprex*[4] nos Estados Unidos. Obrigado, Aides, que lançou um protocolo para a metodologia mais do que duvidoso na França com *Ipergay*, propondo às trabalhadoras do sexo para fazer parte dele para abocanhar participantes o suficiente. Podemos imaginar o desejo e o interesse que elas tinham que seus clientes desistissem da camisinha. Não importa... O Truvada como medida preventiva conseguiu sua permissão para entrar no mercado francês no mês de julho de 2016. Quando vamos passear em Castro, o distrito supergay de São Francisco, nos deparamos com pubs celebrando "a nova revolução sexual" *brought to you* pelos laboratórios. Até no Harlem, campanhas

4 Pre-exposure Prophylaxis Initiative (Iniciativa de Profilaxia Pré-Exposição) é o nome da pesquisa médica que testou a pílula preventiva contra a AIDS, antes de relações sexuais. [N.T.]

de posters sobre a PrEP1[5] apostam na ambiguidade entre espermatozoide, pílula, MDA e o viagra. “Escolha a pílula azul e tudo pára”, dizia Morpheus a Neo em *Matrix*. Os laboratórios empurraram goela abaixo a pílula azul aos gays que escolheram o rosa. O azul é a cor do desbotamento hétero dos gays. Na parada gay de Montreal, em 2015, os adesivos publicitários do laboratório Pfizer promovendo o viagra, que acarpetavam a calçada, eram do tamanho de um carro.

São Francisco, Castro, novembro de 2016.

5 Profilaxia Pré-Exposição, um tratamento preventivo para o HIV à base do antirretroviral Truvada para pessoas não soropositivas. Deve ser tomada diariamente e, por enquanto, é reembolsada pela Previdência Social da França. [N.T.]

Na era neoliberal, as tecnologias biopolíticas que afetam o trabalho e a saúde são mais modulares do que disciplinares (Deleuze). Sociedades disciplinares produzem os "*enfermats*", lugares fechados, instituições difíceis em suma, como a família, a escola, a fábrica, a prisão. Antes, nós passávamos de uma coisa à outra tranquilamente durante a vida. Nas sociedades disciplinares, os corpos são reclusos. Nas empresas de controle, nós não trancamos mais sujeitos ou corpos. Pelo contrário. Eles se tornam os suportes e os reguladores. Eles são continuamente atravessados, sujeitos à modulação, investidos 24h por dia. Cabe a eles gerenciar tudo isso. Os prisioneiro.a.s são colocado.a.s sob constante vigilância fora das instituições prisionais. Pessoas soropositivas não ficam mais no hospital, mas têm que gerenciar seu capital de saúde e os riscos envolvidos de acordo com os critérios do seguro de saúde e dos bancos. Os Uberizados e outros AirnBenizados são explorados fora da fábrica, fora das instituições, na sua temporalidade, mesmo dentro de seu carro e de seu apartamento. Eles são totalmente moduláveis. A organização neoliberal do trabalho depende muito dessa modularização da vida (Lazaratto). O neoliberalismo agarrou o elemento social que o liberalismo havia deixado anteriormente para o estado. Que ele havia desdenhado como uma "coisa de esquerda". O neoliberalismo se importa com direitos sociais e culturais: ele os apropriou com maldade "regulando" o desemprego (agora é preciso trabalhar quando estamos desempregados), transformando funcionário.a.s em autoempreendedores que devem sozinhos assumir plenamente todos os riscos e pagar pelo seu próprio seguro de saúde. A situação se inverteu: não é mais o empreendedor quem assume os riscos e o empregado que é protegido, mas é o trabalhador.a que é exposto.a e o acionário, protegido. O objetivo não é mais o pleno emprego, mas a precarização generalizada, a maximização do.a empregado.a ou do.a trabalhador.a e a privatização dos direitos sociais. *As empresas públicas e privadas, que multiplicam as medidas de combate à discriminação, têm o mesmo objetivo: a maximização da empregabilidade, da produtividade, do "homossexual", da "pessoa* com *deficiência"*, que eles insistem, além disso, em se referir a eles por meio de denominações que não são as escolhidas pelas minorias interessadas, mesmo após um bom século de lutas.

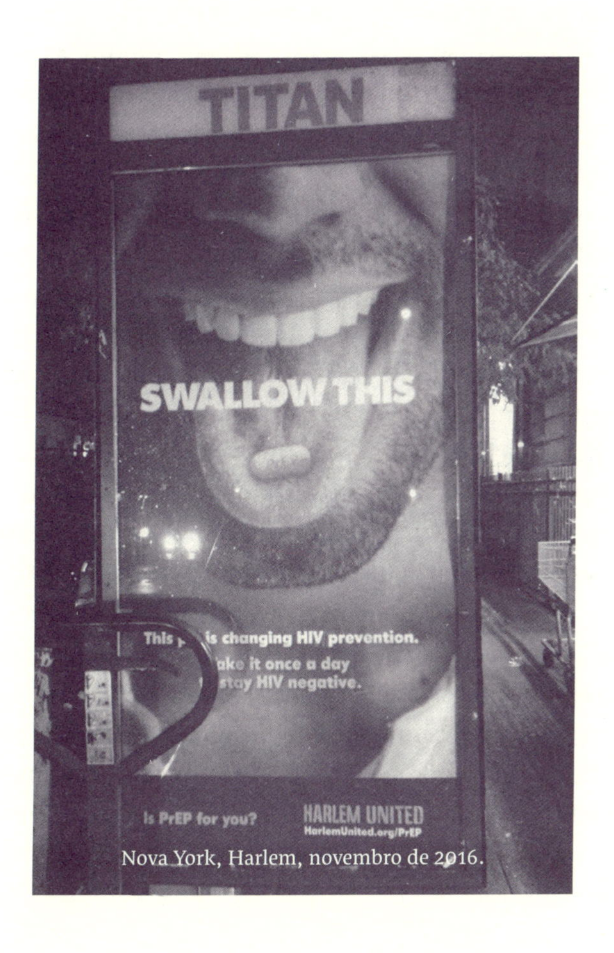

Nova York, Harlem, novembro de 2016.

A gestão da diversidade na universidade não é para bixas!

As universidades francesas em pleno processo de privatização são um exemplo interessante da implantação dessa cultura neoliberal, cuja gestão da diversidade é apenas um aspecto. As missões que têm por tema a deficiência, que recentemente floresceram aqui, são uma concentração de *capacitismo*[6] nojento. Tudo é feito para que os deficientes possam ser levados em cadeiras de rodas para as salas de aula e de provas por meio de um arranjo de rampas de acesso. É bem comum: as pessoas com deficiência estão todas em cadeira de rodas, como na logomarca. Mas, se você é cego, veja se consegue encontrar sua sala de aula, que não possui um pictograma em braille. E nada será feito para promover a afirmação cultural ou levar em conta a demanda biopolítica dos deficientes que se opõem ao controle de seus corpos e se posicionam contra o corpo normal e competitivo que queremos impor a eles, esse corpo ampliado pelos jogos paralímpicos. Nada para ensinar a luta política e cultural que ele.a.s vêm realizando há anos com a criação dos estudos sobre deficiências e os *crip studies*, por exemplo. Mesma coisa para homossexuais com os quais nos preocupamos, quando é o caso, a partir de um modelo de *gender mainstreaming* e de políticas reformistas, que são o grande prêmio das mulheres que participam do 8 de março. As políticas de igualdade de gênero que fizeram uma aparição tardia nos *campi* franceses não fazem outra coisa que reificar a diferença sexual, dada a concepção de masculinidade e feminilidade indexada biologicamente que elas reproduzem. Elas promovem ações preventivas e vitimizantes que são a antítese da afirmação cultural e do

6 Neologismo do autor. [N.T.]

empowerment de mulheres e de minorias sexuais e de gênero. É preciso dizer que as universidades francesas tiveram que começar a combater a discriminação não tanto por convicção, mas por causa da pressão das diretivas europeias nesse sentido e porque a gestão da diversidade se tornou um critério de avaliação e uma fonte de atratividade que deve lhes permitir vencer as rivais na classificação de Xangai e na França. A gestão da diversidade dá consistência à palavra-chave vazia de significado, a "excelência", e aos diferentes rótulos derivados (Idex, Labex) concedidos a universidades e laboratórios de pesquisa selecionados pelo governo e pelo ministério da pesquisa e do ensino superior, para levarem o *jackpot*, ou seja, para receber subvenções preferenciais, numa lógica de concentração, fusão, restrição orçamentária e racionalização. Continuamos aturdidos pela ânsia do.a.s professore.a.s universitários e "de esquerda" que abraçam a causa neoliberal onde a privatização das universidades, e a entrada no AIC (*Academic Industrial Complex*), é apenas um exemplo.

Não deveria ser surpreendente, portanto, que, no século XXI, na França, o.a.s estudantes possam pensar que não são homofóbicos apoiando o casamento gay e lésbico (mas não o trans*) enquanto autorizam uma "homofobia" que é baseada nos "desvios" de gênero, que reprovávamos aos "invertidos" no século XIX. Eu odeio, por exemplo, o que aconteceu na minha universidade, em 2015. Eu havia perguntado a um ex-aluno de Lille 3, que se tornou um performer, de retrabalhar os trabalhos de um de meus cursos sobre gênero na forma de workshops. O objetivo era, entre outras coisas, dar um novo foco a um exercício performativo sobre a masculinidade produzido a partir de estudantes do sexo masculino cisgêneros. Essa iniciativa foi recebida com violenta oposição da parte do.a.s próprios aluno.a.s e mesmo de alguns do.a.s professore.a.s. Neste caso, o professor foi forçado a não realizar a avaliação, o que levou a uma deterioração da relação pedagógica, que se traduziu por um boicote do curso e por manifestações violentas de ciberviolência homofóbica na conta do facebook dos alunos da graduação. O curso foi chamado de "farsa", o professor convidado desenhado como um pervertido sexual, representado com um Homem-Aranha de quatro, "pronto para sexo anal", suscetível a fornecer boas avaliações se os alunos posassem nus para ele ou a querer transar com eles quando lhes pedia de usarem uma roupa confortável para os workshops. Outros posts enfatizavam a semelhança entre o performer e a professora: uma maneira de dizer que ele era "efeminado" ou para salientar que eu era *butch*? Apesar dos meus pedidos repetidos à exaustão, o responsável pela igualdade e pela luta antidiscriminação da universidade não reagiu após ter sido informado desses fatos. Como toda vez que eu pedi sua ajuda, aliás.

A natureza e a violência dos ataques, assim como a recusa do exercício, são novidades em um curso que conta mais de dez anos de existência na grade acadêmica. Os comentários dos estudantes ecoam o olhar desdenhoso e comentários zombeteiros dos policiais espanhóis comentando sobre o tubo de vaselina que encontraram nos bolsos de um certo Jean Genet, que eles tinham acabado de prender na Espanha. O *viado* é enviado de volta ao limbo de sua abjeção inicial. A duração e a dureza do debate sobre o "casamento para todos" e as políticas de identidade racistas realizadas tanto à direita como à esquerda na França contribuíram para essa situação, gerando um sentimento de "saco cheio" e confusão. Em 2013, as performances de gênero filmadas para o curso trataram o casamento entre gays e lésbicas até não poder mais, se possível em frente a uma mesquita, falando mais de orientação sexual do que de gênero. O.a.s estudantes lutavam para defender o casamento gay-lésbico sob um pano de fundo de um *civilizacionismo* islamofóbico e racista. Em 2015, um trabalho que coordenei sobre a masculinidade sublinhava a questão de perversão homossexual e colocava em xeque essa masculinidade straight: "Outra professora louca", dizia um dos posts. Como explicar que aluno.a.s tão propositivo.a.s em relação ao casamento homossexual manifestassem tal ansiedade na hora de desnaturalizar e desconstruir seu gênero, no momento em que a universidade lhes anuncia que vai lhes oferecer uma disciplina "estudos de gênero"? Como explicar que, em 2016, alguém ainda possa me dizer, no meio de uma reunião pedagógica do departamento, que aquele aluno que desperta risadas no curso quando faz um seminário é, finalmente... como se diz... "efeminado"?

Além dos problemas de formação de professore.a.s e de responsáveis pela igualdade/discriminação nas universidades (ou seja, nada) e do verdadeiro *backlash* que estão se tornando os estudos de gênero na França que são contra a "teoria do gênero", como os crentes da manifestação do "casamento para todos", a verdade é que o casamento "para todos" não propõe uma desconstrução dos gêneros. Pelo contrário. Reifica esta ficção da diferença sexual instalada desde os tempos modernos no Ocidente com o capitalismo e o colonialismo. *Nos termos em que foi representado e articulado por gays homonormativos e pelo movimento gay institucional, o discurso dos direitos e a lei, o casamento gay e lésbico só pode ter lugar entre dois homens e duas mulheres. Certamente não entre dois "desviantes" do gênero, um* butch *e uma* fem, *duas bichinhas ou dois loucos.* É que o.a homossexual ou o.a deficiente "vale a pena" e, para citar o diretor francês do Instituto Randstad para Igualdade de Oportunidades e

Desenvolvimento Equitativo, que se baseia nos dados do Insee para catar os homossexuais no trabalho, graças às estatísticas sobre casais do mesmo sexo compostos de um "chefe da família" e seu parceiro: "A homofobia é um desperdício de talento". E a universidade francesa deve começar a pensar assim também, mesmo que sua entrada no *management* e na gestão da "diversidade" ainda seja balbuciante, contraditória e ambivalente. Mesmo sendo a sua cultura a do oficial anticomunitário republicanista e universalista, às ordens do assimilacionismo assassino. O que interessa às empresas e às universidades que precisam fazer amizade com os gays são as "boas bixas". Aquelas que trabalham e fazem filhos. Aquelas que pedem às empresas e às instituições para protegê-las. Aquelas que praticam a política da respeitabilidade. Aquelas que, muito liberais, pedem liberdade e segurança.

Os direitos e a nação: duas técnicas de governamentabilidade para os bons homos

Os direitos e a nação são duas tecnologias de governamentabilidade que são cruciais para os bons homos. Elas produzem uma subjetividade limitada e homogênea. Elas também podem, aliás, se sobreporem, como é o caso do casamento gay e lésbico. A reivindicação do casamento, como a do direito de servir no Exército ou de doar sangue, atesta o desejo de ser incluído na nação, que pode se manifestar de maneira violenta e sem restrições. Nos Estados Unidos, vimos cartazes que contrastam uma junkie e um casal de gays em smoking, passeando na praia, com o slogan: "Ela pode doar sangue, nós não". Em 2016, o movimento LGBT institucional italiano lançou uma campanha publicitária com cartazes nos quais se pode ver futuros casais de gays e lésbicas que deslizam debaixo de um edredom com as cores da bandeira italiana. Em 2011, para o 150º aniversário da reunificação italiana, a Europride de Roma e o dia nacional contra a homofobia de 17 de maio, foi a vez de cartazes homonacionalistas e islamofóbicos (De Vivo & Dufour), mostrando casais de gays e lésbicas se beijando em um jantar chique romântico na frente de vinho, parmesão e presunto, é claro, com slogans como *"Italia Unita Contro l'Omofobia"* ("A Itália unida contra a homofobia") e *"Civiltà prodotto tipico italiano"* ("Civilização, um produto típico italiano"). Na França, a natureza absurda da decisão da ministra da Saúde que autorizou em 2016 a doação de sangue para gays abstinentes (?!) não deve perder de vista a dimensão assimilacionista e nacionalista dessa demanda. Mesmo se a reivindicação ao direito servir no Exército não exista na França, a maneira como foi articulada a reivindicação do "casamento para todos" fala bastante sobre a nacionalização em curso de gays e lésbicas cuja filiação ao Frente Nacional[7] é apenas a ponta do iceberg. A estratégia que consistia em solicitar "uma extensão do casamento"[8] ao invés de um casamento gay e lésbico foi uma escolha do movimento LGBT institucional, sob as ordens do Partido Socialista e dos ecologistas. Ela exigia uma individualização e adesão a uma subjetividade nacional que consiste a se identificar primeiro como cidadão, e não como gay ou lésbica. Isso é perfeitamente consistente com um paradoxo francês bem conhecido. A denúncia do excepcionalismo[9] democrático francês, que é estrutural e que é a própria

7 Partido de extrema direita francês, agora rebatizado como Reunião Nacional. [N.T.]

8 Refere-se ao casamento heterossexual. [N.T.]

9 Neologismo do autor. [N.T.]

fonte das exclusões e desigualdades que afetam as mulheres, as minorias sexuais e/ou racializadas, só pode ser feito por e em nome do sujeito universalista por excelência e do cidadão que pratica a assimilação excludente e assassina.

Vinho, parmesão, presunto..., Roma, Europride, 2011.

Essa maravilhosa tradição republicana encontrou uma tradução visual em 2011 com o cartaz escolhido pela parada gay – ou seja, a Inter-LGBT – em plena pré-campanha para as eleições presidenciais na França. Em um fundo de sol nascente, vemos um galo branco vestindo uma boina rosa usando o slogan: "Em 2011, eu protesto. Em 2012, eu voto". Não apenas o slogan era uma chamada para votar no candidato socialista na eleição presidencial, mas ele fundia o direito ao voto e o direito de se casar, excluindo de fato o.a.s participantes sem cédula eleitoral ou sem documentos. Isso prova como a reivindicação de direitos sempre surge de transações eletivas: algun.ma.s são escolhido.a.s em detrimento de outro.a.s. Gays e lésbicas que querem se casar e procriar primeiro, mas sem levar em conta os trans* e ativando o gatilho da racialização. O acordo era claro: o voto do cidadão gay deveria ir ao Partido Socialista, como se a parada gay anual representasse os gays em nível nacional. Ações e protestos (como o grupo no facebook "O cartaz da Parada Gay é horrível") contra essa primeira manifestação pública do homonacionalismo na França permitiu que o cartaz fosse removido, mas o slogan foi mantido. E, em 2015, o Inter-LGBT estava de volta com um cartaz neocolonial e racista. Víamos uma Marianne[10] negra, com um primeiro slogan, "Nossas lutas emancipam vocês" corrigido por um segundo slogan que tinha o "mérito" de ser claramente universalista e republicano: "Múltiplos e indivisíveis".

"Trabalho, Família, Pátria": não é apenas Sarkozy ou a extrema direita que fabricam sua base a partir de valores neoarcaicos, muito úteis para estados que se tornaram fracos e frugais, a partir do momento em que começaram a servir a economia e

10 Símbolo da República francesa. [N.T.]

as finanças e recuperar a postura graças a golpes de "estado de emergência" por um período indeterminado. Do velho *socius*[11] que se alimenta da xenofobia, do racismo, do nacionalismo, da pátria e do civilizacionismo. Pensou-se que os valores neo-arcaicos do velho *socius* estaria em oposição aos objetivos do mercado neoliberal que não está nem aí para as fronteiras e procura ter a mínima interferência possível dos estados para domesticá-los, se possível (como a Grécia), ou claramente lhes formatar nos moldes de uma empresa (Trump e Macron). Eles compensariam a falta de elo social resultante da instauração de uma competição feroz entre os indivíduos, requerida pelo neoliberalismo (Lazarratto). Eles são especialmente muito úteis para reforçar um estado fragilizado, que será capaz de tirar proveito de um imperativo absoluto de segurança justificado pela guerra ao terrorismo, liderado por "bárbaros sexuais". Esses "valores" não entram em contradição com a produção da subjetividade dos *bons homossexuais* na era neoliberal: eles são essenciais para a gestão da diversidade que os espera e que eles reivindicam. Em junho de 2016, pela primeira vez em sua história, a parada gay de Paris não aconteceu no último sábado de junho. O Inter-LGBT aceitou sem hesitação modificar a data em uma semana devido a razões de segurança e prioridade atribuídas à Euro e foi incapaz de formular uma crítica ao estabelecimento do estado de emergência instaurado após os ataques em Paris, em novembro de 2015.

11 Em Deleuze e Guattari, o *socius* é a máquina social. Sua atividade principal é a codificação, o registro dos fluxos, em particular os do desejo, bem como o posicionamento em órgãos do CsO (o Corpo sem Órgãos). Das três máquinas sociais identificadas por Deleuze e Guattari em o Anti-Édipo, a "máquina capitalista" difere da "máquina territorial" e da "máquina despótica" na medida em que desterritorializa o *socius* se livrando do Estado, para colocar a ênfase no fluxo de produção e trabalho.

Capital humano e o negócio da discriminação

Desde o final dos anos 1990, a luta pelos direitos lésbicos e gays tem sido articulada em duas partes inseparáveis: direitos e discriminação. Isso também está na rota dos trans*. O fato de que a parte da discriminação possua uma agenda econômica deveria nos distrair de todas as formas visíveis de homonacionalismo que vemos florescendo em todo o mundo, de Cingapura a Tel Aviv, passando pela África do Sul, pelo Canadá e a Itália (conferências *SEX DEM*, *Fuori & dentro le democrazie sessuali*, Facciamo Breccia, Roma, 28 a 29 de maio de 2011, e *Homonationalism & PinkWashing*, Nova York, 2013). Nós devemos combatê-los, mas não devemos negligenciar o que está acontecendo no nível da economia sexual, dos comportamentos e da subjetividade. É ali que se produz também a saturação do social e do pessoal pelo neoliberalismo de maneira racista. Uma verdadeira multinacionalização do social e do sexual. No nível nacional e supranacional, as políticas de direitos LGBTQI estão "sofrendo" o mesmo destino que as políticas feministas quando se tornaram institucionalizadas, integradas e exploradas por empresas e instituições supranacionais como as Nações Unidas, o FMI e o Banco Central nos anos 1980. A defesa dos direitos humanos, das mulheres, dos gays, das lésbicas e dos direitos sexuais fornece uma série de critérios para avaliar outras culturas e suas "governanças" nacionais. O discurso dos direitos se apresenta antes de tudo como um discurso moral, como o velho *socius* (tolerância, respeito, etc.). Mas os direitos são usados como ferramentas políticas para os países pobres ou emergentes (Grewal). Sob o consenso moral dos direitos, o negócio transnacional de direitos transnacionais e da discriminação floresce. Esse discurso é sempre focado sobre os mesmos temas que justificam os mesmos estudos sobre a violência – violência sexual em particular – contra mulheres em países pobres e emergentes. O propósito do discurso dos direitos humanos é não levar em conta as necessidades de países pobres ou emergentes. *Em nível nacional, como no internacional, o discurso dos direitos só produz subjetividades empobrecidas, assuntos essencializados, homogêneos e universais: as mulheres e o homossexual que tomam conta do feminismo branco ocidental e tudo aquilo que deverá ser chamado de homossexualidade branca ocidental.* Não apenas é possível uma abordagem contábil dos direitos humanos, mas essa é a regra em instituições internacionais e ONGs que funcionam como uma sociedade civil supranacional.

A internacional gay

A investigação do custo da homofobia em nível global, lançada por Idaho e pelo Instituto de Relações Internacionais e Estratégicas, cujo objetivo é saber em que medida a homofobia pode constituir um freio ao desenvolvimento aos países africanos, é um projeto neocolonial em si. O fator custo é apresentado e destacado para justificar e celebrar o negócio a um nível moral, como se a luta contra as discriminações e pelos direitos conduzisse à imposição de uma nova dívida, com critérios sexuais e raciais que se assemelham a critérios etnocêntricos, mobilizados por países de tradição liberal e multicultural. "A intolerância à diferença" (Taylor) foi o resultado de tensões entre o universalismo e as peculiaridades locais dentro de fronteiras do estado multicultural liberal. Ela é transposta em nível transnacional e cada vez mais justificada à medida que se trata de se opor às novas formas de "barbárie sexual", ao sexismo e à homofobia que vêm de outro lugar. Pagando o preço de reduzir a definição de homossexualidade à orientação sexual e à sua fórmula euro-norte-americana, projetada como universal pelas ONGs ocidentais, "a internacional gay", em consonância com Joseph Massad e... Hillary Clinton em Genebra: "A outra questão é saber se a homossexualidade vem de uma parte de mundo em particular. Algumas pessoas pensam que se trata de um fenômeno ocidental e que as pessoas que não vivem no Ocidente têm razões para rejeitá-la. Bem, na verdade, pessoas gays nascem e existem em todas as sociedades no mundo. Eles são de todas as idades, de todas as raças, de todas as crenças e credos; eles são médicos e professores, fazendeiros e banqueiros, soldados e atletas; e, saibamos ou não, eles são nossa própria família, nossos amigos e nossos vizinhos. Ser gay não é uma invenção ocidental, é uma realidade humana". Esse tipo de raciocínio permite que os ativistas gays se considerem heróis e transnacionalizem suas ações, admiradas pelas mídias nacionais. O que poderia ser dito contra os apóstolos da homossexualidade que salvarão seus "semelhantes" de cor? Mesmos que eles não estejam dispostos a uma aproximação. O lançamento de Idaho na França, concorrendo em oferta com a *OutRage!* de Peter Tatchell, da Grã-Bretanha, baseava-se em imagens de homossexuais enforcados no Irã por causa da homossexualidade, quando esse não era o caso. Assistimos a uma personalização sem precedentes do movimento gay e a uma polarização do discurso LGBT que opõe de maneira enganosa aquelas e aqueles que combatem o Ocidente e aqueles que os combatem (Maikey).

Foucault nos havia prevenido: a produção de liberdade era já uma necessidade para a prática do governo liberal. Essa nova arte governamental consome liberdade, o que significa que o estado é obrigado a produzi-la e organizá-la. Seu imperativo não é "Seja livre!", com a contradição inerente imediata. O liberalismo diz: "Eu vou produzir algo para que você possa ser livre". Essa produção de liberdade toca a liberdade sexual ocidental e seu "desenvolvimento sexual". Na era neoliberal, o paradigma não é mais o modelo liberacionista dos anos 1960 ou 1970 que buscava transgredir as normas sexuais e de gênero, mas a regra do homossexual produtivo. Essa mudança é posterior à mudança do lugar do gay de criminoso sexual à vítima homossexual. O excepcionalismo sexual permite que o fardo da homofobia e do sexismo seja suportado por pessoas de cor, estrangeiro.a.s, migrantes por meio da codificação sexual. Políticas multiculturais liberais e monoculturais procuraram conter e refrear as diferenças. As biopolíticas neoliberais beneficiam alguns.

Casamento gay e lésbico: uma injustiça ou idiotice? Ambos...

Nesta história, o casamento gay e lésbico está longe de ser neutro. Against Equality (AE), um coletivo queer da costa oeste norte-americana, nos lembra que "casamento gay não tem nada a ver com justiça social". É até o oposto. O AE oferece uma crítica econômica da instituição do casamento e da maneira pela qual as organizações gays e lésbicas realizaram seus negócios a serviço de uma agenda medíocre e em três pontos escravizada à lei: o casamento, a PMA (reprodução assistida) e o GPA.[12] O casamento é, acima de tudo, um contrato legal e financeiro com o estado para fins de transferência de propriedade e herança. Com um contrato de emprego, ele é muitas vezes o caminho perfeito para obter um seguro de saúde e

12 GPA, a "Gestation pour autrui", também conhecida como "barriga de aluguel". [N.T.]

benefícios sociais múltiplos. Parece mais correto reivindicar o direito ao seguro-saúde em uma base individual que não seja relacionada ao trabalho ou ao casamento, especialmente porque isso permite que o estado se livre do custo de cuidar das pessoas, do trabalho de *care* e da reprodução social em geral, delegando-o ao casal e à família nuclear tradicional, o que significa uma forma de privatização (Nair). O casamento e a família finalmente tradicional (monogâmico, *same sex*, com um papai – a referência paterna – e uma mamãe) estão a serviço do capitalismo e do neoliberalismo, assim como sempre esteve e ainda está a família nuclear heterossexual. É aqui que os futuros cadáveres de trabalhadore.a.s dóceis serão produzido.a.s. A família é o lugar da reprodução da vida e da reprodução social. No atual contexto neoliberal, as políticas LGs liberais "naturalizam" o desmantelamento da ajuda social e o modo como as políticas neoliberais reenviam o fardo da reprodução social às famílias. Ao fazê-lo, não levam em conta as formas queer e trans de sociabilidade e de reprodução social que emergem desse quadro, que são coletivas e representam um trabalho de *care* e afeto que é sistematicamente apagado pelo capitalismo e pelo neoliberalismo (Raha). Eu voltarei a isso. Àqueles que argumentam que o casamento é uma solução para ajudar um amante estrangeiro ou indocumentado, a EA responde que esse cenário ocupa o *topos* racista do "homem branco que salva seu amigo marrom" e que muitos casais LG não comportam necessariamente um cidadão nacional (Stanley). A maioria das leis sobre casamento gay e lésbico contém disposições que bloqueiam o acesso a estrangeiro.a.s. É o caso da França, e não ficamos sabendo de ativistas do "casamento para todos" sobre o assunto. O casamento reforça os efeitos das leis racistas contra a imigração, separando os "bons homossexuais" dos outros, quando devemos agir em favor dos direitos de todos os imigrantes (Ryan). Argumentos a favor do casamento reivindicados por Brancos ricos para os Brancos ricos (são essencialmente Brancos nada marginalizados que geralmente se casam) também são criticados pelo coletivo pelo seu posicionamento racista em relação à comunidade negra dos Estados Unidos. Foi a família nuclear branca que serviu de modelo em contraste com as famílias negras "matriarcais" e "desviantes", e organizações LG nunca deixaram de estacar "a homofobia da comunidade negra", especialmente durante a votação da Resolução 8 contra o casamento gay na Califórnia. Como se a igreja dos negros representasse toda a comunidade negra, muito mais heterogênea do que isso (Farrow).

Racista, classista, nacionalista, separado de sua base, não coletivo, excluindo trans, prostitutas, deficientes, imigrantes e pessoas racializadas não tokenizadas,*[13] *os pobres e os precários, o movimento institucional gay e lésbico trai objetivos de justiça social e sexual que foram dele por afinidade durante sua construção, na década de 1960, mas também durante a crise da AIDS (com o* Act Up, *em particular). Nem sempre foi assim. Não se trata de voltar aos anos 1970, mas não se trata também de ser contida pelo atual movimento institucional que tentou nos fazer acreditar que a principal prioridade dos movimentos LGBT, ou até mesmo LGBTQ (que sonho!), era o casamento, o casamento como sinônimo de igualdade, e que aqueles que eram contra, eram contra a igualdade e o progresso.*

13 Do inglês *token*: jetom, moeda de troca. Desempenhar o papel de álibi para uma minoria para se livrar das lutas contra as desigualdades raciais, sexuais e de gênero, etc. O termo data dos dias da batalha pelos direitos civis nos Estados Unidos nos anos 1960, quando os poucos negros promovidos a cargos de responsabilidade, como prefeitos, por exemplo, foram objeto desse tipo de instrumentalização homeopática. Sempre atual.

A narrativa que nos faria pular de Stonewall para o casamento gay, tecendo a analogia com os direitos civis, é uma impostura. Não apenas essa narrativa modernista e progressista é falsa, mas a analogia entre a luta pelos direitos civis dos negros e o casamento, entre o gay ou a lésbica que se casam e Rosa Parks, é nada mais que uma estratégia de comunicação da HRC (*Human Rights Campaign*), concebida em 1990 (Nair), a mesma HRC que nunca pensou em construir uma aliança com os negros durante sua campanha nacional pelo casamento gay nos Estados Unidos (Farrow) e que paga salários de CEO a seus diretores. *O casamento não é um direito, é uma idiotice e uma medida perigosa a favor da igualdade formal, destinada aos mais favorecido.a.s.* Sem mencionar o que ele atualiza, ou seja, formas de intimidade e de vínculo com base na entidade do casal, um discurso sobre o amor banal e mistificador, o triângulo pai-mãe-filho e seu impacto na subjetividade em termos de dessexualização e despolitização. Por todas essas razões, sim, devemos ser contra a igualdade que o casamento gay e lésbico pretende simbolizar e contra o casamento, simplesmente, para desconstruir a política dos afetos que ele aciona. Não é coincidência que a All Out, uma associação supranacional e virtual cuja principal atividade é gerar megapetições on-line do tipo *change.org*, e quem tem o perfil perfeito para o NPIC (*Non Profit Industrial Complex*), jure pelo amor romântico em sua *base line* de slogans para aprimorar o marketing ocidental dos direitos. Devemos parar de agir como se as lésbicas não pudessem ter filhos fora dos limites estreitos da família codificada pelo casamento. As lésbicas sempre tiveram crianças, e elas não esperaram o casamento à moda norte-americana para experimentarem diferentes famílias e formas de intimidade e solidariedade queer. Elas até teorizaram essas experiências como tais nos anos 1960.

Na França, o debate sobre o casamento gay e lésbico não ocorreu, uma vez que opositores queer e transfeministas não tiveram voz nem no espaço público, nem dentro da "comunidade". Alguns[14] se abstiveram*, dada a explosão homofóbica que a lentidão e a procrastinação da esquerda, do Partido Socialista e do estado favoreceram enormemente em 2013. De fato, queers e transfeministas não ousaram dizer claramente que iels* eram contra e por quê. Eles efetuaram o grande salto, muitas vezes em protestos na rua, entre duas agendas no entanto antitéticas, levando em conta a dimensão econômica e racial, ou, em uma palavra, a dimensão biopolítica do casamento e da reprodução. Iels aderiram à agenda injusta do casamento a ponto de sugerirem slogans desse debate mesquinho, que pareciam demandas corporativistas, como o slogan "sim, sim, sim" ("oui, oui, oui"). O "sim" do casamento é super performativo. Ele exibe a força institucional que garante seu sucesso (igreja, estado e estado civil!). Assim, fazer um slogan com três "sim" é como assinar três vezes seu contrato com o estado, reconhecer três vezes seu poder biopolítico sobre nossos corpos e, dado o contexto e a semântica, colocar-se em uma posição de submissão apaixonada por ele: diga-nos "sim" três vezes, François! Nós vimos o resultado. E o François, ele teria na verdade uma queda pelo casamento *post-mortem*. Ele precisou menos de um mês para autorizar o casamento póstumo de Étienne Cardiles[15] e do po-

14 *: O asterisco é usado como sinal queer *camp* e *kitsch* da gramática queer e transfeminista, e utilizado neste livro para concordâncias de gênero e número em zonas de enunciação queer e transfeminista, como em fabulos*, ativist*, unicórni* etc. Extensão do * usado em "trans*" que permite eliminar o "sexual" de "transexual" e deixar aberto o repertório de identidades e subjetividades trans.

15 O policial da *gendarmerie* francesa Xavier Jugelé foi assassinado durante o atentado de 20 de abril de 2017 na avenida Champs-Elysée, em Paris. Seu companheiro,

licial Xavier Jugelé em 30 de maio, retroativamente, conforme previsto pelo Código Civil, no dia anterior à morte, em 19 de abril de 2017. Diante da devoção do estado, os queers e transfeministas calaram a boca. Em solidariedade com as lésbicas também, que são, como era previsível, a carne mais barata do mercado, mas menos que os trans*. Pelo menos por enquanto, visto que eles são *next* na locomotiva da inclusão e que os transnormativos neoliberais se encontram em plena eclosão.

O que há de errado com os direitos, se não percebemos suas gambiarras

Chegamos a um estágio em que é urgente criticar a política de direitos e a da igualdade de direitos, porque ela se tornou compatível com e cúmplice do neoliberalismo que, diferente do liberalismo, é um verdadeiro governo da sociedade que se comprometeu a privatizar o social e a reprivatizar o sexual em todas as suas dimensões. Dean Spade, um advogado radical (*radical lawyer*) nos estudos jurídicos, mostrou muito bem como a agenda mesquinha de direitos (casamento e leis antidiscriminação) só beneficia uma elite gay e lésbica e deixa de fora queers e trans* pobres e/ou negros. Nos Estados Unidos, essa agenda foi impulsionada por ativistas de direitos que deram as costas a uma agenda muito mais ampla que visa a transformação da sociedade, a justiça social e a redistribuição econômica. Na França, se a institucionalização do movimento gay (e lésbico) nos anos 1980-1990 não desaguou em estruturas

---

Étienne Cardiles, emocionou o público francês com um discurso de despedida durante a cerimônia fúnebre no Palácio do Eliseu, ao lado do presidente Emmanuel Macron. [N.T.]

vergonhosamente cheias da grana como a HRC (*Human Rights Campaign*) ou a GLAAD (*Gay & Lesbian Alliance Against Defamation*), colocando de lado as instituições da "Aidscracia", trata-se da mesma agenda reformista de igualdade que se tornou central e que resume bem o slogan estúpido e paradoxal de "igualdade de direitos". Porque, de duas, uma: ou a democracia e a República são fiadoras, como se diz desde a Revolução Francesa, dos direitos de todos – e a questão da igualdade dos direitos entre eles nem aparece –, ou essas instituições falham sistemática e conscientemente desde o início. Obviamente a segunda interpretação é a correta, e isso justifica parar de pedir às instituições que estão na origem das desigualdades que acabem com isso. A República francesa é fundamentalmente excepcionalista e seu funcionamento é excludente. Ela é fundada sobre e ainda funciona a partir da exclusão e da exploração de mulheres, e de pessoas racializadas e colonizadas, de minorias sexuais e gêneros não conformes e de deficientes. Desde o início, ela fez uma distinção entre "cidadão ativo" e "cidadão passivo" com o abade Sieyès.[16] O.a.s cidad.ã.os passivo.a.s, que são as crianças, o.a.s estrangeiro.a.s e as mulheres, não devem gozar dos mesmos direitos que os cidadãos ativos, que, esses, sim, podem influenciar diretamente a coisa pública. Os chamados direitos universais são apagados diante de direitos efetivamente concedidos àqueles que ganham *status* de cidadão. *Nascer* na *nação* (trata-se da mesma etimologia) não é suficiente, ao contrário do que afirma a declaração de 1789. É exatamente essa lacuna um dos fundamentos da biopolítica moderna (Agamben). Cartazes da Parada Gay de 2011 e 2015 eram racistas e neocoloniais porque eram cegamente republicanos. Eles

16 Participante ativo e elemento inspirador da Revolução Francesa. [N.T.]

ilustram perfeitamente a negação republicana francesa quando se trata de confrontar as fontes e as causas das desigualdades e das discriminações. Pedidos de inclusão e de incorporação à nação ou de integração republicana de gays institucionais e lésbicas que não têm legitimidade representativa os colocam em posição de pedir para serem reconhecidos pelas instituições que produzem as desigualdades e as discriminações que elas pretendem combater. Igualdade formal a serviço de uma elite bastante branca e majoritariamente masculina: essa é a República Francesa, certo? (Bourcier)

Na repetição dessa história suja, os direitos desempenham um papel ambíguo. Spade analisa os limites das leis antidiscriminação dos Estados Unidos para gays, lésbicas e trans* inspiradas nas leis antirracistas. E é claro que elas não funcionam muito bem. Olhando para trás, podemos ver que a criminalização do racismo não acabou com o racismo. Na França, as leis de paridade e contra a violência feita às mulheres também não são conclusivas e podemos dizer o mesmo sobre as leis contra a homofobia, a lesbofobia e outras -fobias (um vocabulário do qual teremos que nos livrar um dia para substituir por outras conceituações de violência). O recurso à lei também pressupõe um poder econômico. Você tem que pagar por um advogado. Mas o mais problemático é que esse tipo de moldura jurídica contribui para deixar intacto o que ele deveria combater, seja o racismo, a homofobia ou a transfobia. Essas leis injetam uma visão individualizante ou mesmo psicologizante da discriminação, uma vez que se baseiam na ideia de que uma pessoa ataca outra pessoa (*perpetrator perspective*) com base em razões que precisam ser decifradas. Elas trabalham com uma visão intersubjetiva do insulto e sobre a forma linguística e explícita da discriminação. Elas invocam explicações psicológicas quando não mesmo cognitivistas, individualizantes e não estruturais. Elas conceituam a discriminação como casos isolados. Os fóbicos? Bêbados, idiotas, aberrações, "doentes" e "desviantes", como diz Randstad, voltando ao registro da patologização e criminalização dos séculos XIX e XX. É algo mais fácil de conceber e que tem um efeito altamente desresponsabilizador. Nós imaginamos a cena, mesmo se não fizemos parte dela. É algo mais fácil de visualizar do que a discriminação tediosa e cotidiana no trabalho e nas instituições. Essa cena primitiva de discriminação é truncada. Ela nos faz perder de vista a natureza sistêmica da discriminação. Faz esquecer os *lares* onde se proliferam: a prisão, a família, a polícia, o estado e a educação, inclusive a universidade. Para discriminar um trans*, uma bixa ou uma menina com véu islâmico na faculdade, nós raramente os insultamos, mas transformamos suas vidas em um inferno aos ignorar, apagar e sujeitar a toda uma panóplia de violências (epistêmica, administrativa, de objetificação, de restrição cultural, etc.) não legalmente enquadradas. E o caso Hanouna[17] nos lembra, se necessário, a estreiteza e ineficácia da definição legal de homofobia, a ponto de ela não ser capaz de enquadrar uma situação homofóbica óbvia, mas não caracterizada pelo insulto.

A cena primitiva da discriminação

Não é paradoxal que gays e lésbicas peçam à polícia e à prisão para protegê-los mesmo que esses "*enfermats*" (Deleuze) sejam, como todos sabem, lugares de produção intensa de racismo,

17 O célebre apresentador de televisão francês Cyril Hanouna causou polêmica na França por causa de piadas consideradas homofóbicas, evocadas por ele em seu popular programa *Touche pas à mon poste*. [N.T.]

homofobia e transfobia? *Com políticas de segurança tanto da "esquerda" como da direita que se sucedem na França e a sequência do casamento "para todos" no molho Holandês,*[18] *não apenas os LG (lésbicas e gays) chegaram a pensar que a sociedade, a polícia e a justiça francesa são sua melhor proteção, mas eles também adotaram uma percepção da violência e da discriminação securitária e neoliberal.* São os últimos representantes dos coletivos dos anos 1960 e 1970 que devem estar se iludindo, eles que se levantaram contra a violência do estado, contra a violência policial, a violência do Exército e do colonialismo antes que as políticas antiviolência entre gays e lésbicas se tornassem nacionais e institucionalizadas. De fato, desde os anos 1970, essa percepção já se imiscuía em cidades como Nova York e São Francisco, onde já prevalecia a figura do gay gentrificador *so creative* e onde a "proteção" de gays e lésbicas no espaço urbano começou a crescer em detrimento de pessoas negras, prostitutas, queers negra.o.s e de trans* pobres, ou mesmo contra essas últimas. Esses eram ao mesmo tempo o ponto cego dessas políticas e pintados por elas como se fossem criminosos homofóbicos (Hanhardt). Pode-se perguntar se a condenação em 2014 dos agressores de Wilfred de Bruijn[19] e de Olivier Couderc a sentenças mais pesadas, porque vinham do Margreb[20] seria a resposta correta dado o ambiente masculino e homofóbico

18 Referência irônica ao presidente francês da época da aprovação do casamento gay na França (2013), François Hollande. [N.T.]

19 O norueguês Wilfred de Bruijn, e seu companheiro, o francês Olivier Courdec, sofreram agressão homofóbica em Paris em abril de 2013, quando tiveram seus rostos desfigurados pelo agressor. O então prefeito de Paris abertamente homossexual, Bertrand Delanoë, condenou a agressão publicamente. [N.T.]

20 Região situada na África do Norte, a parte ocidental do mundo árabe/islâmico, compreendendo países como Marrocos, Argélia e Tunísia. [N.T.]

onde eles cumprirão suas sentenças. E também questionar que papel que a racialização desempenha na produção do personagem do criminoso homofóbicos, a partir do momento em que gays e lésbicas passam do status de criminoso para o de vítima. O ataque na rua é a cena favorita dos gays e das lésbicas da mídia. É claro que é mais complicado transmitir agressões pela TV quando os agressores são guardas prisionais, assistentes sociais ou professores que se encontram ausentes da cena punitiva e repressiva. Professores que fingem fazer estudos de gênero e que te chamam de "coitada" depois de uma reunião em que discutimos estudos de gênero ou que perguntam, depois de ter percebido pessoas trans que se atreveram a comparecer a uma sessão de estudos de gênero na universidade, que poderiam bem ser *pessoas de um gênero que você preferiria encontrar perto de uma rodoviária e que comeram todos os biscoitos durante o intervalo*. É sabido que todas as meninas trans são putas de feminilidade exagerada que trabalham em locais perigosos como rodoviárias ou estações de trem dos anos 1950-1960. Se as trabalhadoras do sexo frequentam esses lugares hoje, é porque a lei que penaliza os clientes as obriga a trabalhar mais longe,[21] em Amiens e não no Bois de Boulogne,[22] e torna suas condições de trabalho mais precárias e mais perigosas. O caráter individualizante e visual dessa representação da discriminação é particularmente forte nas teorizações performativas do insulto inspiradas por Althusser. O policial que te imobiliza, o insulto que te cola ao solo: a cena é redutora, mas popular, e populariza aquele.a que a denuncia. Mas, novamente, essa

21 Longe do centro. [N.T.]

22 Lugar tradicional de trabalhadora.o.s do sexo trans e travestis nos arredores de Paris. [N.T.]

é a parte imersa do iceberg da discriminação. É uma maneira de desviar a atenção de fontes de discriminação cruciais como a habitação, a saúde ou o trabalho. Para Spade, essa representação da discriminação individualizada naturaliza as desigualdades econômicas e a não redistribuição da riqueza que afeta pessoas negras e minorias sexuais e de gênero. O autor nos convida então a abandonar essa maneira de fazer leis e a nos interessarmos por essas outras áreas polêmicas da legislação que fazem parte da administração da vida e da população – as leis de imigração ou a seguridade social, por exemplo – e que mobilizam sempre, explicitamente ou não, a raça e o gênero para promover e maximizar certas formas de vida e modos de ser às custas de outros. Pois *tal é a dimensão fundamentalmente biopolítica do direito e da administração.* É difícil fazer os políticos *mainstream* e o.a.s advogado.a.s se tornarem conscientes da necessidade de mudar a marcha, especialmente porque as leis antidiscriminação os tornam populares e dialogam com a mídia "bem-intencionada". No entanto, é nessa direção que devemos ir se quisermos defender uma agenda real de justiça e transformação social e não continuar sob o comando do neoliberalismo e do nacionalismo. Caso contrário, eles.elas votarão e aplicarão leis inúteis e inadequadas, leis feitas nas costas das minorias que eles alegam "ajudar", leis que reforçam as disposições sistêmicas que geram discriminações e cujo recente texto da lei Benbassa,[23] destinada aos trans*, é um maldito exemplo.

Os direitos sinônimos de "políticas de igualdade" só podem ser invocados estrategicamente. E ainda: a ordem introduzida por

23 A senadora francesa Esther Benbassa é autora de um projeto de lei controverso sobre os direitos de pessoas trans na França, contestado por associações como a Associação Nacional dos Transgêneros (ANT). [N.T.]

essas políticas era previsível. Mas não deixa de ser injusta e conservadora: gays e lésbicas primeiro, e trans* depois, para não assustar o público e os deputados. Isso foi decisivo. *Mas quem disse que teríamos que começar com o casamento "para todos" e não com a autodeterminação de gênero e com a possibilidade de mudar o estado civil para tod*s? Isso teria mudado completamente os parâmetros do casamento colado à diferença sexual, ao casamento, simplesmente e à consequente formação da família.* É necessário se separar de identidades raquíticas, de reconhecimentos chinfrins ou comprometedores, das falsas medalhas de chocolate e das migalhas oferecidas pela lei. O Direito restringe a produtividade biopolítica. Ele é o inimigo da resistência biopolítica contra o biopoder. Acreditar no Direito é ruim para a saúde mental e subjetiva.

Despossessão e desarticulação: as afinidades perversas do feminismo, do homossexualismo e do neoliberalismo

McRobbie e Fraser são duas feministas de origens políticas muito diferentes que recentemente criticaram o feminismo dos direitos e da igualdade e suas relações perversas com o neoliberalismo. A primeira é uma feminista pós-moderna que depositou muita esperança no feminismo da terceira onda e nas formas do feminismo decorrentes da cultura popular e da cultura jovem. A segunda é uma feminista pós-marxista, professora na *New School for Social Research*, em Nova York. Uma é culturalista, a outro não, mas elas fazem as mesmas perguntas. Em *The Aftermath of Feminism*, McRobbie confessa sua angústia por ter que dar aulas na universidade para futuras *working girls* que acompanham cursos de feminismo sem serem feministas, com o único objetivo de seguirem carreira em ONGs ou instituições nacionais e supranacionais dedicadas à gestão de desigualdades. Ela sublinha que, da multiplicidade de formas e objetivos dos feminismos desde os anos 1970, não resta grande coisa. O feminismo da igualdade e dos direitos e as políticas de *gender mainstreaming* compatíveis com o neoliberalismo ofuscaram completamente o feminismo revolucionário, o feminismo radical ou socialista, mas também as *Riot Grrrls* e as subculturas feministas da década de 1990, dedicadas à produção de uma nova feminilidade. É todo um potencial de protesto, de desobediência civil e de feminismo que está sendo ignorado em favor de um feminismo apresentado como progressista e que foca principalmente na igualdade profissional e nos problemas de violência doméstica ou sexual. Correlativamente, esse estreito feminismo se baseia unicamente na diferença sexual em seu sentido mais direto e biologizante, mais uma vez universalizado e globalizado. Isso levanta a questão do ensino do feminismo e do feminismo colocado em prática no quadro neoliberal: ele se torna algo de "intransmissível" e reforça o que eu chamo não de ideologia de gênero, mas ideologia "do *same sex*", que vimos compartilhada por gays e lésbicas, os *bons homos*, de todo jeito.

Os bons homos andam de mãos dadas com os "clones do feminismo", incluindo a OLF (Osez le féminisme) e esses áses de comunicação viral que são as Femen nacionalistas e racistas. Todos eles alimentam o que McRobbie chama de "desarticulação" do feminismo. Ao contrário das agendas monotemáticas das feministas e dos gays reformistas, as políticas feministas multidimensionais da década de 1970 e do feminismo socialista não separaram sua luta da luta anti-imperialista, antirracista e pela justiça econômica e social. Na melhor das hipóteses, as lutas se cruzavam e se articulavam. É precisamente esse tipo de articulação política que é fragmentada pelo "pós-feminismo", cuja função é impedir a possibilidade de intersecções variadas e ampliáveis, bem como a transmissão feminista intergeracional (McRobbie). A forma de *empowerment* conservador proposta pelo pós-feminismo é fundamentalmente individualista, baseada no desenvolvimento pessoal (o *self-management*) e no sucesso profissional. O feminismo à la Sheryl Sandberg, a nº 2 do facebook com o seu *Lean In*, é o exemplo mais absurdo dessa corrente. Ela quebra a lógica de afiliação com mulheres que vivem em culturas não ocidentais porque as obriga a vê-las apenas como vítimas. E McRobbie conclui que as mulheres estão atualmente *disempowered* justamente pelos discursos de *empowerment* oferecidos a elas como um substituto para o feminismo. Da mesma forma, os gays e as lésbicas são *disempowered* pelo discurso de *empowerment* e a gestão neoliberal da "comunidade" que lhes são oferecidos como um substituto para as políticas gays e lésbicas progressistas e de esquerda que eram as suas próprias. A transmissão de suas culturas (incluindo políticas) é impensável e indesejada. É só ver como a catalogação de arquivos ou a criação de ensinamentos LGBT ou de uma grade real de estudos gays, lésbicos, trans* ou queer na universidade não tem sido uma prioridade para os LG franceses ou como são barrad.o.a.s aqueles que se determinaram a fazê-lo. Eles preferem confiar nas prefeituras e instituições que os fazem esperar há mais de dez anos. A prefeitura de Paris é campeã nesse tipo de iniciativa, incluindo suas recentes encenações colaborativas e participativas executadas por empresas de consultoria em estratégia para monitorar a implementação do centro de arquivos LGBT, que a prefeitura adia há quinze anos. Até mesmo as reuniões de ativistas LGBT estão contaminadas pela gestão neoliberal da subjetividade, com técnicas de apresentação e comunicação tipo seminário empresarial, que anestesiam a memória militante. Gestos como o giro das mãos como sinal de aquiescência ou facilitação do discurso, saídos direto do *Act Up* e do movimento feminista, são esvaziados pela cultura gerencial, como foi o caso dos "Estados Gerais LGBT de Paris", em 2017, que reuniu os cornos impotentes do Partido Socialista e da agenda de direitos iguais, os queers e os trans*, sem que esses pudessem ser ouvidos no sentido exato do termo. Essa falta de transmissão e esse desejo de desarticulação são também a herança da maioria dos estudos *sobre* e não *com* os LGBTQI+OC, estudos que pertencem às ciências sociais disciplinares e utilitárias. Eu voltarei a isso. Interromper alianças entre os diferentes movimentos sociais e sexuais das culturas progressistas de esquerda dos anos 1960 e 1970 e estragar sua memória é uma das prioridades do neoliberalismo e a razão pela qual ele gentilmente acolhe o feminismo e a homossexualidade da igualdade com suas raízes liberais e sua perspectiva reformista.

Fraser fala da "desapropriação" dos objetivos do feminismo para alertar contra a instrumentalização das políticas de igualdade e direitos pelo neoliberalismo. "Desapropriação", porque o feminismo não pertence mais às feministas. Com a chegada dos femocratas[24] de Bruxelas e de outros lugares, o feminismo foi separado de sua base, ele desarticulou seus movimentos. A questão do trabalho é central na análise de Fraser, que levanta a questão de saber se o erro da segunda onda do feminismo não era o foco obsessivo no valor emancipatório do trabalho remunerado para as mulheres. As feministas da segunda onda permaneceram alinhadas com as transformações do capitalismo, cuja mais recente atualização é a pós-fordista e neoliberal, que fez do trabalho feminino precário e mal pago sua pedra

24 Neologismo do autor criado a partir da fusão das palavras "*femme*", mulher em francês, e burocratas. [N.T.]

angular em todo o mundo. Fraser também insiste que o feminismo transnacional diminuiu a demanda pela redistribuição econômica e sua agenda multidimensional de justiça social, favorizando pedidos de reconhecimento por meios legais. O homossexualismo transnacional faz exatamente a mesma coisa. Ele reproduz esse mesmo erro com menos desculpas, dado o retrocesso. As cartas neoliberais estão na mesa. *O estratagema da razão neoliberal é transmutar os valores emancipatórios do feminismo da década de 1970, que, na época, eram contra o paternalismo de estado ou o androcentrismo e o economicismo.* Fraser descreve uma verdadeira "dinâmica de ressignificação" de "ideais feministas" marcados pela "mudança da redistribuição em direção ao reconhecimento legal", a adesão ao "novo romance do capitalismo" e, devemos acrescentar, ao *femonacionalismo*. De fato, quando se ouve um Valls[25] afirmando ser "feminista" para depois atacar mulheres que usam véu islâmico e árabes em uníssono com feministas ditas laicas e racistas ou um Fillon[26] que finge ser um "homem moderno" ao defender ter criado um trabalho fictício para sua esposa, "modesta e discreta", para que ela não permanecesse uma "dona-de-casa", pode-se realmente imaginar se o termo "feminismo" não está completamente descreditado e não deveria ser substituído por outra coisa. Wittig havia assinalado que o termo era infeliz, que fora adotado por falta de algo melhor, apesar de todas as

25 Manuel Valls, ex-primeiro-ministro do governo François Hollande, durante o período 2014-2016. [N.T.]

26 François Fillon, ex-primeiro-ministro do governo Nicolas Sarkozy, durante o período 2007-2012. Fillon foi o centro de um grande escândalo na França, em 2017, quando a imprensa revelou que ele teria empregado sua mulher em um cargo fictício no governo. Sua candidatura às eleições presidenciais daquele ano foi por água abaixo após as revelações. [N.T.]

suas falhas. Mais uma razão para não juntar com o homossexualismo e lembrar o que Fraser e McRobbie se esquecem de dizer que os erros vêm do feminismo branco extremamente liberal. Francamente, esse não é o problema dos feminismos negros e do Terceiro Mundo, que criticam constantemente a ancoragem racista e colonial do capitalismo e do neoliberalismo e não se arriscaram a ignorar o trabalho e a redistribuição econômica da qual eles foram excluídos em grande parte (Bacchetta, Lorde, hooks, Collins, Mohanty).

Contra a igualdade

Não é por acaso que muitos ativistas e grupos queer e transfeministas criticam imensamente as políticas pró-igualdade e fazem outro tipo de política. Depois de mais de vinte anos de reivindicações ao direito ao casamento, à adoção e às tecnologias reprodutivas (PMA e GPA), sem a menor preocupação de produzir um tipo de filiação alternativa, tivemos que esperar emergir nos Estados Unidos e na maioria dos países que copiaram sua agenda (europeus e latino-europeus em particular) uma reflexão e práticas que retornam a agenda liberal LG e a agenda da falsa esquerda. Queers e transfeministas propõem uma abordagem social e econômica visando a transformação, a justiça social e a redistribuição econômica que leva em conta todos os LGBTQI+OC (com esse OC, que quer dizer *Of Color*, e que nunca entrou de verdade nesta sopa alfabética), e não apenas sua fração branca e rica. Não tanto para reivindicar sua inclusão no pacote ou um pedaço do bolo da mesquinha agenda de direitos, mas para propor uma agenda diferente e mostrar que a agenda mesquinha de direitos iguais é estruturalmente baseada na exclusão ou no rebaixamento deles.

Essas reflexões e ações permitem recusar outras formas de "desarticulação", para não dizer "deslocamento", inclusive no nível das políticas de luta contra as desigualdades e discriminações, organizadas progressivamente com atraso na França, por exemplo. Quando existe, o padrão é o mesmo, tanto no ministério da educação nacional quanto no dos direitos da mulher e nas universidades, por meio de conselhos regionais e empresas onde ocorre uma distribuição de funções baseada no gênero e na raça: a luta contra as desigualdades é a mulher, são as discriminações, é para o racismo o que significa as muçulmanas e árabes sempre definidas como tais na França, embora sejam francesas. Em 2012, a região de Île-de-France, por exemplo, dividiu seu DIM (verba destinada a financiamento de projetos em áreas "de interesse maior"), mantendo o mesmo orçamento para a pesquisa em "desigualdades e discriminações". Após os ataques terroristas e o voto pró-casamento gay e lésbico, com a gestão da diversidade, uma nova repartição de verbas públicas apareceu. O setor de discriminação foi contemplado para LGs e deficientes, e dane-se o racismo, pois o financiamento destinado à luta contra a discriminação racial foi repatriado para a defesa da laicidade e para a luta contra a radicalização.[27] O problema é que essas divisões administrativas também são encontradas em pesquisas e cursos universitários financiados tanto na Europa quanto na França. Basta ver os temas das obras na lista EFiGiES, que reúne jovens pesquisadores em estudos "gênero" ou "de gênero", no singular. Depois que o "gênero" se reduziu à sua medula substantiva, ao sexismo e às mulheres, a homofobia (gays) e a lesbofobia (lésbicas) chegam às vezes de maneira

27 Refere-se à radicalização islâmica e terrorista. [N.T.]

lenta e residual. A transfobia (trans*) poderá esperar, como de costume, uma vez que os estudos recentes *sobre* e não *com* ou *para* a.o.s trans* são feitos meramente a partir do ângulo sanitário (com a questão da prevalência do vírus HIV). Quanto às prostitutas, trata-se de um ponto cego na questão, uma vez que são os estudos falaciosos do NID (*Mouvement du Nid*)[28] que ditam a regra. Mesmo que todas as discriminações fossem objeto de estudos financiados, ainda assim seriam em detrimento de obras que escapam a uma função utilitária e social e que levantariam, por exemplo, a questão da luta contra as discriminações prevista de uma maneira positiva e expressiva, e não protetora, defensiva, para não dizer securitária. Em uma palavra: cultural e através da afirmação cultural. Mas é exatamente isso que é proibido. E, francamente, poderíamos nos questionar se um quarto dos poucos estudos dedicados a.o.s homossexuais na França teriam existido se problemas de sociedade, considerados como "sérios" e apetitosos para as chamadas ciências sociais e o Direito, como a filiação e o casamento gay, não os justificassem.

Spade não é o primeiro nem o último a seguir o exemplo de Foucault quando se trata de criticar o poder judiciário e o sujeito que lhe acompanha, a estreiteza da concepção de poder que a política de direitos implica e na qual nós espontaneamente tendemos a acreditar. A primeira, Butler,[29] de *Problemas de gênero*, fazia exatamente isso com suas críticas ao sujeito e ao poder soberano. Idem em *O poder das palavras*, no qual ela evocou justamente os limites, a ambiguidade e a reversibilidade do

28 Associação francesa ligada ao Ministério da Juventude e dos Esportes, em contato com cerca de 5.800 prostitutas em solo francês. [N.T.]

29 Refere-se a Judith Butler. [N.T.]

Direito em legislações contra o insulto e discurso de ódio. *Levar em conta outras tecnologias de poder identificadas por Foucault em* O poder psiquiátrico, Vigiar e punir *e* Em defesa da sociedade, *a saber o modo disciplinador ("a sociedade disciplinar") e a gestão populacional (descrita como "biopolítica"), nos faz romper com essa visão truncada de poder – esse poder jurídico-legal – para abordar as causas reais da desigualdade e das violências contra as minorias sexuais e de gênero no contexto de uma economia política*. Nunca é demais repetir: o poder não é exercido majoritária e exclusivamente por meio do modo de subtração ou dedução por agentes, por indivíduos mal-intencionado.a.s ou violento.a.s para com os outros, que buscam fazer acreditar no modelo individualizante do culpado responsável e nas cenas de interpelação. Essa narrativa é ainda mais problemática porque implica uma lógica de poder *top/bottom* na qual o direito corretivo ocupa um lugar central para dar credibilidade à ficção de que ele seria o fiador da igualdade (Spade). Acima de tudo, o poder é exercido positivamente sob a incitação, maximização e valorização, como comprovado pelo recrutamento de discípulos de Macron[30] nessa *startup* em que se transformou a França. Há mais incentivo para fazer do que se proíbe fazer. É, aliás, um modo produtivo de poder que presidiu a produção disciplinar de identidades sexuais e de gênero "desviantes" no século XIX. Não é a política de direitos que tornou possível voltar-se contra essas identidades, recodificá-las e, menos ainda, lutar contra as discriminações que delas resultam, mas sim estratégias originais e coletivas implantadas pelas minorias envolvidas, como políticas da representação, ações na mídia, os contradiscursos, o trabalho

30 Durante sua campanha, o partido de Emmanuel Macron, o República em Marcha, realizou uma grande campanha de recrutamento e absorção de novos quadros. [N.T.]

com o corpo e a saúde, as técnicas de *raising consciousness* e criação de subjetividades, justamente as formas de intimidade e sociabilidade diferentes e indisciplinadas.

Biopolíticas queer e transfeministas: contra o devir população e a exigência securitária

O objetivo principal da política de igualdade de direitos é nos fazer acreditar que ela trabalha visando uma igualdade real, ao contrário do que acontece. Ao se colocar em outros níveis, as políticas queer e transfeministas rompem com o individualismo arraigado, uma armadilha da política de direitos e constantemente realizam um cruzamento permanente de problemáticas. Um desses outros níveis é o da gestão da população em geral e, em particular, *da população em que se tornaram os LG desde que se casam, se reproduzem, produzem, etc., como tais*. De fato, diferentemente do poder disciplinar que tem como alvo o corpo e o comportamento, a tecnologia biopolítica do manejo populacional é dirigida a populações mais do que a indivíduos, das quais ela se apropria à força por meio de estatísticas, medidas e categorizações. Sua função é, em particular, produzir a nação e visar seu salvamento e alimentar a nacionalização. Que se trate de seguridade social, do estado civil, das políticas de imigração, da educação, do exército ou do sistema penitenciário, a gestão da população continua a depender da racialização e da categorização de gênero com a ajuda de narrativas que colocam em xeque aqueles que não são membros da nação ou que a ameaçam: a *welfare queen*[31] nos Estados Unidos, as mães nos

31 Termo pejorativo usado nos Estados Unidos para classificar as pessoas que recebem "muita ajuda financeira do governo", as chamadas *welfare aids*. [N.T.]

subúrbios franceses cujas subvenções familiares são questionadas se seus filhos ficam nas ruas à noite, migrantes e refugiados, prostitutas e pobres. Aquele.a.s que são excluídos desde o início da redistribuição de riqueza ou mesmo da assistência social.

Existem três níveis de intervenção política: o dos direitos (o quadro jurídico-legal), o da disciplina (o corpo e as normas) e o da população (a administração no sentido amplo). Por trinta anos, o movimento gay e lésbico esteve atolado no primeiro nível. Ao fazê-lo, o gay e a lésbica se deixam definir pela lei enquanto sujeito jurídico, mesmo se agir contra ele.ela ou se os proteger. É precisamente nesse momento que ocorre o estreitamento político e que os LG se tornam conservadores e aliados objetivos das desigualdades sistêmicas. Ao mobilizar contra a descriminalização da sodomia ou a depenalização da homossexualidade, gays e lésbicas se deixaram reduzir a uma qualificação legal muito parcial: sua sexualidade entendida como uma prática ou orientação sexual (Spade). Apoiando-se na psicologia norte-americana liberal dos anos 1970, que gerou esse conceito de "homofobia", declinada em tantas outras "-fobias" e sobre as leis inspiradas por ele, homens gays, lésbicas e trans* abraçam e espalham o status de vítima protegida apenas pela lei, a partir de um conteúdo difuso, mas "científico". Mas o que é esse medo fóbico dos homossexuais? E quanto a essa medida da patologia reversa? Krafft-Ebing media o grau de reversão dos invertidos, Weinberg e Smith começaram a medir o grau de homofobia em uma escala do mesmo nome. O que desaparece, com os discursos e práticas acordadas da luta contra as -fobias, mas também o sexismo, são os recursos comunitários e subculturais, abordagens às vezes criativas, coletivas e afirmativas, enfim, outras formas de fazer política, relações e resistência, inclusive para analisar e responder à violência. Os

LGs esqueceram os avisos emitidos pelos coletivos gays e lésbicos antiviolência das décadas de 1970 e 1980. O LAPV (*Lesbians Against Police Violence*), o DARE (*Dykes Against Racism Everywhere*), a *Coalition Against Racism, Anti-Semitism, Sexism and Heterosexism* já apontavam a contradição de movimentos LG que se mobilizavam contra a violência a seu encontro, apoiando estratégias de colaboração e proteção com a polícia no meio da Era Reagan. Em *Urinal*, excelente filme de John Greyson, do *Act Up*, sobre a repressão policial do sexo gay em público no Canadá, vemos um ativista gay pronto a aconselhar a polícia a erradicar o "sexo no banheiro": colocar cartazes nos sanitários e cadeados nos banheiros públicos nos centros comerciais ou em banheiros de rodoviárias.

Os LGs, os "bons homos", os *same sex* não aprenderam as lições sobre a erosão e a normalização das políticas feministas reduzidas à carcaça do *gender mainstreaming*. Ele.a.s se mobilizam ao ver a bandeira francesa cobrir o caixão de um policial no pátio da prefeitura de Paris e ouvindo o discurso de seu companheiro que trabalha no Quai d'Orsay.[32] O luxo e a pompa nacional são recusados a trans* e prostitutas que são assassinadas na França. O que sobrou de Niurkelli, uma equatoriana de 33 anos estrangulada e queimada em Nantes, em 2016 – um pequeno pacote de ossos – retornou ao Equador em uma caixa de papelão. Esse é o alto preço a pagar pelo reconhecimento legal e pela "inclusão", mas também pelo mercado dos enganados. Os LGs estão enganados ao pensar que tudo acontecerá de maneira fácil, uma vez que a integração republicana francesa consiste em fazer fracassar seus novos recrutas, não importa o quão voluntários e hipercorretos eles sejam, como nos lembra a história

32 Sede da diplomacia francesa em Paris. [N.T.]

ainda atual da exclusão dos Magrebinos na França, as análises de Fanon[33] e o blog de João Gabriell.[34] A reticência, quando não se trata do totalmente repúdio do PS[35] de esquerda, dos verdes ou do NPA para "incluir", estão aqui para nos lembrar disso. As múltiplas formas de "inclusão assassina" (Haritaworn) também. Os anti*djenders* de todos os tipos, os *cathos*[36] e a *Manif pour tous*[37] contam a seu favor o fato de serem mais claros e mais explícitos.

Agir no nível da gestão da população é ver as coisas de outra maneira, mobilizando-se contra a violência de estado, policial e econômica. As políticas queer e transfeministas se opõem ao objetivo real das políticas assimilacionistas LGs, lideradas pela fração rica e branca da chamada comunidade LGBT, que deseja passar para o lado das "populações" seguras e protegidas pela lei. Em consonância com o liberalismo, a gestão da população consiste em uma distribuição de segurança (Foucault). E é necessário constatar que essa demanda por segurança dos LG, dos bons homos e dos *same sex* se tornou exponencial depois de Charlie e Orlando.[38] Na época da manifestação em frente

33 Frantz Fanon, psiquiatra e ensaísta francês negro, implicado na luta pela independência da Argélia. Um grande pensador das consequências psicológicas da colonização. [N.T.]

34 Blogueiro de Guadalupe, que vive e trabalha em Paris, militante e escritor sobre temas contemporâneos relacionados ao colonialismo, ao capitalismo, racismo, gênero e sexismo (cf. https://joaogabriell.com/). [N.T.]

35 Acrônimo do Partido Socialista da França, pelo qual é conhecido. [N.T.]

36 Diminutivo pejorativo usado para definir católicos que fazem proselitismo na França. [N.T.]

37 Manifestação "para todos", movimento de direita e de extrema direita que tinha por objetivo combater o casamento gay na França, surgido em 2013. [N.T.]

38 Refere-se aos ataques à sede do jornal satírico Charlie Hebdo em Paris, na França, e à boate LBGT *Pulse* em Orlando, nos Estadados Unidos. [N.T.]

ao *Stonewall Inn*, em junho de 2016, logo após o massacre de Orlando, a multidão de bons homossexuais não parou de celebrar o NYPD[39] que admiravam tanto Omar Mateen quanto Sarkozy, que veste a camiseta com o logo dos policiais de Nova York durante sua corrida matinal. Não seria sensato ser um muçulmano queer, lançar slogans antirracistas ou interromper o prefeito, de Blasio, e o governador do estado de Nova York, Cuomo, que vieram resgatar as vítimas de Orlando e prometer à multidão entusiasmada de fazer "o que fizemos depois do 11 de setembro". Em Randstad, o inimigo homofóbico é explicitamente designado pelo diretor de recursos humanos como uma pessoa "desviante" e "doente", como no bom e velho século XIX. Só que estamos no século XXI, e essa inversão de tratar homofóbicos como fazíamos com os "invertidos" faz parte da gestão securitária da população homossexual no trabalho. As medidas contra a homofobia que justificam essa gestão são medidas de proteção dos homossexuais que assinam a morte de sua autonomia, de sua capacidade de se auto-organizar coletivamente e das políticas de afirmação.

Foucault rapidamente abandona sua "história das tecnologias de segurança" para se imiscuir em direção a uma história da governamentabilidade liberal em seu seminário *O nascimento da biopolítica*. Mas as tecnologias de segurança são fundamentais no biopoder, no exercício do "poder sobre a vida", mesmo que apenas para operações de nacionalização e segurança. Ainda mais neste princípio de século XXI, no qual a segurança é uma cultura e um mercado privado que cria as guerras privatizadas (a zona verde no Iraque) e que alimentam

39 Sigla do departamento de polícia da cidade de Nova York, *New York Police Department* em inglês.

as catástrofes nem sempre tão naturais como o Katrina (Klein). *Negligenciando o nível político da disciplina que atua sobre o corpo, em grande parte apoiada pelos queers e transfeministas, aquiescendo ou participando ativamente da gestão da população, políticas gays e lésbicas assimilacionistas alimentam o tríptico nacionalista: Trabalho, Família, Pátria.* A família, com a exigência do casamento, formas de filiação e de políticas de reprodução finalmente tradicionais, em todo caso rompendo com possíveis ligações e recursos subculturais: a *sperm party* da década de 1990 é abandonada em prol da estimulação ovariana a 20.000 euros na Bélgica ou na Espanha. Não há mais questão de auto-inseminação com uma seringa de encher o peru do *thanksgiving* com o esperma de um amigo, que poderia entrar na justiça para obter o status de pai. O trabalho, com uma adesão aos valores neoliberais em detrimento de uma contestação às condições de trabalho e em troca de proteção e de uma subjetividade sexual *a minima*, conhecida como orientação sexual. E, finalmente, a pátria, celebrando direitos excludentes que são a base da "Rep" (República) excepcionalista, racista e sexista (Bourcier). Direitos e proteções (homofobia, lesbofobia...) que permitem designar inimigos internos e externos, como os muçulmanos, os árabes e as mulheres que usam véu islâmico. *Não faltava mais nada aos homonormativos que se tornarem homonacionalistas para virarem os cúmplices ativos e perfeitos do biopoder exercido sobre as minorias, os corpos (a disciplina) e as populações (a gestão) com as racializações e as classificações de gênero que isso implica.* Podemos compreender melhor porque os LGs excluem de seu espectro político todos os LGBQTI+OCs e os pobres. Como eles chegaram a se perguntar com que bandeira sairiam para participar da manifestação de janeiro de 2015, depois dos ataques terroristas ao Charlie Hebdo e ao supermercado kosher: a bandeira do arco-íris ou a bandeira francesa? A bandeira tricolor, claro! Aí está o que consagra a nacionalização dos LGs: *o orgulho mudou de natureza e de lado. Não é mais essa técnica coletiva e afetivo-política dos anos 1990 que se opunha à vergonha ao* armário. *Ele se tornou straight. Já é hora de abandonar essa retórica militante por causa do que ela se tornou e a partir do momento em que não é mais um uso irônico da bandeira, incluindo o da bandeira arco-íris, que prevalece.* Não há nada para se orgulhar durante as paradas gays hoje em dia. Como a de Toronto, em 2015, que expulsou as drag queens antes de ser forçada a reintegrá-las. A de Paris, que quase aceitou seu adiamento no outono de 2016 por causa do campeonato europeu de futebol e de riscos de atentado. A de Nova York, de 2016, cuja grande festa de encerramento foi realizada nas quedas d'água com vista para o rio Hudson. As mesmas onde as bixas dos anos 1970 transavam nos caminhões estacionados na beira d'água. A entrada custava 80 euros. Alguns quarteirões mais acima, os *street kids* e os queers negros que não podiam pagar ficavam dançando ao longe enquanto captavam migalhas do sistema de som. Os mesmos que foram expulsos das quedas d'água pelos homobobos[40] do Village, que fecharam os centros sociais que os acolhiam quando estavam desabrigados em um bairro que era seu lugar favorito, já que era o ponto de entrada em Nova York para alguém que chega dos subúrbios de Newark através do túnel. Não há nada para se orgulhar da Parada do Orgulho Gay de Montreal, que literalmente teve que se exibir perante as autoridades e o estado, porque um jovem ativista trans*, Esteban Torres, havia jogado uma bola de papel no primeiro-ministro Couillard, durante uma vigia após Orlando.

40 Expressão que se refere a homosseuxuais burgueses. [N.T.]

É urgente praticar uma resposta jurídica biopolítica diferente da política liberal da igualdade, uma vez que essa última serve ao biopoder e não à biopolítica. Ao focar, por exemplo, em outra área do Direito, aquela das disposições legais e administrativas que regulam este grande corpo que é o "corpo espécie", apoio e espaço de intervenção da biopolítica na reprodução, na mortalidade, na saúde e no tempo de vida (Spade). Multidimensional ao invés de unidimensional, interseccional e coaliziacionista, não legitimando e não alimentando os dispositivos e sistemas de controle, não levando a dividir ou escolher na comunidade entre ricos e pobres, entre os Brancos e as pessoas de cor, em suma, para não usar o Direito para marginalizar, tal é a posição correta da ação política e legal de acordo com Spade. Ele dá o exemplo de uma ação conjunta contra as tecnologias de segurança, conduzida por uma coalizão de pessoas trans* e não trans*, imigrantes ou não, contra o cruzamento de dados da seguridade social e dos registros de carteiras de motorista no estado de Nova York, com o objetivo de tirar a carteira de motoristas indocumentados. Com os ataques terroristas contra o Charlie Hebdo e o movimento "*Je suis Charlie*", que nos garantiu uma lei liberticida sobre a Inteligência francesa, com referências cruzadas e biodata, que fazem do gênero, da raça e da religião os critérios principais de monitoramento da identificação de imigrantes e refugiados sem documentos, sob o pretexto da guerra ao terror, temos algo a fazer. Não há necessidade de alertar sobre o perigo ao lado de Trump. É assim nos Estados Unidos e na Europa desde o 11 de setembro.

Nem reconhecimento, nem inclusão, mas transformação e redistribuição: esse é o lema mínimo das políticas queer e transfeminista. São antipolíticas de igualdade que se apropriam de uma agenda de esquerda para se opor ao liberalismo e ao neoliberalismo individualizantes, despolitizantes e injustos, cujas políticas para minorias visam apenas a fração rica e branca dessas minorias. *O Direito não apenas restringe a biopolítica e o tecido da subjetividade, mas o faz sub-repticiamente e gerando uma consciência tranquila*. Ironicamente, ele está na origem de uma política de identidade gay e lésbica recente e barata, em uma França que nunca deixou de manter a confusão sobre as políticas da identidade, especialmente na "esquerda", sejam elas sexuais ou étnicas, estigmatizando-as como comunitárias e antirrepublicanas. Somente quando acontece o alinhamento entre a política gay e lésbica e a política da identidade francesa/universalista/republicana, hegemônica, sexista, racista e *straight*, que se afirma sem complexos, tanto à esquerda quanto à direita – talvez de maneira ainda mais vigorosa por uma esquerda que decididamente nada entendeu sobre a política das identidades, mas que pratica a política da identidade nacional a torto e a direito –, que uma forma de política de identidade gay e lésbica é permitida e valorizada. Normal, é sempre assim. Essa política da identidade LG não tem nada a ver com as políticas de identidades gays e lésbicas anglo-saxônicas das décadas de 1970 a 1990, sem as quais as políticas, os conhecimentos e subculturas LGBTQ nunca teriam existido, para o descontentamento dos estranhos teóricos norte-americanos brancos da primeira onda, mal inspirados pelos filósofos franceses anti-minorias e, portanto, anti-identitários franceses, de Deleuze a Foucault. Foi o movimento institucional euro-americano gay-lésbico e sua agenda mesquinha que produziu gays e lésbicas-modelo, exportáveis "pela boa causa". O Direito, as políticas da igualdade e do reconhecimento desempenharam um papel determinante nessa assimil-nação.[41]

41 Neologismo do autor a partir da fusão entre as palavras assimilação e nação. [N.T.]

O TRIÂNGULO BIOPOLÍTICO

Quando a opressão biopolítica sobre a população se torna insuportável, a multitude, e não o povo, resiste e se opõe. O OXI[1] grego de 2015 foi um não à sujeição neoliberal na qual o endividamento desempenha o papel que conhecemos. Cada vez que isso ocorre se trata de uma configuração particular, uma "conexão" com disciplinas, tecnologias de segurança e população para administrar a vida. O neoliberalismo gay soube promover o inferno do casamento como a primeira das liberdades: *Freedom to marry*! Imediatamente seguido, como era previsível, de um *Marry or die!* (Nair). Desde que o casamento se tornou legal em Massachusetts, empresas privadas e públicas exigiram que seus funcionários, inclusive gays e lésbicas, que optaram pelo equivalente à união civil (*domestic partnership*), que eles se casassem se quisessem que seu cônjuge pudesse beneficiar de seu plano de saúde. Outros estados norte-americanos seguiram a mesma diretiva. Os efeitos disciplinadores sobre o corpo, a sexualidade e o gênero? Encolhimento, empobrecimento e precariedade. Para o inferno com a exploração sexual e o *gender fucking*! As tecnologias de segurança estão em plena expansão. Onde o casamento de gays e lésbicas é legalizado, penalizamos e praticamos o zoneamento em cidades contra minorias sexuais, de gênero e racializadas, prostitutas, trans*, migrantes, pobres. Hidalgo *pinkwash* em sua Paris *gay-friendly*, deixando os subprefeitos do município aprovar e impor decretos que permitem o assédio diário de profissionais do sexo em

1 *Oxi* significa "não", em grego. O autor faz referência ao famoso Dia do Não, festa nacional grega, que celebra, de maneira semioficial, em Chipre, a rejeição ao ultimato italiano de Mussolini de 28 de outubro de 1940 pelo ditador grego Ioánnis Metaxás. [N.T.]

Belleville no Bois.[2] A limpeza começou bem antes do voto que aprovou a lei da penalização dos clientes, em 2016.

As tecnologias de segurança têm a particularidade de, ao contrário dos regimes disciplinares, visar séries, grupos de pessoas, e não indivíduos; o que Foucault chama de "multiplicidades". De agora em diante, conscientemente ou não, gays e lésbicas, o homo *Inc.orporated*, os bons homos, os *same sex* são uma multiplicidade desse tipo, diferentemente dos queers e transfeministas. Não é que os queers e transfeministas sejam melhore* e, neste livro, os termos "queer", "transfeministas", "bons homos" e "homo inc." designam mais posições do que identidades ou pessoas. Eu descrevo opções políticas que todos podem escolher. Mas o que é certo *é que os queers e transfeministas não as querem, que estão desidentificados desse "devir população"*. É por isso que iels se encontram em outra agenda à qual é hora de dar visibilidade, divulgar e colocar no debate público: *multi-issued* e não *single-issued*, *community-based* e não *elite-based*, com afinidades e coalizões com um funcionamento colaborativo e horizontal que nada tem a ver com a reformulação gerencial ou a absorção do "artista crítico" e seus valores de "criatividade" e "autonomia" pela cultura neoliberal (Boltanski & Chiapello). Seus sujeitos e objetivos vão além da minoria e das identidades que a carregam, sem negar, no entanto, suas históriaS e culturaS, porque são pontos de vista insubstituíveis, inexpugnáveis. As políticas sexuais e o *gender fucking* permanecem centrais porque são recursos indispensáveis para desafiar o biopoder em todos os três lados do triângulo biopolítico.

2 Bois de Vincennes. [N.T.]

O TRIÂNGULO BIOPOLÍTICO

SEGURANÇA
→ GRUPOS DE INDIVÍDUOS, "SÉRIES" "MULTIPLICIDADES"

POPULAÇÃO
→ LG
→ MIGRANTES, QTPOC,[3] PRISIONEIRO.A.S, TDS[4]

DISCIPLINA
→ CORPOS, NORMAS

PODER JURÍDICO (UNIDIMENSIONAL)
SUJEITO POLÍTICO = LG (DIREITOS, IGUALDADE, PROTEÇÃO)

O triângulo do biopoder é constituído pelas três maneiras de exercer o poder que são os regimes, os mecanismos disciplinares (D), a gestão, a regulação da população (P) – o primeiro nível biopolítico identificado por Foucault, mas isso muda depois – e tecnologias de segurança (S). A forma mais "antiga" de poder, aquela que liga o sujeito e o soberano reinante a territórios, o jurídico-legal, sempre funciona. Ela pode até ser um complemento, às vezes contradizendo esses três modos de exercício do poder e essas duas formas de governamentalidade que são a gestão da população e as tecnologias de segurança que aparecerão no século XVII. Na época, elas já corriam por fora da esfera política do governo.

3 Sigla que se refere *Queer, Trans and People of Color* (pessoas de cor). [N.T.]

4 Sigla para trabalhadores de sexo. [N.T.]

O triângulo do biopoder é uma coisa útil para testar o grau de resistência biopolítica das políticas minoritárias. Basta olhar uma vez a quem correspondem os três pontos do triângulo para entender do que se trata a combinação entre eles. As políticas de igualdade do LG, por exemplo, referem-se apenas ao poder jurídico-legal e deixar de lado a gestão da população e as tecnologias de segurança. No entanto, elas podem reforçá-los indiretamente, mas podemos ver que elas não estão de acordo sobre o sujeito/objeto político principal que se tornou a população e as políticas que lhes dizem direito desde o século XVII. O mercantilismo e os fisiocratas são a fonte teórica das políticas econômicas que foram as primeiras a encarar a população como uma "força produtiva" (Foucault). Para eles, essa população não é uma soma de sujeitos político-legais, mas "um conjunto de processos que devem ser analisados naquilo que possuem de natural" (Foucault). *As políticas de igualdade, da maneira em que foram realizadas por organizações gays e lésbicas institucionais, não levam em conta a população. Ou eles negligenciam seções inteiras, ou se encontram do lado da administração e, portanto, do biopoder. Sua resistência biopolítica é nula.* Eles são a multiplicidade biopolítica inerte produzida pela gestão da população que é definida pela reprodução, a economia (importação, exportação, dinheiro, dívidas e finanças), os impostos, as leis sobre casamento e herança, a circulação de populações e, assim, as leis sobre as migrações, os valores morais de que o nacionalismo e as políticas da identidade aferem. Às quais devem ser adicionadas as tecnologias de vigilância que vêm em seu auxílio e especialmente tudo relacionado à classificação de populações, as tecnologias de gênero (estado civil) e de raça.

As políticas de igualdade dispensam o governo de populações. Os queers e as transfeministas se esforçam para unir os três pontos: disciplina, população e vigilância. Por quê? Porque gays e lésbicas, os bons homos, tornaram-se uma população consensual, porque nós demos um terceiro passo: no século XIX, o sodomita se torna um tipo, um perfil psicológico negativo que será positivamente retornado pelos movimentos de liberação gay e lésbicos, depois queer no século XX. No século XXI, ele se torna uma população, uma força produtiva, uma multiplicidade inerte. Os queers, os "estranhos", as transfeministas, não. Iels *são uma multiplicidade reativa.* Iels *não são a soma dos indivíduos que compõem a população no sentido biopolítico do termo.* Iels *são coletivos engajados na resistência ao biopoder, produzindo (entre outras coisas) diferentes formas de produção e reprodução social. O sujeito político gay e lésbico não existe mais: deu lugar ao sujeito político que é a população.* Ele se permitiu ser codificado por lei. É por isso que ele canta os louvores do homem e da humanidade, apesar de fazer parte de uma humanidade administrada econômica e politicamente, e ele pede mais. Seu ativismo político se resume à política dos direitos como se o regime de poder que liga o soberano e o sujeito legal fosse o único bom quando caduco, dada a extensão do tamanho do biopoder que escapa do soberano e do estado. Ele não leva em conta a natureza multiforme do poder para ele e para os outros. Como se ele não se lembrasse mais do passado. Ele acredita em lei. Ele se coloca justo na frente da lei. Ele poliu suas correntes, que não possuem mais nada de SM.[5] Mas não apenas isso. Ao permitir-se ser visto como e, em seguida, posando como vítima, ele participa da construção do criminoso racializado.

5 Sigla para se referir a sadomasoquistas. [N.T.]

Valerie, Shulie e Chelsea

O triângulo biopolítico e Valerie Solanas, Shulie Firestone e Chelsea Manning: no que isso pode resultar? Três individu*s pres*s nas multiplicidades que as pessoas têm combatido. Individual e coletivamente para a feminista radical revolucionária que era Firestone. Solanas se viu lutando contra a justiça por atirar em Andy Warhol, como todos sabem, mas também em Girodias, como nunca lembramos o suficiente. Warhol e Girodias tinham em comum tê-l* despossuíd*, seja de seus manuscritos, seja de seus direitos autorais. Warhol perdeu o texto da peça *Up Your Ass* ou *From The Craddle to the Boat* ou *The Big Suck*, ou ainda *Up from the Slime* que colocava em cena Miss Collins e Sherazade, duas drag queens, uma delas sapatão, bem no nível daquelas da Factory, um misógino, uma mãe criminosa e obcecada sexualmente, seu filho com muita vontade de pênis e, sobretudo, Bongi Pérez, o alter ego de Solanas, uma sapatão *butch* e prostituta satisfeita de sua "*desexed monstruosity*", que matava de medo os antigênero e os bons homos, visto onde iel metiam a diferença sexual, o casamento e a carreira. Até mesmo Arthur Miller ficou chocado com o anúncio do casting da peça anunciado num cartaz no hall do Chelsea Hotel: "*Scum is looking for garbage mouth dykes (butch or fem) with some acting ability (experience not necessary) to appear in a garbage-mouth, dykey anti-male play (a comedy) called* Up Your Ass *[...] Also looking for talented garbaged-mouth, pretty, effeminate looking males and regular straight-looking males*".[6] O manuscri-

6 "*Scum está à procura de dykes da boca do lixo* (butch *ou fem*)*, com alguma capacidade de atuar (experiência não é necessário) para aparecer em uma peça boca do lixo, dyke e antimacho (uma comédia) chamado* Up Your Ass *[...] Também estamos à procura*

to foi finalmente encontrado após sua morte em um carro e é mantido nos arquivos de Warhol em Pittsburgh. É também no Museu Andy Warhol, em Pittsburgh, que você pode ver a coleção de espartilhos multicores feitos sob medida que Warhol usou até a sua morte para sustentar sua barriga e esconder as cicatrizes depois que Solanas atirou nele. Sob a peruca, a maquiagem, os cremes da drag queen marilyn monresca que era Warhol, havia também a feminilidade literalmente incorporada a tiros, bisturi e cicatrizes, após o disparo de Solanas.

Girodias recodificou a ofensiva queer de Solanas contra as tecnologias de gênero dos anos 1960, inventando o acrônimo SCUM (*Society for Cutting Up Men*), para fazer passar Solanas por um* castratr* e um* chat* insuportável já que iel era um *gender fucker* que sociabilizava, para sua infelicidade, com os gays hype e misóginos da Factory. O problema de Solanas é que iel organizava sozinh* sua reação à multiplicidade biopolítica, ao regime disciplinar e à gestão da população que a alvejava enquanto prostituta. Iel deu as costas ao movimento feminista radical, que fez del* uma referência central, ao contrário das feministas reformistas do NOW e a briga com Ti-Grace Atkinson. Depois de atirar em Warhol, iel não consegue entrar num acordo com seus advogados, incluindo o próprio Florynce Kennedy, um dos melhores e mais importantes nomes do movimento pelos direitos civis. Alvo do regime disciplinar (prisão e instituição psiquiátrica) e das técnicas de vigilância, iel foi encarcerad* em 1968, no Hospital Matteawan, em Nova York, e declarad* "louca", é claro: paranoica. Uma das "paranoias" de Solanas é dizer que a *mob*

---

de machos talentosos boca do lixo, machas lindas e afeminadas, e também machos de aparência straight."

(a máfia) está observando e que tem um espião na barriga: uma maneira de provavelmente lembrar e dizer que foi histerectomizad* sem o seu consentimento durante uma das suas estadias no hospital psiquiátrico.

Entre a gestão da população por meio de esterilização e regime disciplinar com o encarceramento em uma instituição digna do Briarcliff da segunda temporada de *American Horror Story*, famosa pela violência de seus guardas e doutores com pacientes e os tratamentos experimentais forçados infligidos a eles, Solanas é uma daquelas mulheres grampeadas por dentro pelo poder médico. *Pobre, vagabund*, urban*, talentos*, inteligente, butch, puta: Valerie, a mais queer de todas.* Mas a triste lição política de sua trajetória – a morte em São Francisco num quarto de hotel, o corpo encontrado alguns dias depois – é que não podemos lutar sozinh*s contra o biopoder, seja feminista ou queer, ou "super feminista", como iel se autointitulava.

Shulie

Para Solanas, a tecnologia de subjetivação queer por excelência é a escrita. *Firestone* – que, todos concordariam, nunca foi queer – *aponta os excessos da biopolítica, exigindo a abolição do parto, da biorreprodução para mulheres com a terceirização da procriação.* O futuro iria lhe dar razão e fazê-la parecer menos insana com o bebê de proveta. Para Solanas, como para Firestone, a zona corporal biopolítica #1 é o útero. * primeir* o teve retirado, * segund* não quis utilizá-lo: o parto é uma "prática bárbara", clama Firestone. Esse corpo feminino é aquele que foi disciplinado pelo médico e pelo ginecologista que tomaram o lugar da parteira, garantindo nessa brincadeira os benefícios de uma progressiva profissionalização, que ocorreu no século

XIX. *Mas o que preocupa Firestone no triângulo biopolítico é, acima de tudo, a gestão da população, determinada a se opor a uma biopolítica de combate a propostas bioeconômicas de "cientistas" dos anos 1950 e 1960 para controlar uma iminente explosão populacional, segundo eles.* Paul R. Ehrlich, autor do best-seller *The Population Bomb*, publicado em 1968, adverte que as décadas de 1970 e 1980 terão uma superpopulação global com uma hecatombe em massa por falta de comida. Devemos, portanto, intervir sobre a taxa de natalidade, condicionar a ajuda econômica para os países mais pobres a reduzir o número de filhos por família e não hesitar a colocar produtos esterilizantes nos hambúrgueres dos norte-americanos. O biopoder economicamente codificado é um negócio masculino. Anne Ehrlich, esposa de Ehrlich que coescreveu o livro, nunca terá seu nome nos créditos. E o biopoder codificado histórica e politicamente, a versão marxista, exclui Shulie. Enquanto ela se prepara para ler as propostas do comitê feminista em um comício político de esquerda em 1967, ela e Jill Johnston, que estava prestes a escrever *The Lesbian Nation*, são gentilmente desprezadas pelo diretor que lhes diz que eles têm mais a fazer do que discutir seus problemas femininos. Como resultado desse episódio, ela fundou o primeiro grupo feminista em Chicago (o Grupo Westside) e outros em Nova York, incluindo a famosa NYRF (*New York Radical Feminists*) e *Redstockings*, e começou a desenvolver sua própria análise materialista de uma revolução marxista menos misógina.

Firestone tem sido frequentemente caricaturada ao reduzirem seu pensamento à fertilização em úteros externos ou artificiais, enquanto sua reflexão sobre tecnologias reprodutivas é parte de um projeto radical e revolucionário de transformação e justiça social. Ele vai muito além do perímetro das políticas de igualdade das feministas liberais e reformistas da NOW (*National Organization for Women*), fundada em 1966, cuja agenda foi reduzida ao direito de voto e ao direito ao aborto. Para a NOW, o direito ao aborto deve ser uma questão da vida privada, uma escolha pessoal, enquanto as feministas radicais exigem a descriminalização. Não é a mesma coisa. *A população e, portanto, a taxa de natalidade, de mortalidade e a pobreza, mas também a divisão do trabalho e o trabalho reprodutivo – a família e o trabalho de criar os filhos – curiosamente interessam Firestone.* Não são os temas políticos da biopolítica de combate que faltam nela. Existem pelo menos dois. Ao contrário de outras correntes feministas, reformistas, conservadoras, os "*politicos*" e as "feministas de apoio à esquerda" (Firestone), cuja lealdade vai primeiro para a esquerda mais do que para o movimento feminista, o sujeito feminista dos grupos de *raising consciousness* é o primeiro a combinar vida pessoal e política. Permite alterar o regime disciplinar, sua pressão sobre o corpo, quer se trate da sexualidade, da saúde ou das políticas de representação. O segundo tema feminista político é a classe de sexo e não a classe de Marx e dos machos de esquerda, mediada pela tecnologia (e, portanto, a automatização do trabalho, entre outros) e revolucionada pela destruição da família nuclear que resultará na desconexão do vínculo biológico e político entre mãe e filho. Para Firestone, a família é uma alienação tanto para a mãe como para os filhos, uma vez que os direitos da criança, assim como os da mãe, são violados na tradicional família moderna. Mãe e criança são, assim, aliados objetivos contra o domínio do pai, que não constará mais da família coletiva, e não baseada em laços de sangue. *De passagem, Firestone se livra do trabalho assalariado, da temática psicológica, do triângulo pai-mãe-filho e da psicanálise em um desmantelamento de Freud que vale bem o de Deleuze e Guattari*. Com esses temas políticos, Firestone resolve parcialmente o problema colocado pela luta contra as tecnologias da governamentabilidade e da população. Pois, se é verdade que a população não é um sujeito político, que ela não é mobilizável pela resistência e que deveríamos reservar a desobediência ao sujeito jurídico que diz não ao soberano ou ao governo como na Grécia – o que não significa que ele possa dizer não à governamentabilidade (Foucault) –, *para dizer* oxi, *para dizer não, é necessário se constituir em multiplicidade reativa, e é isso que permitem os coletivos feministas e o "Movimento", como costumávamos dizer na década de 1970*. Essa é a diferença com Solanas, que não pode contar, por opção, com uma equipe política organizada e coletiva. *O projeto político de Firestone sustenta os pontos do triângulo biopolítico, ao mesmo tempo em que se distancia ao máximo da política dos direitos e, portanto, do sujeito jurídico-legal desencarnado, reformista e não revolucionário. Em sua crítica às inadequações da política reformista de direitos e igualdade, uma feminista radical revolucionária como Firestone se juntou à crítica e às práticas de grupos queer e transfeministas contemporâneos*.

Chelsea

Em maio de 2010, Chelsea Manning foi presa no Iraque depois de ser denunciada ao serviço militar de contraespionagem do Exército por Adrian Lamo, um correspondente hacker a quem ela confidenciou ter transferido ao WikiLeaks documentos confidenciais militares sobre a guerra no Iraque e no Afeganistão, a quem ela teve acesso como analista da Inteligência.[7]

7 Refere-se à Inteligência norte-americana. [N.T.]

Em particular, vemos vídeos de "danos colaterais", em outras palavras, rebarbas, nos quais o.a.s civis são morto.a.s durante os ataques aéreos norte-americanos. Condenada, em 2013, a 35 anos em prisões de alta segurança por um tribunal militar, Manning viu sua sentença ser comutada por Obama pouco antes do democrata dar lugar a Trump, em 2017. Revelando os documentos, Manning esperava mostrar a verdadeira face de guerras inúteis. Os documentos também incluíam informações sobre o governo de Ben Ali, cuja divulgação contribuiu para o começo da "Primavera Árabe", em 2010. Manning é um exemplo de oposição aos regimes disciplinares e securitários. Sua ação lança luz sobre a relação mantida pelo regime securitário com a população, no novo sentido que Foucault dá ao termo. *Seu papel como denunciante e seu corpo transgênero como lugar de resistência é um verdadeiro desafio biopolítico para a "gestão" militar da população e sua cultura de masculinidade tóxica. Chelsea é tão "traiçoeira" para a nação quanto às atribuições de gênero de "nascença".* Como gay nas forças armadas (quando ela era lida como tal, antes de seu *coming out* imediatamente após a divulgação de documentos confidenciais), mas também como um nerd, Manning colecionava performances fracassadas da masculinidade. Desenvolvimento final da masculinidade administrativa e burocrata com uma reviravolta que sucedeu à masculinidade soldadesca conquistadora (Connell), o nerd não brilha por sua masculinidade. Cheio de espinhas e com a reputação de pouco dotado para o sexo, ele é estranho e muitas vezes se torna toxicômano na idade adulta, pálido e perturbador como *Mr. Robot*.[8] Ao decidir vazar informações confidenciais, é o corpo inteiro do Exército que Chelsea abre

8 Série televisiva de sucesso nos Estados Unidos. [N.T.]

e vaza contra a sua vontade. Ela consegue atacar a masculinidade militar impenetrável que pratica a penetração como uma arma de guerra, contra uma masculinidade que se pretende cheia e sem buracos. Não há diferença entre a natureza das tecnologias de treinamento de masculinidade dos *Freikorps* alemães, relegados à miséria após a Primeira Guerra Mundial na Alemanha, e os jovens recrutas do Exército dos Estados Unidos, treinados da maneira mais difícil nos *boot camps*, ou dos quartéis franceses. *A primeira batalha do soldado, seu primeiro "teatro de operações", são internos* (Theweleit). *É a batalha contra o próprio corpo dele. Um corpo onde ele deve fechar as aberturas (ânus e pau), bloquear o fluxo (merda e esperma), de modo que ele se torne sua armadura.* Um corpo submetido a um aprendizado coletivo sinônimo de ruptura, de sofrimento e de vigilância constante, mas também a uma autodisciplina para que ele se torne uma máquina de guerra antifeminina e anti-homossexual, ultramasculina e, portanto, impenetrável. *Os penetráveis são os outros, as mulheres, o.a.s colonizado.a.s, o.a.s racializado.a.s, até os meninos suburbanos para a polícia, que mama na cultura militar e lhe presta fidelidade, com golpes de cassetete no cu.*

Em tempos de guerra, a penetrabilidade da população civil é literal: ser perfurada por foguetes, balas, estupro e tortura, incluindo anal, como Abu Ghraib[9] nos precisou por meio de imagens divulgadas pela CBS nos Estados Unidos. *Mas há outra penetrabilidade: a da população no sentido biopolítico do termo, definida por Foucault.* Em seu seminário *Segurança, território, população*, vimos que Foucault descreve a população como um

9 Notória prisão iraquiana, onde a Inteligência e o Exército norte-americanos perpetraram uma série de violações aos Direitos Humanos contra os prisioneiros, com abusos sexuais e físicos, tortura, estupro, sodomia e até a morte. [N.T.]

novo ator político por si só, surgido no século XVIII. A população, então, se torna uma força produtiva, um conjunto de processos físicos e "naturais". Não é mais uma assembleia composta de sujeitos de direito submetidos à lei, papel que ela pode ter tido no passado. Ela não é a cara do soberano ou do poder jurídico-legal. É algo mais, algo como um "objeto técnico-político" (Foucault) que será gerenciado e governado por atores e técnicas de transformação que não controlam nem o soberano, nem o estado. Ela é também definida pela sua "penetrabilidade", isto é, por um conjunto de variáveis econômicas e demográficas, como fluxos de dinheiro, as exportações e as importações, a natalidade e a mortalidade, o clima, a educação, os valores morais e religiosos. Penetrável, mas não por todo mundo. *A "natureza penetrável da população" (Foucault) é proporcional ao fato de que ela não pode ser transparente para o soberano ou o estado e, portanto, escravizada a seu governo voluntarista. Essa competição entre penetrabilidade e transparência é interessante.* Isso quer dizer que ele (governo, mas não apenas) não pode domar essa "natureza" louca que é a população por causa de sua penetrabilidade em todo o lugar. *Que tipo de prazer perverso ou jubilatório Foucault pode ter ao nos mostrar um pornografema, insistindo em como a natureza/população podem ser penetradas por tudo, menos pelo estado, pelo fato de que ela se "afunda" no "regime geral dos seres vivos, na espécie humana e no público"*. Para enfatizar que ela é um sujeito/objeto, assim como ativa/passiva. *Que ela mergulha por todas as extremidades e por todos os buracos em tudo que é vivo, e é mergulhada em todas as extremidades e por todos os buracos.* Essa qualidade de reversibilidade da população positivada por Foucault obriga a sair do poder disciplinar para tentar ver o mundo do ponto de vista do poder securitário. *A população não se deixa observar e disciplinar como o criminoso ou o trabalhador a quem se pode explicar o que é permitido e o que deve ser evitado, o que é proibido e o que deve ser feito para voltar a ser normal.* Para regular ou transformar a população, o poder reagirá calculando quanto custará, todos os riscos e os perigos, diz Foucault. A *economização*, que é uma das principais características distintivas do modo securitário de poder, portanto, tem precedência sobre a moral do regime disciplinar. Mesmo que o modo securitário ainda dependa de tecnologias disciplinares, ele é radicalmente diferente do regime disciplinar. Ele é centrífugo onde o modo disciplinar é centrípeto. Ele está no *laissez-faire* mais do que no controle, na circulação mais do que no espaço fechado. Ele está além do "código binário permitido/ proibido". Ele está na normalização mais do que na "normação". *A população é tanto o sujeito como o objeto desse regime securitário.*

O Exército ainda se referencia completamente a partir do poder jurídico-legal e do regime disciplinar. Isso é evidenciado pelas condições de detenção de Manning: ala de isolamento, célula sem janela, supervisão e verificação a cada cinco minutos pelos guardas, sem dormir entre as cinco da manhã e as sete da noite, sob pena de ser acordada e forçada a se sentar ou ficar de pé, proibição de usar roupas além de uma cueca para prevenir tentativas de suicídio, proibição de crescimento do cabelo durante sua transição, recusa em fornecer terapia hormonal e de colocar Manning em uma prisão civil para mulheres, recusa em usar o gênero e os pronomes apropriados, apesar da decisão favorável do tribunal de Kansas pela sua mudança de nome e estado civil. No nível da performance de gênero, o Exército com seus exercícios de masculinidade é a normalização disciplinar elevada a seu paroxismo. Mas, em seu gerenciamento criminoso e clínico de populações a destruir e suas informações, ele pratica o modelo securitário.

Você tem que cruzar, classificar, monitorar e controlar usando tecnologias disciplinares. Mas deve-se também administrar o risco, o perigo e a aleatoriedade. Os vídeos de Manning divulgados pelo WikiLeaks falam por si, o ataque de um helicóptero Apache, onde ouvimos e vemos os soldados erroneamente mirar e decidir matar jornalistas da Reuters que são analisados visualmente como homens armados com AK-47, enquanto carregavam câmeras. Falo exatamente da população, uma vez que na guerra, o corpo dos indivíduos não existe, ao contrário do corpo do inimigo. Ao divulgar os documentos secretos, Chelsea mostrou uma série de violações no regime securitário. Ao criar outros fluxos, ela gerou curto-circuito sobre a penetrabilidade da população iraquiana e iraniana, organizada pelos militares dos Estados Unidos. O ponto fraco de um regime de segurança, e mais ainda hoje em dia, é se pensar perfeito e sem buracos, para acreditar na impenetrabilidade de seus serviços de Inteligência ou de sua rede informática. É uma bixa aos olhos dos militares, uma mulher trans* que infligiu uma derrota na impenetrabilidade masculina militar norte-americana, razão pela qual ela foi colocada em um buraco, com a sentença máxima. Trinta e cinco anos é dez vezes mais do que pegaram os soldados de Abu Ghraib, que torturaram os prisioneiros iraquianos. *A segurança nacional dos Estados Unidos foi ameaçada pela dupla "traição" de Manning, que alterou seu modo securitário e deslocou os lados do triângulo biopolítico. O Exército dos EUA foi fodido por uma mulher trans*. Essa é também a força da reapropriação de penetrabilidade por gays e trans*, que desenvolveram uma cultura de penetração anal diferente e positiva. Pode-se esperar que iels devolvam a arma da penetrabilidade da população contra aquele.a.s que o.a.s tratam como populações.* Chelsea Manning foi liberada em maio de 2017.

Triângulo biopolítico e universidade: epistemopolítica da violência acadêmica

A violência epistêmica e a violência administrativa caracterizam as políticas formais de igualdade, da luta contra a discriminação e dos estudos de gênero na França. A violência epistêmica consiste em controlar os sujeitos marginalizados do conhecimento e suas produções por meio de diversas operações de exclusão, apagamento, delimitação, regulação, desapropriação/apropriação cultural e incorporação. *In fine*, elas tornam possível a obtenção da mais-valia sobre os ombros de sujeitos de conhecimento subordinado ou invisibilizado na forma de extração direta ou indireta (carreira, CV, status). A violência administrativa deriva do tipo de biopoder (disciplinar e securitário: D&S) exercido graças aos conhecimentos e às ciências que permitem a gestão, a administração da vida das populações, das minorias, dos pobres. As tecnologias de raça e gêneros e a codificação por lei desempenham um papel vital. Isso envolve um arcabouço epistemológico regulado pelas ciências sociais e humanas (D) que, favorecendo as políticas institucionais sobre minorias raciais e de gênero, as objetifica como populações (P). As minorias sexuais e de gênero fornecem a matéria-prima para uma verdadeira industrialização do conhecimento. Quanto às minorias racializadas, escutem os muçulmanos-árabes-islamistas, elas caem há muito tempo sob os golpes do P (População) e têm direito à S (Segurança) em proporções sem precedentes. Na França, elas nem sequer têm acesso a estudos de raça ou estudos étnicos, por mais *fake* que sejam. Sua gestão envolve sua criação pelo estado e as faculdades de perfis de postos sobre a laicidade que vêm apoiar os encarregados de laicidade que surgem nos *campi* nos últimos dois anos. E não são as perspectivas interseccionais, pós-coloniais e decolonizadoras que são realizadas à força por um punhado de sujeitos envolvidos com o tema que poderão substituí-los, especialmente porque a prática francesa da interseccionalidade foi embranquecida e transformada em uma restrição imposta às pessoas racializadas por acadêmicos brancos... em estudos de gênero (Bilge, Bouteldja) desde o grande "embranquecimento". Para dizer a verdade, não há nem estudos queer, nem estudos de gênero na França. Isso sem mencionar os estudos trans*. Isso não é muito surpreendente, se nos lembrarmos da resistência que despertaram os estudos de gênero na França até recentemente e o fato de que a sua introdução em universidades francesas universalistas e republicanistas e, portanto, laicas e anticomunitaristas, foi realizada com o incentivo de políticas institucionais europeias e supranacionais. Sua orientação e seu espectro mesquinho são indicativos das ligações entre a AIC (*Academic Industrial Complex*) e o NPIC (*Non Profit Industrial Complex*) na era neoliberal.

Não há estudos queer ou estudos de gênero na França

Dirão que eu exagero. No entanto, com distanciamento e com a condição de não privar os estudos de gênero e os estudos queer de sua dimensão feminista, transformadora, política e epistêmica, e não transformá-los em larvas do neoliberalismo, essa é a observação que se impõe de acordo com estes quatro critérios: o jogo de relações entre nação, universidade, neoliberalismo e "movimento social"; o efeito disciplinar de disciplinas sobre estudos de gênero, estudos queer ou trans*, mas também sobre subjetividades queer e trans*; o novo e importante fato de que, em uma era autoritária pós-casamento e neoliberal, gays e lésbicas são administrados como populações, e isso é traduzido imediata e muito concretamente dentro da universidade; as formas de violência epistêmica, administrativa e econômica que você vivenciará na universidade.

Há mais de vinte anos atrás, quando o primeiro grupo francês queer *Le Zoo* se mobilizou para promover uma entrada de pessoas LGBTQ na universidade para que existam estudos gays e lésbicos e estudos queer, a ideia era existir enquanto sujeitos queer, produzindo conhecimento queer que permitissem contrariar o pensamento *straight*, em uma palavra: queerizar a universidade. Essa queerização da universidade deveria permitir a crítica de suas formações de conhecimento, suas políticas de conhecimento/poder a serviço do universalismo e do republicanismo francês. Nossa "epistemopolítica" (Bourcier) foi inspirada pela estrutura mais ampla de estudos culturais e estudos de minorias que eles favoreciam. Influenciados por Hall e pela forma como –studies sobre back studies, chicano.a.s studies, os race studies, os –ethinic studies, os feminist studies, os gay and lesbian studies, os women studies e os gender studies fizeram sua entrada na universidade anglo-saxônica, também queríamos experimentar e compartilhar sua força crítica. Esses –studies transformaram as disciplinas, as chamadas "ciências humanas e sociais", questionaram o mito da objetividade e do positivismo de gênero e mudaram o cânone. Eles tiveram sucesso porque estavam profundamente enraizados nas subjetividades das minorias e em suas experiências, eram talentosos para situar o conhecimento e, assim, produzir um conhecimento desarticulado. Esses estudos queer eram "*bodies and brain based*". Seu objetivo era desconstruir a produção de identidades sexuais e de gênero da era moderna, incluindo o binarismo homo/hétero, e contribuir para a proliferação de outros corpos e subjetividades queer, de novas estratificações sexuais e culturais, de formações sociais e de desejos diferentes. Nós nos situávamos de acordo com os primeiros –studies conduzidos pelas minorias racializadas e pelo movimento estudantil dos anos 1960, que haviam conseguido colocar em xeque a cultura nacional norte-americana (Ferguson). Na época, não sabíamos ainda que forma tormariam a institucionalização de estudos queer, a teoria do gênero e os estudos de gênero na França e que tipo de regime disciplinar iria se impor aos temas minoritários na universidade.

Dirão que isso tudo não funcionou, ao contrário dos estudos de gênero que são concretizados por meio da pesquisa universitária, com cursos e doutorados. Só que, salvo algumas exceções, apenas existem estudos de gênero e estudos sobre discriminação produzidos a partir do *gender mainstreaming* e do *homo mainstreaming*, que funcionam a partir do biopoder. Como o *gender mainstreaming*, o *homo mainstreaming* abrange políticas de proteção de homossexuais, envolve diretamente as políticas de igualdade por meio de leis (casamento, filiação e antidiscriminação). A súbita aceitação e desenvolvimento dos estudos de gênero na França coincide com o momento em que "gênero" se torna uma palavra-chave e um critério de excelência internacional para as universidades em meio a um processo de privatização e de fusões. Quem desejava estudos de gênero não faz muito tempo? As feministas francesas do Movimento dos anos 1970 recusaram a institucionalização da universidade nos anos 1980. A palavra "gênero" foi proscrita por feministas materialistas que trabalhavam apenas com as "relações sociais de sexo" até os anos 2000. O "gênero", para não falar de gênerosS, era uma coisa norte-americana, uma importação, como os dildos. Havia muitos ativistas e estudantes que queriam estudos de gênero e estudos queer. No momento em que a França estava levando chutes na bunda da Europa por se envolver nas políticas nacionais e supranacionais de incorporação de *gender mainstream* e por implementar políticas feministas reformistas e neocoloniais definidas pela política do reconhecimento, viu-se as feministas diferencialistas voltarem ao movimento e acrescentarem o termo "gênero" ao nome do departamento que bloqueou o desenvolvimento dos estudos feministas na França, a saber, o "departamento de estudos da mulher" de Paris 8, sede da "feminilogia" antifeminista (Fouque). Ele.a.s testemunharam ao vivo a captura direta dessa "disciplina" por professores brancos cisgêneros heterossexuais, aqueles que podem se recusar a dirigir uma coleção feminista em uma editora especializada em ciências sociais com... uma mulher.

Biopoder e disciplina

Tudo isso foi feito em um contexto universitário indisciplinado e anticulturalista, apesar de nossos esforços. Os –studies são frequentemente elogiados por sua interdisciplinaridade, mas isso não tem nada a ver com a obrigação de "casar" diferentes disciplinas criadas com o objetivo de otimizar equipes de pesquisa e laboratórios dignos de serem classificados em rankings internacionais. Os –studies são recompostos permanentemente de duas maneiras: com a chegada de novos temas do conhecimento, e o study em questão leva o nome dos novos agentes do conhecimento anteriormente excluídos e objetivados (women, trans, queer, ethnic, black, gay, lesbian); com uma renomeação permanente que traz novos objetos (estudos pornográficos ou estudos de vigilância, por exemplo), e o study em questão leva seu nome. A cada vez, o estudo é objeto de uma abordagem interdisciplinar interna. Mas o que caracteriza a força crítica e política e a originalidade dos –studies é sua capacidade de desdisciplinarizar as disciplinas, de realizar uma crítica infradisciplinar das disciplinas constituídas e das ciências humanas nascidas com a época moderna. É o ponto de vista, a mudança de tema do conhecimento, a obrigação de levar em conta sua posicionalidade que faz a diferença, tanto na pesquisa quanto nos ensinamentos. Os –studies estabelecem uma copresença de novos agentes a partir de um ponto de vista sobre todo o conhecimento, especialmente aqueles – a maioria deles – que provêm do divertido Iluminismo e que fabricaram e excluíram identidades "desviantes" (sexuais, de gênero, raça e aptidão) posteriormente devolvidos pelas minorias no século XX. A sociologia canônica é um exemplo de uma disciplina científica e positivista que negou sua posicionalidade praticando a epistemologia do ponto zero e sua função real: ser e permanecer a ciência hétero e heterocêntrica da sociedade. Seu crescimento orgânico foi alcançado pela adição de objetos (sociologia da cidade, trabalho) ou de sujeitos objetivados (gays, lésbicas, negros, etc.), mas também sem sujeitos minoritários livres para se desenvolver epistemologicamente. Sua história prova seu caráter bastante excludente e disciplinar, direto e racista, sabendo que essa inclinação disciplinar não é dela (Ferguson). A mesma crítica pode ser dirigida a outras disciplinas, como história ou antropologia, mas também à medicina, por exemplo, como todas as "ciências humanas" que se desenvolvem no final do século XVIII e no século XIX cujo papel biopolítico (gestão de raça, gênero, sexualidade, habilidade, fluxos populacionais) está bem estabelecido (Foucault, Saïd). Como o eurocentrismo, a violência e o racismo epistêmico (Spivak, Castro-Gómez, Grosfoguel).

Os estudos franceses de gênero foram absorvidos e regulamentados pelas disciplinas do pensamento hétero, a maioria dos quais mantém fortes laços com a gestão da população desde sua origem: criminologia, psicologia, estatística, sociologia, antropologia, etc. *A sociologia hegemônica francesa tem muito interesse em fomentar a incorporação de gênero e a incorporação homo pelo* mainstream. A priori *dos universitários branco.a.s cisgênero.a.s, heteros ou LG assimilado.a.s (a assimilação é isso também), como os católicos antigêneros, ela nos jura pelos seus grandes deuses na catedral da EHESS*[10] *que "a teoria do gênero" não existe. Esquecedora da dimensão biopolítica e genealógica das teorias de gênero e raça e, portanto, da ambivalência das teorias de gênero desde o século XIX, ela conseguiu aplanar a teoria de gênero, especialmente a teoria feminista e queer, sem as quais os estudos de gênero não existiriam, inclusive em sua reivindicação institucional, com um paradigma de gênero desbotado, porém eficaz: o do gênero como norma*. Essas normas de gênero que sociólogos, antropólogos e psicólogos, incluindo os mais conservadores, falam e usam desde os anos 1950. Assim, há pouco espaço para paradigmas de gênero desenvolvidos por teóricas feministas queer e feministas dos anos 1990, seja gênero como performance (Butler), gênero como tecnologia (De Lauretis) ou mais recentemente do gênero como trabalho. Estudantes e pesquisadore.a.s são compelido.a.s a praticar a observação em suas formas mais objetivas (fazemos ciência!). Ao fazê-lo, ele.a.s reiteram constantemente o fato de que as normas de gênero (2 gêneros/2 gêneros, e não n gêneros/n gêneros) pesam e ele.a.s passam o tempo avaliando o peso dos padrões (Bourcier). Como se não soubéssemos que as normas pesam. Os *estudos de gêneros* à la

10 Escola de Altos Estudos em Ciências Sociais. [N.T.]

française *decididamente não conseguem integrar que não podem mais manter a diferença sexual como pressuposto ou estrutura de pensamento, assim como não podem economizar uma crítica transformadora da heterossexualidade e da homossexualidade, outra grande contribuição da teoria queer*. Isso é ainda mais problemático nos livros introdutórios sobre estudos de gênero que objetivam a canonização, como o constantemente reeditado por Laure Bereni, Sebastien Chauvin, Alexandre Jaunait e Anne Revillard, que fracassam em fazer essa revolução copérnica. Daí, talvez, o tratamento um tanto anexo e desdenhoso do pensamento queer e transgênero com um julgamento que é ao mesmo tempo desinformado e arrogante sobre as controvérsias internas dos movimentos trans* sobre o problema do essencialismo e do que é o "sexo". *Desde que os livros didáticos se concentrem em gênero, e não nos gêneros e nos sexos, em uma perspectiva sociológica ou política, e sejam feitos por pessoas heterossexuais ou cisgêneros, perderemos o potencial crítico e desestabilizador dos gêneros, dos queer, dos estudos trans e do transfeminismo, e os trans* serão tratados como uma "população" sujeita à influência de relações sociais sexuais ou como atores-peões de controvérsias*. Analisar a maneira como os corpos, as minorias e as subculturas resistem às normas de gênero, derivam o poder de agir ou as transformam radicalmente é outro ponto de vista. É inútil dizer que essa epistemologia negativa e de cima para baixo não tem nada a ver com estudos feministas, com estudos queer, estudos de gênero e o *gender fucking*. Ela trai seus princípios epistemológicos e éticos. Não obstante, é surpreendente ver acadêmicos que se identificam como feministas reproduzindo os erros e a violência que combateram dentro da universidade: acusações de subjetivismo, militância, deslegitimação de saberes, políticas de apagamento e *silencing*.

O.a sociólogo.a e o biopoder

A sociologia não é a única disciplina envolvida. Quando se olha para a genealogia da maioria das ciências humanas e sociais, com os problemas causados por seu olhar enquanto dispositivo (*gaze*), para não falar de suas tecnologias de produção de fatos e verdades científicas por meio de entrevistas, confissões, testemunhos, esteiras e estatísticas, todos são ótimos candidatos à violência epistêmica e à violência administrativa. Na década de 1950, a explosão da sociologia da sexualidade nos EUA com "a sociologia do desvio" e o desenvolvimento da "sociologia da homossexualidade" – leia-se: a objetificação da homossexualidade – foram concomitantes ao surgimento de movimentos sociais gays, do *gay power* nas décadas de 1960 e 1970 (Ferguson & Seidman). Ao introduzir a homossexualidade em seu campo de conhecimento, de competências e experiências remuneradas, a sociologia também "simpática" ("*sociological sympathy*") seja ela em suas descrições de sexo anônimo no espaço público, saunas ou os banheiros (Humphreys) popularizou uma definição algumas vezes afirmativa, mas muitas vezes muito restritiva. Especialmente se a compararmos com a de coletivos de gays e lésbicas da década de 1970 (*Gay Liberation Front* ou a *Third World Gay Revolution*, especialmente), para quem a homossexualidade não se limitava à sexualidade, que formava coalizões e praticava a "interseccionalidade" antes de sua teorização, ou que se torne, como na França, um mantra frenético, mais que uma realidade. Esses grupos com agendas *multi-issued* serão superados pelos ancestrais dos atuais movimentos LGBT reformistas, que eram grupos *single-issued* supergays, como a GAA (*Gay Activists Alliance*), que promoverá uma afirmação política da homossexualidade separada das diferenças de gênero e raça, inspirados pelas ciências hétero. Assim, essa sociologização da homossexualidade despolitizou e dessocializou os gays e lésbicas da época que estavam longe de se ver como "homossexuais", mas que viviam como sujeitos políticos envolvidos no feminismo, no marxismo, na descolonização e, portanto, nas lutas antipatriarcais, antissexistas, antirracistas, pacifistas e anti-imperialistas.

A sociologia do gênero à la française *reiterou essa postura. A sociologização da homossexualidade que ela gera tem um efeito duplamente negativo sobre as minorias que descreve e afirma apoiar.* Primeiro, tudo o que não é "homossexual" é invisibilizado, queers, trans*, os queer e trans* negros, bem como suas subculturas, seu ponto de vista e sua força crítica e epistemológica. Aqui, invisibilização e objetivação andam de mãos dadas. Então, no contexto pós-matrimonial e neoliberal, *a novidade é a maneira pela qual ela contribui para o biopoder por meio dessas duas tecnologias de poder que são a gestão da população e a disciplina, dois pontos do triângulo biopolítico.* Um trabalho sujo que poderia muito bem ser realizado por estudos de lésbicas gays ou trans* perverso com o gerenciamento generalizado de subjetividades e conhecimentos compatíveis com o neoliberalismo, com todas as políticas que convergem para tratar os homossexuais como "vítimas" e "vulneráveis", desde que ele.a.s não são mais construído.a.s pelas mesmas ciências sociais e humanas como "criminosos" e "monstros". Essa sociologia pseudo-positiva em relação às minorias está, em todos os aspectos, alinhada com a lógica da censura produtiva identificada por Foucault em *A vontade de saber*: ela nos obriga a fazer as coisas de certa maneira em vez de as proibir completamente. Essa sociologia canônica também é compatível com a institucionalização da homossexualidade e sua separação de formações sociais queer e trans*, subjetividades e subculturas, e é exatamente isso que está acontecendo hoje com os inúmeros trabalhos sobre casamento ou filiação gay e lésbica. A maior parte tem a ver com a "administração da sexualidade" em sua aproximação com a lei. O escopo, o ângulo, o financiamento, as restrições epistemológicas desses "estudos de gênero" são obviamente mais compatíveis com os interesses do capitalismo liberal e neoliberal, com a inclusão e a assimilação de minorias sexuais, de gênero e racializados. Essa sociologização da homossexualidade coincide com o que chamo de "homossexualismo", que é esse conjunto de discursos e políticas que louvam as políticas homonormativas *single-issued*. Ela é praticada pela facção hegemônica da comunidade científica, que, quando não rejeita minorias sexuais, de gênero e/ou racializadas, quando não produz biocarne, ela as contabiliza e as obriga a assimilar seus códigos epistemológicos. Ela autoriza um tipo de benevolência ou boa consciência do lado do pesquisador e uma vitimização ou vulnerabilidade do lado "investigado.a", porque esse é o termo que ainda é usado. Essa epistemologia negativa baseada em uma lógica *top/bottom* não tem nada a ver com estudos culturais minoritários, abordagens queer, sua interdisciplinaridade específica e sua reflexão sobre o corpo, incluindo o corpo do pesquisador. Ela produz uma subjetivação universitária disciplinada nos antípodas de uma afirmação cultural ou subcultural, política e comunitária. Certamente, os estudos queer e transfeministas contrariam essa agenda, e voltarei a isso mais tarde. Mas não apenas isso. Elas agem contra as formas de violência epistêmica e administrativa que afetam o próprio corpo dos estudantes que enfrentam os chamados estudos de gênero da universidade francesa, que operam uma inversão perversa de seus objetivos. São estudos de gênero e estudos queer sem minorias sexuais e sem gênero, epistemologicamente incapacitados, sem feminismo ou com um feminismo vazio. E sem queer ou trans* of color, é claro, nem é preciso dizer. Não vamos esquecer que a maioria das universidades francesas recusam o uso do nome social para pessoas trans* e não binárias que são constantemente confundidas. O nome social é uma prática comum nas universidades brasileiras desde 2013.

Disciplina e população: poderíamos pensar que essas duas tecnologias do triângulo biopolítico sejam objeto de uma crítica veemente dos estudos de gênero. Esse trabalho é realizado em outros lugares nos estudos queer e trans*, pós-coloniais e *descoloniais*; em outros lugares que não na França, onde as ciências humanas e sociais ainda se recusam a dar sua virada feminista e cultural e recusam o lugar de produto.a.r.a de conhecimentos que pertencem às minorias e, ao fazê-lo, participam do biopoder, neutralizando as lutas biopolíticas que se opõem a elas no espaço universitário e no espaço público. *A justiça social não pode ser concebida pelas poderosas exclusões e pelas capturas epistêmicas que caracterizam os estudos de gênero na França. Especialmente porque se acomodam rápido à impossibilidade de estudos sobre raça ou estudos étnicos, como se pretendessem absorvê-los.* No anúncio de Pécresse[11] da eliminação das bolsas para estudos de gênero na região de Île-de-France, ouvimos muitos funcionários dos estudos de gênero (no singular, obviamente) chorando por causa de sua má sorte. Mas ninguém se ofendeu com a inexistência de seu equivalente racial ou que o DIM (domínio principal de interesse) fosse ser substituído por pesquisas subsidiadas sobre radicalização e islamização. Quando teremos, enfim, os "estudos de terrorismo" na França? Onde fica a interseccionalidade?

11 Valérie Pécresse, ministra da Educação do governo de Nicolas Sarkozy (2007-2011). [N.T.]

“Precisamos de um micropênis para fazer estudos trans*?”

O regime disciplinar resiste bem na França, porque a França e a universidade continuam praticando uma política de identidade antiminoritária, mas também, paradoxalmente, devido à privatização em curso de instituições de ensino superior e pesquisa lançadas por Pécresse e ativamente perseguida por esses vergonhosos neoliberais que são os “socialistas”. As disciplinas francesas são seções numeradas, bem guardadas pelos Conselhos Nacionais de Universidades (CNU), que desempenham um papel decisivo no controle e no reconhecimento disciplinar: ou se pertence à disciplina ou não. Estamos na seção 19 (sociologia), ou não. Sua política identitária tornou-se ainda mais tensa com a privatização das universidades em andamento, pois isso ameaça seu poder regulatório e pode tornar o mercado o único legislador. Nesse contexto particularmente monodisciplinar, é difícil imaginar que os *minority studies* possam fazer o que fazem melhor, ou seja, pôr um fim ao lado disciplinar das disciplinas.

Por um lado, há uma interdisciplinaridade de fachada e viciante que mantém intactos os fundamentos modernistas das disciplinas e, por outro, uma interdisciplinaridade impulsionada pelos novos temas que reconfiguram o conhecimento e as disciplinas, mas que não desejamos. Em 2015, minha universidade enterrou no último instante a implementação de um programa de mestrado em gêneros multidisciplinar e internacional, “Gêneros e Interculturalidades”, que, no entanto, ela deseja realizar, uma vez que o havia votado e que ele constituía “uma oferta atraente, com uma forte dimensão internacional e interdisciplinar” sobre um tema *juicy*, que se torna obrigatório e muito exigido pelos alunos. O diploma era profissionalizante.

Sua política científica era complementar à "oferta existente na França": um posicionamento feminista e queer, um objetivo de combater todas as discriminações por meio da afirmação cultural, com cursos inéditos (teatro, literatura, estudos de performance, epistemologia, teoria da gênero, filosofia, estudos visuais, geografia sexual, estudos de masculinidade, estudos de tradução, estudos transnacionais), mais de dez locais em sete países (Brasil, Canadá, Espanha, Grã-Bretanha, Costa Rica, Estados Unidos e México), com uma cograduação já combinada no México e uma forte base local e cidadã. O que poderia ter feito a universidade largar um projeto tão bonito, no qual trabalhei em tempo integral por mais de dois anos, envolvendo todo mundo? O fato de eu pretender codirigi-lo após tê-lo idealizado e montado.

O trabalho de concepção desse mestrado foi uma oportunidade de ver o papel desempenhado pelo "privilégio epistêmico da ignorância" (Sedgwick) na violência epistêmica e na violência administrativa e até que ponto os acadêmicos são *gatekeepers* tão problemáticos quanto os médicos ou os juízes (Pignedoli). As palavras homofóbicas, racistas, sexistas e transfóbicas que ouvi, proferidas a partir de uma posição de ignorância, de não conhecimento e não de uma posição de competência nas reuniões e nos dias de estudo relacionados, prefiguraram a exclusão de pontos de vista minoritários envolvidos com a questão e informados: "Deveríamos ter um micropênis para fazer um curso sobre masculinidade?"; "Devemos ser bi ou trans* para ensinar transexualidade e bissexualidade?"; "Então, como é isso, se deve recrutar à partir de um currículo sexual?" (Pergunta feita aos especialistas em estudos de gênero definidos por sua "sexualidade" quando são "homossexuais"). Qual a melhor maneira de dizer que uma ignorância abismal do bê-á-bá dos estudos de gênero, ou seja, a distinção entre sexualidade, sexo e gênero, justifica a recusa de se posicionar como heterossexual e cisgênero? E também republicano universalista? *É possível fazer um mestrado sobre gêneros com "especialistas em estudos de gênero" que confundem intersex e trans*, que protestam contra epistemologias feministas, que reinvindicam ensinar como "turistas", que explicam como reconhecer minorias nas aulas e como tratá-las com a compaixão que é dada aos gatinhos em uma caixa de papelão, sendo gentis com eles? O.a.s mais ignorantes, o.a.s mais prolíficos e o.a.s mais violentos.* Essa ignorância alimenta os privilégios heterossexuais e cisgêneros que nunca são reconhecidos ou questionados por pessoas heterossexuais e cis (Pignedoli, Baril). Quer dizer, a que ponto a violência epistêmica contra subordinados educados é inseparável do "privilégio epistêmico da ignorância" daqueles que procuram dominá-los e objetivá-los, negando-os. Os mesmos mecanismos entram em ação nos cursos de estudos de gênero, em eventos como a "primavera da igualdade e discriminação" em março ou o "dia contra a violência" em dezembro. Aqui também a incompetência é explicitamente afirmada. Pelos próprios professores ou seus convidados, como se quisessem se desapegar de seus ensinamentos. Aqui, uma bióloga visitante do Instituto Pasteur começa dizendo que, bem, os gêneros, hein, ela não sabe muito sobre isso. Aqui, quando os alunos fazem perguntas nos cursos ministrados por psicólogos, o powerpoint se fecha e o curso termina mais cedo. Em outros lugares, "transexuais e transgêneros" são apresentados ao lado de homens e mulheres heterossexuais na mais pura tradição heterossexual e patologizante de cis-transgêneros. Na verdade, os alunos sabem mais do que os professores, que eles mesmos poderiam formar. A situação seria simplesmente burlesca se ela não fosse tão repugnante para os estudos de gêneros e não fizesse parte de um desejo de ser ignorante, com o objetivo de fortalecer o sistema dominante de sexo/gênero e valorizar o lema de "proteger minorias". Se ela não colocasse os estudantes LGBTQI+OC em espaços emocionais *unsafe*, onde iels têm seus gêneros trocados, sem jamais serem consultados sobre qual preferem que seja usado no início do curso ou sobre sua apresentação de gênero. Aqui, uma estudante de mestrado em psicologia organiza um verdadeiro zoológico de sexo para o.a.s estudantes, convidando-o.a.s a vir e ver "a homossexualidade, a bissexualidade, a transexualidade, a pansexualidade, a assexualidade, a intersexualidade... que não fazem parte da norma e que não são homens e mulheres heterossexuais". Contactada para discutir sobre isso, ela responde que está com pressa, que tem um mestrado para escrever e que não sabe o que "*pinkwashing*" e "gerenciamento de diversidade" significam, mas que é muito interessante. Quem sabe, para o doutorado, já que ela quer continuar trabalhando nessas "populações"... Para fechar o dia, uma apresentação em powerpoint sobre os percursos transexuais cheia de erros.

O.a.s ignorantes privilegiado.a.s: violência epistêmica, violência administrativa

Então, por que tanta raiva para ensinar quando se é incompetente? Imagine por um momento uma disciplina ensinada na universidade por qualquer um? Um tal controle do pensamento e de fontes de conhecimento com mecanismos para promover a igualdade e combater as discriminações vazias? Peça às escolas francesas que estabeleçam um relatório com depoimentos anônimos ou um sistema de denúncia sobre sexismo, lesbofobia, transfobia, homofobia, racismo e islamofobia e você verá a reação. O direito é instrumentalizado como um discurso moral, uma fonte de princípios com os quais todos concordam. Nas poucas vezes onde é invocado, é porque um professor deu uma mancada no anfiteatro – e novamente – trata-se de voltar ao cenário individualizador do caso isolado que promove a desresponsabilização de professores e funcionários que tiram proveito do papel de protetor ou vestem as roupas baratas da benevolência. Quanto às ações de "prevenção", elas se enquadram em um modelo sanitário, nem mesmo gerencial. A gestão da diversidade, claro, é essa ciência do desejo e da valorização de minorias que passa por uma operação horizontal e participativa, como entendida por Randstad, com segurança (S), enquanto tudo o que acabei de descrever se enquadra na disciplina (D), característica autoritária e hierárquica da universidade e da cultura francesas. Mesmo que as demandas das minorias o repugnem – porque é disso que estamos falando –, o bom gerente sabe que o desprezo é contraproducente, o famoso "desperdício em termos de talentos" e espelha uma imagem, interna e externamente. Ao invés de "você não vale nada porque sou eu quem manda", há muito tempo foi substituído por "porque você vale a pena". Não é por acaso que a maioria dos responsáveis pelo combate às desigualdades entre homens e mulheres e às discriminações são psicólogos ou sociólogos brancos e héteros – não minoritários – e que florescem nos comitês da saúde e segurança no trabalho, incompetentes e meramente consultivos. Desde que se mostram, desde o protocolo vagamente modelado na lógica dos direitos ao serviço da igualdade formal, uma lógica *top/bottom*, sem formação de professore.a.s, numa exclusão sistemática de professore.a.s-pesquisadore.a.s relacionados com esses temas, é assim que nos aparecem a maioria das ações de igualdade de gênero e antidiscriminação nas escolas francesas, realizadas por pessoas ignorantes e privilegiadas no sentido sedgwickiano do termo, sem as minorias envolvidas e nas costas delas. Ao mesmo tempo, elas são excluídas das políticas que as visam e da produção de conhecimento a elas relacionadas: os estudos de gêneros, por exemplo, mas não apenas isso, como vimos nos estudos sobre raça ou étnicos. A particularidade da facticidade e toxicidade dessas políticas está ligada à regulamentação modernista da produção de conhecimento na universidade francesa, que entra em conflito direto com a gestão da diversidade e o tratamento das minorias impostas pela globalização da economia do conhecimento. Embora esteja em processo de privatização e aculturação neoliberal e, ao contrário do que aconteceu no mundo anglo-saxão, mas também em outros lugares (Brasil, México, etc.), a escola francesa continua proibindo a produção de conhecimentos minoritários e a violentar seus sujeitos. Em outros lugares, esse costuma ser um recurso para o combate às desigualdades e à discriminação que não envolve necessariamente vitimização, infantilização, segurança e proteção, mas afirmação cultural. No contexto francês, a defesa dessa aliança tipicamente francesa na qual se imbricam universalismo, republicanismo, monocultura, cultura hierárquica e monárquica, a ignorância voluntária e um claro alinhamento com as políticas da identidade nacional branca, cisgênero, sexista e secular é mais forte que a restrição empreendedora à gestão da diversidade, e isso com a cumplicidade das ciências humanas e sociais antiminoritárias.

Como a França, a universidade francesa resiste teimosamente e se apega à "sua única e indivisível república" e ao seu universalismo abstrato. Os Estados Unidos são o país da diferença. O artigo da constituição dos Estados Unidos, "*E pluribus unum*" (apenas um de muitos), é uma tecnologia de poder e subjetivação decorrente da modernidade que passa, entre outras coisas, pelo multiculturalismo. Desde a década de 1960, a universidade norte-americana e o gerenciamento da diferença têm se saído muito bem desde que se encaixam perfeitamente com a quarta emenda (Ferguson). Desde o início, a nação estadunidense se alimentaria de uma forma de poder que não foge do particularismo e das minorias, mas as absorve. Enquanto a sociedade e a nação francesas em sua afirmação da igualdade formal não toleram a crise causada pelo questionamento crítico das minorias. Eles até os combatem estigmatizando o famoso "comunitarismo" que mascara as verdadeiras causas sistêmicas do racismo e do sexismo e outras "fobias" que estão no próprio alicerce da democracia liberal e capitalista contemporânea e nas quais a ficção da diferença sexual desempenha um papel catalizador, inclusive em sua colonialidade. Algun.m.as vêem na política das identidades os estudos queer e os *studies* como produtos do capitalismo e do liberalismo. Talvez, mas a nação estadunidense foi e é estabelecida pelo questionamento crítico das políticas de identidades dessas minorias, no qual a nação francesa nega sua existência e seus massacres, enquanto as explora para continuar a existir. Há uma diferença entre a política de identidades feita pelas minorias e as políticas capitalistas e neoliberais da diferença e da gestão da diversidade.

Antes da sociologia, era a filosofia que reinava na França. Era a disciplina que ocupava o lugar da autoridade até a década de 1980, inclusive nos círculos militantes, mesmo se sua existência seja hoje ameaçada como disciplina escolar e acadêmica. Basta analisar o lugar de Deleuze no devir minoritário francês, começando pelas bixas do Fhar.[12] A esse respeito, *Guy Hocquenghem*

12 Fronte Homossexual de Ação Revolucionária. [N.T.]

& Co., um pequeno filme de Lionel Soukaz que remonta a 1978, é muito significativo porque o "um e o múltiplo" francês não pode provocar as reversões epistemopolíticas trazidas pelos estudos queer. Em particular, e pelos estudos minoritários em geral. Nesse filme, ouvimos um jingle que diz: "O homossexual, num outro nível, é outra coisa". Há homens e mulheres que se identificam com um Hocquenghem "único e múltiplo". De fato, o filme apresenta exatamente o discurso anti-identidade deleuziano e foucaultiano em perfeita concordância com o princípio da indivisibilidade consagrado na Constituição francesa: o homossexual não pode ser apenas um homossexual porque o homossexual não é uma identidade. O sujeito gay, tão coletivo quanto grupal, é colocado sob a autoridade de Deleuze, o filósofo hétero. *O Desejo homossexual* que Hocquenghem publicou em 1972 foi uma tradução fiel de Deleuze, a ponto de repetir as instruções do filósofo que defendia a homossexualidade "molecular" (a boa) em oposição à homossexualidade "molar" (a má, porque identitária, diríamos "comunitária" hoje em dia). Nesse dispositivo de subordinação, *foi o filósofo cisgênero branco que regulou o devir minoritário. Ele deu lugar ao sociólogo ou ao cientista político que nos exploram como populações.*

O triângulo: *Act up! Not down*

Nesta foto de 25 de junho de 1978, tirada na Parada Gay de São Francisco, Harvey Milk ostenta, em plena manifestação gay e *flowerpower*, uma braçadeira preta com o triângulo rosa da deportação homossexual nos campos nazistas. Se há algo que nos lembra o triângulo rosa, é a dimensão biopolítica do poder. Agamben vê o campo de extermínio – e não apenas os nazistas – como o paradigma biopolítico do mundo moderno.

É a matriz oculta do nosso espaço político, *a fortiori* nesse período de exceção assumido, aceito, exigido e normalizado por muitos e em processo de integração ao direito comum. O campo é o nome que dá à disjunção do estado-nação entre "vida nua", a *zoe*, o nascimento, a "vida natural" e o *bios*, "a vida qualificada do cidadão.ã" e que lhe permite de se integrar ou não à nação e de desintegrar "seus" "corpos estranhos". Especialmente quando ele se autoriza um poder de relocalização da qual a proposta de privação de nacionalidade para os terroristas islâmicos franceses é um exemplo, mas também quando ele discute o valor e o status do.a.s refugiado.a.s se assentando sobre a declaração dos direitos do homem e do cidadão, da qual ele tem tanto orgulho.

Racialização, sexualização e geração de gênero são os três úberes da biopolitização da vida. E é isso que o triângulo rosa

volta a nos dizer, se restaurado na taxonomia de cores, formas e letras (P para poloneses, S para espanhol, F para francês) e de outros triângulos (preto, marrom, etc.) que estruturavam o sistema de classificação e de hierarquia racial, sexual e social, com o objetivo de estabelecer diferenciação, competição e vigilância entre os presos nos campos. Rosa como a cor das meninas, esse triângulo era um pouco mais largo que os outros. Ele sucede outros signos, como o tecido amarelo ao redor dos quadris, ladeado pela letra A como *Arschficker* (fodedor de cu). Médicos nos campos nazistas experimentaram castração, lobotomia e realizaram enxertos de glândulas nos corpos homossexuais, sabendo que essas técnicas de reeducação sexual haviam sido praticadas no final do século XIX na Europa e nos Estados Unidos. Mas também após os campos nazistas. Em 1949, mais de 20.000 homossexuais, mas também crianças e doentes mentais, foram lobotomizados no Canadá e nos Estados Unidos. As políticas eugenistas não nasceram na Alemanha e o movimento de mesmo nome foi constituído em grande parte no mundo anglo-saxão antes da Segunda Guerra Mundial. O triângulo biopolítico já era uma realidade.

Na braçadeira de Harvey Milk, o triângulo aponta para baixo, porque se trata de um símbolo do luto, com o período que isso implica. Será necessário esperar por outra situação biopolítica de urgência, a da crise da AIDS, para que o *Act Up* levante a ponta desse triângulo em um gesto de reversão do estigma e de *empowerment* inimaginável. Falar sobre a *ACTion to Unleash Power* em um tal contexto, em um momento em que o biopoder pesará tanto, só poderia ser possível porque aqueles que se batizariam como "pessoas vivendo com AIDS" fizeram uma coalização de forças e puderam contar com formas de *care* coletivo inspiradas na *care* comunitária feminista e contra-atacaram nas três frentes: racialização, sexualização e gênero, sem separá-las. E, assim, construíram uma política inevitavelmente multidimensional e uma biopolítica de combate que leva em conta os três pontos do triângulo. *Act Up* eram os viciados, os profissionais do sexo, os soropositivos sem seguridade social e, portanto, a maioria dos queers e trans of color.

O problema com a agenda mesquinha dos bons homossexuais é que ela coloca o triângulo de cabeça para baixo. Por todas as razões que mencionei, ela rima com *disempowerment* ou *empowerment* com molho neoliberal, assinalando assim exclusões poderosas de acordo com os eixos de raça e gênero. Passa-se do *up* ao *down*, do *out* ao *in*. Com tudo o que é restritivo e problemático, a metáfora do armário tem tudo a ver com a maneira com a qual a distinção público/privado se desloca e é investida. Com a reprivatização das formas de vida de LGBTQI+OC, passamos do *out* ao *in*. O retorno ao armário, é o retorno à casa, à domesticidade, à reprivatização que implica o casamento e a família finalmente tradicional: "*we get marriage and the military, then we go home and cook dinner forever*" (Duggan).[13] É uma cumplicidade com a destruição do bem-estar e a privatização da reprodução social empreendida pelo neoliberalismo. *O ódio francês ao "comunitarismo" tem uma dimensão profundamente econômica*. Ele quer matar ou esquecer a força dos movimentos comunitários, do neomutualismo e dos movimentos auto e contrarreprodutivos.

Então, o que fazemos quando não gostamos de saudar a bandeira? Colocamos a ponta do triângulo para cima. Vamos ver o que pensa o unicórnio.

13 Em português: "nos casamos e vamos para o exército, depois vamos para casa e fazemos a janta para sempre". [N.T.]

QUEER ZONING E QUEER PRAXIS: **POLÍTICAS DA PERFORMANCE & NEOLIBERALISMO**

Operado por estados, empresas, ONGs, etc., o biopoder neoliberal e as políticas de direitos que o alimentam produzem uma subjetivação homogênea e restrita e cidadãos intercambiáveis e individualistas. Ele reconfigura a relação entre o sexual e o social, entre público e privado. Tantas esferas e fronteiras que nasceram com o capitalismo no início da era moderna e das quais conhecemos o caráter de gênero e racialização, bem como seu papel na estruturação da família e na organização do trabalho moderno. *Um dos objetivos das políticas neoliberais é reprovar a sexualidade, especialmente as formas de intimidade gays e lésbicas decorrentes da fase fordista do capitalismo* (Floyd). A gestão da diversidade faz parte dessa regulação neoliberal do social e do sexual. Promove essa cultura de perigo e segurança que é inseparável da produção da liberdade liberal. Frequentemente homonacionalistas, as atuais políticas homossexuais assimilacionistas euroamericanas construíram para si mesmas um inimigo principal: esse bárbaro sexual que é o árabe polígamo sexista homofóbico. Há cada vez mais gays para criticar as mulheres com véu, gays que nunca antes haviam se mostrado feministas.

Floyd desenha uma visão bastante pessimista da destruição de formações sociais e espaços queer pelas políticas neoliberais favorecidas pela gentrificação e pelo emburguesamento de gays e lésbicas nas grandes cidades. Tendemos a lhe dar razão. Em Nova York, há três anos, a poucos passos do *Stonewall Inn* e do *Julius*, o primeiro bar gay da cidade, os poucos "bons homossexuais" que ainda vivem no West Village votaram contra a renovação da licença para vender álcool de um bar inofensivo, localizado a alguns quarteirões de distância, o *Boots and Saddle*, onde às vezes drag queens fazem um karaokê por volta das 22h. Razão: que seus filhos não sejam expostos ao show das drag queens. *Mas as práxis e subjetividades de atuação queer e transfeminista existem, e não é por acaso que o corpo e a performance desempenham um papel central nelas. Que o corpo seja um dos principais suportes de resistência. A subjetivação capitalista e neoliberal apresenta falhas. Muito foi escrito sobre o novo espírito do capitalismo, mas muito pouco sobre o novo corpo que ele produz.* Gays, lésbicas e trans* não são todos "bons homos". Longe disso. Talvez isso deveria ser de conhecimento público e que eles possam ter alguma visibilidade no debate e no espaço público, em particular na França. Não é certo que se possa comparar a resistência corporal contra a subjetivação capitalista e a expropriação do corpo que ela implica por um período tão longo, mas foi *contra o corpo burguês, o corpo puritano e o corpo cartesiano que se levantaram os camponeses e bruxas do século XVII, que combateram a chegada do trabalho assalariado e as novas restrições espaciais e temporais que vieram com ele.* Contra a subjetivação neoliberal, há os corpos queer e corpos trans*, os monstros, os *freaks*, os *crips* (estropiado.a.s, no sentido positivo do termo) e os corpos nus. Eles têm em comum reivindicar espaços e "corpos que importam" em toda a sua multiplicidade. Também corpos de prazer, dedicados a formas de sexo não reprodutivo, os corpos políticos em público. Podemos chamá-los de multitudes queer, se quisermos. Eles combatem a subjetivação neoliberal, cujo objetivo é colocar os corpos para trabalhar nas piores condições. *Essas políticas queer e transfeministas se apoiam no poder do corpo e do corpo produzido coletivamente. Eles combatem formas de expropriação corporais e espaciais.*

A dupla expropriação

Na genealogia do surgimento da subjetivação capitalista que a autora situa no século XVII, Federici diz que a produção do novo corpo como uma máquina, um corpo que pode ser convertido em força de trabalho, implica a morte do corpo mágico e "medieval". E, portanto, o fim do poder das mulheres e, especialmente, das bruxas. *Ela analisa como o capitalismo requer uma expropriação real de seu corpo e não apenas de espaços em sua fase de acumulação primitiva.* Ela lê o aparecimento do dualismo cartesiano entre o corpo e a mente como aquilo que permite o estabelecimento de uma autogestão obrigatória do sujeito racional sobre o corpo: "O desenvolvimento da autogestão (quer dizer, o autogoverno, o autodesenvolvimento) se torna um requisito essencial em um sistema capitalista para o qual possuir a si mesmo é a relação fundamental, e a disciplina não depende mais exclusivamente da coerção externa". É preciso enfatizar que não é uma coincidência que o corpo, nesse momento, se torne objeto de pesquisa, exploração e investigação intensas e sem precedentes. Cirurgiões "anatomistas" e outros filósofos dissecam o corpo rapidamente para entender, finalmente, dizer como ele funciona. Como o corpo trabalha. Ou não. Como é apenas uma máquina que range, mas não sofre. Descartes empunhava muito o bisturi e estripava muitos coelhos vivos para reforçar sua tese de animais-máquina. Ele os esquartejava para que o coração aparecesse bem durante a dissecção enquanto cortava a ponta. Ele chegou a declarar guerra entre ele e seu corpo para torná-lo um campo de batalha. Ele nega a existência sensível do corpo humano, tentando tirá-lo de si mesmo a golpes de "dúvida hiperbólica". E isso para submetê-lo ao poder da alma e da razão, que o governará como o estado governa o corpo social, oferecendo um bônus ao mesmo tempo ao sujeito cartesiano de soberania ilimitada, com uma vontade de poder infinito que convém ao sujeito colonizador (*Discurso do método* e *Meditações metafísicas*). Isso não seria lá grande coisa se não tivesse se tornado nosso modo de experienciar a relação com o corpo e o trabalho, além de um discurso, uma narrativa nacional e de civilização. O cartesianismo é nosso cânone, um dos fundamentos do nosso racismo epistêmico, uma boa desculpa para nossas aventuras coloniais e imperialistas e um importante ponto de virada biopolítico.

As políticas neoliberais exigem esse tipo de expropriação, especialmente dos corpos queer, quer dizer, do corpo político homossexual entre as décadas de 1960 e 1990. Defino aqui o corpo como o corpo físico, o corpo como produto e produtor de trabalho, mas também de formações sociais e subculturas: esse é um corpo político. Hoje, as políticas de direitos feministas e de direitos lésbicos e gays (LG) desempenham um papel importante nesse duplo processo de expropriação. Os LGs reunidos em frente ao *Stonewall Inn* após o massacre de Orlando são os mesmos que participam ativamente da gentrificação do West Village. Eles foram os primeiros a fechar os olhos para o fechamento anunciado do lendário bar, cenário dos famosos tumultos de 1969 desencadeados por trans* e pelo.a.s profissionais do sexo, e não pelos homófilos da época. Se não fosse a transformação do local em santuário por Obama após o massacre de Orlando, o *Stonewall Inn* provavelmente teria fechado.

Qual é o papel da performance e da performatividade queer contra essa dupla expropriação e contra a reprivatização do sexual e dos espaços pelo neoliberalismo? Como resistir à dessexualização efetuada pelas políticas neoliberais apoiadas por feministas reformistas, antivéu islâmico, antiprostitutas, antipornografia, antitrans ou* *pelo.a.s assimilacionistas gays e lésbicas, nacionalistas, cúmplices da economização homossexual e da gestão neoliberal do capital humano de gays e lésbicas?* O que pode ser feito para remixar o sexual e o social, enfrentar a ressolidificação da separação entre público e privado, a menos que tenhamos que falar sobre a privatização de tudo? Quais são as práticas e estratégias queer e transfeministas nessa área? Como fazer algo diferente da política de igualdade de direitos?

"My body is a battleground": Zarra Bonheur *vs* Descartes

Opor o corpo do sujeito à subjetivação liberal e neoliberal, limitada, dessexualizante e despolitizadora faz parte da práxis queer. Isso pode resultar em uma ressignificação anticartesiana do famoso pôster de Barbara Kruger dos anos 1970, que apresenta um dos slogans femininos biopolíticos decisivos: "Meu corpo é um campo de batalha". O objetivo do antagonismo violento que Descartes conceituava era criar esse sujeito soberano que sempre poderia controlar o corpo e que sempre o venceria a partir do momento em que o corpo começa a ser concebido apenas como uma máquina ideal para trabalhar da melhor maneira possível. Também funciona dessa forma, o racional e a racionalização: "*The body had to die so that labor-power could live*" (Federici).[1] Esse violento dualismo cartesiano inaugurou uma primeira competição: essa que é disputada entre o corpo e a mente e cuja genrrificação se mostrou particularmente útil para separar a masculinidade racional e inteligente, em oposição à feminilidade corporal, besta e bestial das mulheres, dos colonizados e dos racializados do outro lado. Ele gera uma

1 "O corpo teve que morrer para que a força de trabalho pudesse viver."

segunda competição, aquela que é disputada entre o corpo e o *alter ego*, quer dizer, o sujeito liberal enquanto indivíduo, que podemos contrastar com a produção performativa de um *alter ego* contemporâneo antineoliberal: Zarra Bonheur.

Zarra Bonheur é o nome de performer escolhido por uma universitária queer chamada Rachele Borghi, pouco antes de ser contratada, em 2013, como professora e mestre de conferências na Sorbonne. Um dos objetivos de uma de suas performances, intitulada *Porno Trash*, é rasurar a fronteira entre espaços acadêmicos e militantes, contaminando-os com um texto que divulga referências não hierarquizadas. Com Slavina Corti, Zarra Bonheur reuniu referências políticas, acadêmicas, feministas, militantes, de alta e baixa cultura, trechos de livros, blogs e fanzines, em um texto que ela lê diante de um público que ela convida à participação voluntária. A progressão narrativa do texto é organizada de tal maneira que passamos do corpo alienado para sua reapropriação política e feminista em uma perspectiva de *empowerment*. O.a.s membros do público que se juntam a Zarra Bonheur num primeiro momento se despem lendo o texto de maneira a ficarem nus antes do final da apresentação. Então ele.a.s passam pelo público com sacos de lixo, nos quais as pessoas são convidadas a deixar suas roupas para buscá-las no final da performance, se quiserem se despir. E ficar nu coletivamente por um momento.

Uma das funções dessa performance e da criação desse *alter ego* é resistir, por um lado, à rejeição sofrida por Rachele Borghi durante anos no processo de recrutamento da universidade francesa, mas também de enfrentar a pressão epistemológica hétero que ela teve que sofrer e sofre em sua "disciplina": a geografia e seu campo de pesquisa, a geografia sexual. Borghi trabalhava em particular sobre performances pós-pornografia no espaço público, um projeto que ela havia apresentado no concurso do CNRS.[2] A partir do momento em que a privatização do conhecimento e de seus modos de produção estão em andamento, a maneira e a violência por meio da qual isso acontece nas universidades francesas, não seria uma coincidência se o corpo, a criação de um *alter ego* performativo e a queerização fornecem maneiras de resistir dentro do espaço acadêmico e em outros lugares. Pouco antes de sua contratação, Rachele Borghi começou a dar palestras nas quais gradualmente se despiu para chamar a atenção para o apagamento da subjetividade e do corpo do pesquisador no campo acadêmico, na pesquisa, etc. Quando pensamos sobre isso, a nudez como o ato simples de beber, brincar, ir aos banhos públicos, fazia parte das práticas corporais que eram visadas ou mesmo proibidas quando o corpo capitalista surgiu no século XVII.

A nudez de Borghi, também conhecida como Zarra Bonheur, é uma maneira de lutar não apenas contra sua/a precariedade, no momento em que ela procurava um emprego na faculdade, mas também contra a sujeição neoliberal que vem junto com o trabalho ao qual você pleiteia, quando você finalmente o obtém. Em contraste com a guerra declarada por Descartes contra o corpo, que se torna o campo de batalha para reivindicar a vitória do indivíduo liberal, Borghi reivindica seu corpo como um campo de batalha de uma perspectiva feminista e queer contra a reprivatização neoliberal da sexualidade que se manifesta na dupla expropriação que mencionei acima. Zarra combate sua transformação em força de trabalho precária e também a individualização, que é uma fonte de despolitização. Um combate que acontece, especialmente, dentro do espaço universitário, o AIC (*Academic Industrial Complex*).

2 Centro Nacional de Pesquisas Científicas da França. [N.T.]

Macadam Porn

O pós-porn é um recurso precioso e inesperado para resistir à reprivatização neoliberal do sexual em suas dimensões espaço-temporais e corporais. Criar uma zona queer no espaço público urbano é uma maneira de tornar visíveis e combater as políticas neoliberais da cidade, como a segregação urbana, o zoneamento e a gentrificação. Muitas coisas interessantes foram escritas sobre como a homonormatividade é cúmplice na especulação e expropriação imobiliária no sentido primário do termo. Sarah Schulman lembrou o papel desempenhado pela crise da AIDS na gentrificação de Nova York. Warner e Duggan e o grupo queer *Sex Panic!* soaram o alarme contra as políticas de *zoning* do sexo em público e do trabalho sexual em Nova York na década de 1990. Manalansan mostrou como as políticas espaciais neoliberais que conduziram a gentrificação de Nova York resultaram no despejo de queers of color e de queers pobres do Village, terra natal de Stonewall. Para Jin Haritaworn, bairros como Kreuzberg, em Berlim, são ao mesmo tempo locais de exclusão para queers e transexuais, mas também de "regeneração" e "revitalização" para os *bons homos* que devem ser protegidos do "criminoso" que se tornou o muçulmano homofóbico. O casamento de gays e lésbicas cisgênero.a.s (não trans*) e o acesso à propriedade para lésbicas e gays rico.a.s e branco.a.s desempenharam um papel mais do que significativo no processo de gentrificação e de reprivatização da sexualidade e das formas de intimidade em Paris, Rio, Berlim, Nova York ou no bairro gay de Montreal. *Quando a presença queer e transfeminista diminui no espaço público, as áreas privatizadas de gays e lésbicas explodem.*

Existem grupos queer e pós-porn que se mobilizam contra essa lógica da desapropriação, que acontece na maioria das cidades europeias que se tornaram destinos easyJet[3] no fim de semana. É o caso do QueerArtLab com Urban Drag e do Post-Op com *Oh Kaña* na Espanha. Organizado em 2013 pelo QueerArtLab, com base em uma idéia do Cruising Queer Collective, em colaboração com Rachele Borghi, *Urban Drag* é uma performance coletiva que acontece em Madri, na grande rua de comércio da Gran Via e em Chueca, o bairro gay da cidade (queerartlab.com). Vemos queers andando pelas ruas com confiança, onde iels se despem e voltam a se vestir, usando acessórios de masculinidade e feminilidade (brincos, batom, tênis, vestidos) ou usando tecnologias de produção queer da masculinidade (bigode, *binding*[4] de drag king) que literalmente encontram em seu caminho. Os diferentes acessórios são espalhados no chão por cada um* del*s e o especialista em drag king vai a seu encontro. Um vínculo é estabelecido entre os protagonistas do ato quando eles pegam uma roupa ou um acessório de gênero que o outro deixou cair na rua para que seja reutilizado. A câmera os encara enquanto os filma, o que acentua a sensação de *empowerment* e de ocupação crítica do espaço público hétero: a rua, as avenidas, mas também a vitrine de lojas como a H&M ou o McDonald's, ou uma sex shop gay, na frente da qual a imagem de um garoto reforça a masculinidade alegre comercial e normativa, exibindo um corpo perfeito, jovem e musculoso, que aparece no pôster da entrada. Em contraste explícito, uma garota com peito e corpo volumosos tira seu top, e começa a fazer a barba e o *binding* na rua, com a ajuda de um corpo feminino, e depois masculino. No final, tod*s se colocam em

3 Turismo e voos *low cost*. [N.T.]

4 Derivada das culturas trans* e drag king, o *binding* é uma técnica de enfaixar os seios para disfarçá-los, obtendo um peito sem volume.

frente à entrada do metrô, da qual se apropriam com alegria, juntos. A performance é uma reapropriação do espaço hétero pelos queers e uma queerização do espaço hétero. É também uma denúncia da ocupação da cidade pelo neoliberalismo, da gentrificação em andamento em Madri e do papel desempenhado pela Chueca nessa gentrificação.

Oh Kaña, *Post-Op*, Barcelona, 2010.

Em 2010, Quimera Rosa, Post-Op, Mistress Liar e Dj Doroti fizeram uma performance coletiva em Barcelona intitulada *Oh Kaña*, em homenagem ao poeta espanhol Ocaña, que andava nu e louco pelas ruas de Madri para enfrentar a ditadura de Franco. Com essa performance, que recebeu fundos públicos da prefeitura de Barcelona, que procurava projetos artísticos para animar a rambla, esse coletivo pós-porn tomou as ruas – uma verdadeira *Take Back the Night* durante o dia – exibindo corpos ciborgues, protéticos, sexuais, ou seja, subjetividades monstruosas e antineoliberais, produzidas por subculturas sexuais queer. O.a.s transeuntes viram chegar um bando em um mercado coberto, preso numa corrente por uma dominatrix encapuzada. Então, em pares, os corpos sem camisa e recheados de acessórios SM e ciborgues (correntes, coturnos, joelheiras, um vibrador preso na testa, tubos translúcidos, uma cabeça de cavalo) realizam práticas em público: sexo com uma ventosa, *cutting*, *fist-fucking*, sexo com tubos, chicotes, antes de convergirem de quatro em direção à buceta do corpo com cabeça de cavalo, postada com as pernas separadas no topo de uma escada, tudo sob os olhos de espectadores que assistiam ou filmavam a cena. Então, a matilha sai na rambla, puxada pela dominatrix, e tudo termina com um sexo grupal bastante informal. Essa performance diz, entre outras coisas, que a subjetivação e os corpos queer produzem uma cultura do poder diferente, e mostra isso. Nem sempre foi o caso. As lógicas sexuais e subculturais SM presentes na performance *Oh Kaña* referem-se a práticas de objetivação e subjetivação que não são vivenciadas como antagônicas. Estamos longe do debate sobre a objetificação das mulheres *a fortiori* pelo SM que marcou o feminismo da segunda onda e a *sex war* dos anos 1990, ou ainda a vingança feminista contra as performances de Carolee Schneemann com *Meat Joy* (1964) ou *Interior Scroll* (1975), acusadas de ninfomaníacas. Caminhamos no sentido oposto ao significado dado pelas feministas antipornografia ao *Take Back the Night* dos anos 1970, em São Francisco, por exemplo, e às políticas de violência e performatividade que elas carregavam. Como os ativistas antiporn que cercaram a Times Square na década de

1970, os organizadores da marcha *Take Back the Night* de São Francisco, em 1978, consideravam que a cidade constituía uma ameaça semelhante à do porno para as mulheres, e às vezes eles confundíam as duas coisas (Hanhardt).

A rejeição da dialética mestre/escravo e de seus dualismos adjacentes acompanham a desconstrução da retórica racista, colonial, imperialista e antropológica do "igual e do outro", inclusive em sua versão lacaniana (o grande Outro) e homonacionalista. *Oh Kaña* é o oposto da instrumentalização das imagens SM para fins racistas, como foi o caso na Parada Gay de São Francisco em 2012, na qual vimos gays "falsos SM" empoleirados em um tanque que sodomizava o presidente iraniano Mahmoud Ahmadinejad. Um plano de comunicação organizado pelo grupo de relações públicas Hill & Knowlton que já havia sido ilustrado durante a primeira guerra no Iraque liderada pelos Estados Unidos contra Saddam/Sodom Hussein em 1992, numa época em que floresciam camisetas com a imagem de um camelo mostrando seu ânus, do qual saía a cabeça de Saddam Hussein com o slogan: "America will not be sadda-mized".[5] No dia seguinte ao 11 de setembro, um sinal da integração dos "bons homos" ao Exército e à nação em guerra com o Islã, já havíamos trocado o Árabe que fode a América como fodeu o Kuwait pela América que fode "o muçulmano homofóbico" para humilhá-lo com representações de Bin Laden sodomizado por um arranha-céu com a legenda: "*U like skyscraper, huh, bitch*".[6]

Para homossexuais e transfeministas, a arma da humilhação anal não existe. Nossas políticas de penetração são

5 Em português: "Os Estados Unidos não serão saddamizados". [N.T.]

6 Em português: "Você gosta de arranha-céus, hein, sua puta". [N.T.]

positivas. A mesma coisa contra o outro, isso não existe. Pervertemos a dialética mestre/escravo. Rompemos com essa retórica de alteridade sexualizada racista que é eternamente exibida pela esquerda intelectual, pelos artistas contemporâneos e pelas políticas paternalistas e racistas. Especialmente na França.

Como o Post-Op em *Oh Kaña*, queers e transfeministas cultivam um ponto de vista subob (contração subjetivo/objetivo) assumido. Subobs produzem subjetividades alternativas. Reflexiv*s, iels sabem objetivar situações econômicas e sexuais, mostrar os mecanismos naturalizantes ou despolitizantes. Iels sabem como reconhecer, recusar e combater a reificação, o fetichismo da mercadoria, o funcionamento da acumulação capitalista e a administração neoliberal da subjetividade. Eles sabem que tudo isso é alimentado, entre outras coisas, pela dupla expropriação, no espaço urbano ou universitário, ou simplesmente no espaço público. Eles viveram toda uma série de des-identificações: da mulher para as lésbicas com Wittig, da feminilidade hegemônica hétero ao se tornarem mulheres Fem ou trans, da masculinidade hétera ao cowboy nacional dos Estados Unidos com o cu pelado, pronto para um *fist-fucking* na década de 1980. Iels quebraram o tabu da masculinidade feminina e da circulação da masculinidade com os drag kings e os trans*. Eles tiram proveito dos recursos de passividade, da objetivação sexual anal, SM, pós-pornográfica ou do *cutting*, assim como o fizeram as dikes da Samois e da Máfia Lésbica e como ainda o fazem as cadelas do Post-Op e da Quimera Rosa. Fazemos outra oposição entre sujeito e objeto por meio dessas experiências corporais subculturais que nos tornam subobs que nada têm a ver com as feminilidades patéticas e masculinidades heróicas de merda, incluindo as da esquerda radical. Incluindo aquelas que mataram Clément Méric[7] em 2013. Isso tudo é visibilizado no espaço público por meio da pós-pornografia. Pela primeira vez, a objetificação vivida corporal e consensual que emergiu das culturas SM torna-se pública para fins políticos. Fomos da masmorra, do clube de sexo, para a rua. Não tenho certeza se Foucault, que frequentou o Les Catacombes, o clube de sexo SM de São Francisco, teria dado continuidade a ele... na rua. Ao dizer isso, não estou dizendo que essa conversão subjetiva crítica seja válida em todos os lugares. Nos países marcados pela ditadura, no Brasil, por exemplo, *Oh Kaña* não funciona. E o trabalho de erradicação da colonialidade do SM euro-americano ainda precisa ser feito nesse tipo de lugar.

San Francisco, orgulho de 2012.

7 O caso ficou conhecido na França com a morte do militante da esquerda radical, Clément Méric, em 5 de junho de 2013, após uma briga entre dois nacionalistas skinhead e um grupo da esquerda radical. [N.T.]

As performances de Zarra Bonheur e do coletivo de Barcelona Post-Op são uma forma de resistência contra a dupla expropriação do corpo e do espaço característico da produção da sujeição ao corpo cartesiano liberal. São uma contestação do dualismo mente-corpo, uma crítica às políticas de gentrificação neoliberal e uma forma de resistência ao trabalho neoliberal, inclusive na universidade. Tantos corpos em batalha, para usar o slogan feminista de Barbara Kruger, e que usam o *spacing* no espaço público. O *spacing* (o ato de criar espaço) existe em todas as performances. Esta é a marca de fábrica da performance: criar um espaço/tempo que circunscreva o tempo da performance, gerando interação com o público; tornar o espaço público elástico, sensível e político coletivamente.

Esses usos políticos da performance queer contra o neoliberalismo nos forçam a romper o paradigma de gênero como performance. Enriquecem-no, de qualquer maneira. Com *Oh Kaña*, a performance do *Post-Op*, por exemplo, fica claro que os paradigmas de gênero, do sexo e da sexualidade como tecnologia, ou ainda do gênero, do sexo e da sexualidade como prótese são igualmente ativos e importantes. Os acessórios SM ou ciborgues da Quimera Rosa (canos, ventosas), o personagem do cavalo, os dildos na testa d* performer que criam unicórnios divertidos desestabilizam outros dualismos como humano/não humano, por exemplo. Eles desestabilizam esse outro binarismo feminista que tem sido tão útil para nós, mas do qual teremos que nos livrar: a distinção sexo/gênero que Haraway já havia deixado de utilizar. E por uma boa razão. *A outra mudança de paradigma vital nesta era neoliberal vem do trabalho e das políticas de coletivos queer e transfeministas ativos na crítica do capitalismo, do neoliberalismo, da precariedade, das políticas de austeridade e do trabalho*. Esta do gênero enquanto trabalho. Suas análises e práticas renovam a tradição feminista marxista e materialista. E não apenas isso.

Expulsão do Atlantide, Bolonha, 9 de outubro de 2015.

O gênero enquanto trabalho: Smaschieramenti

Na Itália, a reflexão sobre a precariedade e o consumismo gay começou com um seminário sobre subjetividade gay organizado pelo coletivo Antagonismogay em Bolonha, em 2001. Ele continuou em 2002, especialmente durante o Fórum Social Europeu em Florença, com um encontro organizado pela associação Azione Gay e Lesbica de Florença. Dez anos depois, os coletivos queer e transfeministas da rede SomMovimento NazioAnale realizavam ações relacionadas ao Occupy Wall Street e Puerta del Sol. O SomMovimento NazioAnale é uma rede de coletivos e ativistas sediado.a.s na Itália ou emigrado.a.s para a Europa. Seu objetivo é desenvolver reflexões e ações sobre e contra a crise econômica e as políticas de austeridade do ponto de vista queer e transfeminista. Antagonismogay, um dos coletivos que in-traduziu[8] a teoria queer na Itália, deu à luz, em 2008, ao Laboratorio Smaschieramenti, um coletivo queer e transfeminista que faz parte dele. Seus membros trabalham e constroem formas alternativas de vida e intimidade que não dependem do casal, da família ou da propriedade. Eles exploram formas criativas e performativas de se opor à museificação do ativismo e dos "movimentos sociais", à gentrificação das cidades, aos "antidjenders", antiaborto, católicos, à transfobia e à homofobia, à direita, à extrema direita, à violência contra mulheres e minorias sexuais e de gênero. Eles realizam ações contra os *sentinelle in piedi* (homólogos dos vigias na França), contra o racismo e o fascismo, contra a ocupação israelense da Palestina, o *pinkwashing*, o homonacionalismo, a gestão da diversidade, a austeridade, o neoliberalismo e a precariedade. Até 2015, o coletivo ocupava o Atlântida, um prédio de dois andares no portão de San Stefano, antes de ser expulso no dia 9 de outubro por 75 policiais da tropa antichoque, por ordem do prefeito de centro-esquerda da cidade, Virginio Merola. Nesse local autogerido, eram organizadas reuniões, festas, shows, performances, oficinas, reuniões e seminários. O Atlântida também organizou reuniões de planejamento familiar comunitário queer e trans* (a *consultoria*), servia de local para outros dois coletivos (NullaOsta e Clitoristrix), e também para grupos de artistas e música DIY, e teve um projeto de centro de pesquisa e arquivos queer independentes. Em suma, *vivia-se da política gay e transfeminista*.

8 Trocadilho com "introduziu". [N.T.]

Em maio de 2013, Smaschieramenti organizou uma oficina de drag king no Atlântida, coordenada por Rachele Borghi, Roger/Olivia Fiorilli, Lou Shone e bibi como parte de um seminário sobre recursos performáticos do "pornativismo" (fanzine *Gender Crash*). Durante esse workshop, na hora de performar seu personagem *king*, o.a.s organizadores propuseram que se fizesse referência aos gestos mais comuns durante o dia. Otto, um dos participantes, membro de Smaschieramenti e livreiro, teve a ideia de trabalhar seus gestos no trabalho: levantar, mover livros, etc. Incorporar a questão do trabalho em uma oficina de drag king era algo novo. Mais ainda, torná-la um paradigma e uma ferramenta para desconstruir gêneros, performar masculinidades e criticar o trabalho em um contexto neoliberal.

O gênero enquanto trabalho e no trabalho é o paradigma proposto por Smaschieramenti e pelo SomMovimento NazioAnale com intervenções políticas importantes, como a greve de gênero (*Sciopero dei/dai generi, gender strike*). Essa conceituação de gênero como trabalho é resultado de uma autoinvestigação (*auto inchiesta*) como a praticada pelo coletivo sobre muitos outros assuntos, inspirada em oficinas feministas, *raising consciousness*, incluindo grupos gays e coletivos do movimento operário italiano (com autoinvestigações dos operários da década de 1960). Smaschieramenti confia na inteligência coletiva para refletir e agir sobre a experiência e as necessidades de cada um*. Num cenário de políticas de austeridade adotadas na Itália a partir de 2010, a questão é "como as queers e as mulheres são afetad*s de maneira diferente pela crise e pelo neoliberalismo" (Smaschieramenti). De fato, ele.a.s não possuem o mesmo histórico familiar, são capturados pela gestão da diversidade ou pelo *pinkwashing* praticados pelas prefeituras ou empresas responsáveis pela crise, as mesmas que fazem com que as queers estejam cada vez mais pobres e precárias, mas que se exibem como *gay-lesbian-friendly* com políticas de recrutamento para LGs (Smaschieramenti) e políticas agressivas de turismo gay, como evidenciado pelo recente lançamento de Anne Hidalgo[9] com seu plano nojento, intitulado sobriamente como "Paris, cidade-modelo de inclusão e diversidade", que tem Tel Aviv como paradigma.

Smaschieramenti parte da seguinte definição do trabalho: "O trabalho (insano) é algo que consome tempo e energia, que é obrigatório e produz mais-valia" (Acquistapace). O trabalho necessário para produzir os gêneros normativos e inteligíveis, incluindo os perfis dos LGs em voga do tipo "o criativo homossexual da H&M ou a lésbica tatuada da Leroy Merlin",[10] esse trabalho é naturalizado, mas é de fato um trabalho demorado e obrigatório que produz mais-valia apropriada pelo capital. E não apenas na Itália. Em um bar badalado do Faubourg Saint-Denis, em Paris, que recruta garçons e barmen queers, visivelmente queer, para se tornar *cool*, é o proprietário do bar que enfia em seu próprio bolso o valor agregado do esmalte, do corte de cabelo, em resumo, de tudo o que o gênero queer vende, enquanto o queer em questão é agredido e obrigado a administrar toda a homofobia e a violência de gênero específica de espaços hétero (Adele).

Preparar-se, ter que repetir os códigos certos, as ações certas e os comportamentos certos fazem parte do que fazemos para produzir os tipos de gêneros em si e outros gêneros necessários no local de trabalho. O coletivo italiano observa que todos os gêneros são cada vez mais mobilizados para que as

9 Prefeita de Paris. [N.T.]

10 Famosa rede de lojas de artefatos de construção. [N.T.]

pessoas concordem em trabalhar cada vez mais e receber cada vez menos por isso. Todos os gêneros, não apenas a masculinidade e a feminilidade heteronormativos. Portanto, é necessário ampliar a definição de gênero como trabalho. Federici aplicou-a apenas à feminilidade, mas Smaschieramenti aplicou-a a todos os gêneros. Falar sobre gênero como trabalho abrange várias coisas. O fato bem conhecido de que o gênero desempenha um papel na exploração do trabalho; o novo fato de que é necessário integrar novas identidades sexuais e de gênero, as dos "bons homos" produtivos, os LGs (para os trans*, isso está chegando e por que não no Exército, para começar, comemorando como Israel faz ao longo de muitas campanhas, o bom trabalho de limpeza – no sentido étnico-militar do termo – do tenente Schachar Erez, o primeiro oficial transgênero do exército israelense a participar com entusiasmo do plano Negev 2020). E, depois, há ainda o fato menos conhecido ou menos perceptível de que a produção do gênero pode ser concebida como uma obra em si. Em resumo, temos interesse em ver os gêneros como produções, e não como meras construções (um paradigma de sociólogo, finalmente).

"Dinheiro em nossos pratinhos, nossos sorrisos, nossos cus"

O movimento queer e transfeminista italiano atualiza a reflexão política sobre as relações entre trabalho reprodutivo e trabalho produtivo iniciado por Federici e as feministas marxistas envolvidas na campanha WfH (*Wages for Housework*) na década de 1970. Estas últimas acertaram os ponteiros invertendo a hierarquia entre local de produção e local de reprodução. Elas deixaram claro que a condição de possibilidade do trabalho de produção na fábrica e em outros lugares é o trabalho de reprodução não remunerado e invisível, ou seja, a produção de assalariado.a.s concretizada pelas donas de casa: do quarto à cozinha, com um pequeno desvio para a sala de parto. O trabalho de reprodução é também o sexo e a comida: "O capital ganhou dinheiro e continua a ganhar com nossos pequenos pratos, nossos sorrisos, nossos cus" (Federici). E, se há uma maneira para tornar esse trabalho visível de uma maneira sem dúvida diferente do que Federici previa, mas concordando com ela quanto à visibilidade pela remuneração, trata-se das profissionais do sexo e das dominatrix com alimentação remunerada, por exemplo (Schaffauser). Como nesta performance de Marianne Chargois, de 2016, intitulada *Golden Flux*, na qual a vemos alimentar seus clientes no filme que é transmitido atrás dela enquanto ela está no palco, enquanto ouvimos seu comentário através da narração. E será necessário levar em consideração o fato de que os "bons homos" que fazem filhos vêm integrar essa esfera do trabalho reprodutivo e que é sempre necessário pensar sobre o que entra ou não nessa definição do trabalho. As feministas marxistas revolucionárias insistiam na porosidade da fronteira entre o trabalho reprodutivo e produtivo. Com a crescente importância do trabalho cognitivo e afetivo, o trabalho produtivo sem produtos tão tangíveis como antes em todos os setores, o trabalho gratuito, a precariedade e o desemprego, a redefinição do trabalho e a consideração de suas novas formas são cruciais. É necessário contar com a desterritorialização e a desmaterialização do trabalho. O coletivo queer e transfeminista incorporou, portanto, em sua reflexão, as formas de trabalho pós-fordistas características do "biocapitalismo" (Fiorilli): capacidade relacional e comunicativa, trabalho emocional, trabalho imaterial e trabalho cognitivo. A autoinvestigação coletiva permitiu listar "as tarefas e as qualidades necessárias ao trabalho em contexto neoliberal: o cuidado (*care*), a comunicação, as capacidades relacionais, a sedução, a criatividade, o glamour e, é claro, a motivação e o amor ao trabalho" (Smaschieramenti). A campanha Wages for Housework tinha um duplo objetivo. O salário pretendia tornar mais visível o trabalho doméstico e reprodutivo não remunerado, uma vez que a falta de remuneração era o principal fator de invisibilização. Mas tratava-se também de conscientizar que "as atitudes da feminilidade", os traços da feminilidade, são na verdade "funções profissionais" e de usar o poder do salário para desmistificar a "feminilidade" e visibilizar "nossa feminilidade enquanto trabalho" (Federici). A aparência da profissão remunerada de "dona de casa" nas empresas, sorridentes, responsáveis pela simpatia e felicidade dos funcionários, como é o caso da Boiron,[11] por exemplo, prova o contrário, já que o trabalho da feminilidade continua a ser efetuado gratuitamente, em sua grande maioria. *Era necessário abordar o trabalho em seu aspecto imediato (trabalho doméstico) e em sua forma mais insidiosa: a feminilidade. As mulheres e a feminilidade que são exploradas. O objetivo era entender que a feminilidade é um trabalho e que isso tem que parar, é necessário recusar que o trabalho seja uma expressão e uma extensão de "nossa natureza feminina" e, assim, recusar o papel de gênero inventado pelo capital.* A remuneração não tinha como objetivo melhorar as condições de trabalho ou efetuar um processo de reconhecimento por meio do salário. O salário é uma disputa de poder capitalista. Seria o ponto de partida para recusar o trabalho e combater as divisões inerentes à organização capitalista do trabalho. Isso fica muito claro em Federici. Gerar uma tomada de consciência do gênero como

11 Empresa francesa do ramo farmacêutico. [N.T.]

trabalho na perspectiva de recusá-lo a longo prazo, mesmo em um contexto de precariedade, é também o que Smaschieramenti propõe, sugerindo fazer a greve do gênero.

Sciopero dai/dei generi: chegou a hora da greve do gênero

Como fazer a "greve do gênero" para resistir à exploração de gêneros pelo trabalho, incluindo LGs e queers, e para atacar o fato de que os gêneros sejam em si um trabalho? Colocando uma resposta automática no e-mail do tipo: hoje, eu não respondo emails, estou em greve. Ou fazendo greve de sorriso: nenhum sorriso para os clientes nas profissões de atendimento ao cliente. Ir para o trabalho em drag queen ou king, ou planejando fazê-lo. Não se depilar,[12] etc. *O feminismo marxista/ materialista da segunda onda destacou a dimensão de gênero do trabalho ao conceituar a "divisão sexual" do trabalho e denunciar o trabalho das mulheres, incluindo o trabalho invisível. Para a maioria das feministas, superar a dimensão de gênero e desigual da divisão sexual do trabalho (mulheres relegadas ao espaço doméstico e privado ou em posições inferiores ou precárias no mercado de trabalho), passou e ainda passa pela igualdade profissional. O trabalho assalariado era a solução para todos os problemas, menos para as marxistas italianas que nunca acreditaram que a solução era ir da pia para a fábrica. Sem mencionar aquelas que sabiam muito bem como haviam trabalhado de graça durante a 'escravidão' e que, quando trabalhavam, continuavan recebendo empregos de merda malremunerados ou não qualificados: as pessoas racializadas que não figuravam muito nas agendas das feministas brancas, reformistas ou revolucionárias, da primeira e da segunda onda, que conta ainda com restos na terceira*

12 SomMovimento NazioAnale.noblogs.org/post/2014/11/12/scioperiamo-cosi-14n/.

onda e atualmente. Hoje, mais do que nunca, dada a degradação, para não falar em desaparecimento do trabalho, essa estratégia de salvação por meio do trabalho remunerado deve ser questionada.

Perfil de Facebook de grevistas queer por Smaschieramenti, Bolonha, novembro de 2014.

Dizer que o gênero é um trabalho não é o mesmo que dizer que o trabalho é "gendrificado", e isso leva a diferentes práticas políticas. Smaschieramenti trabalha sobre a captura de subjetividades (LG, queers e outras) pelo neoliberalismo e pelo capitalismo pós-fordista, a mobilização dos afetos que isso implica, o tipo de produtividade generalizada que impõe e constantemente mede e a corporalidade da coisa. De fato, a produção de identidades, incluindo identidades de gênero, pelo capitalismo e neoliberalismo, atua no nível material de desejo e de afeto entendidos como construções e práticas culturais e sociais. Fazer greve de gênero permite tomar consciência desse tipo de alienação no trabalho a partir do momento em que gêneros são postos em prática e em que proporção nós concordamos com isso sem nem sempre percebermos; a maneira pela qual nossos gêneros, mas também nossas emoções, nossas paixões, nossos relacionamentos, nossos elos, nossas identidades são produzidas e colocadas em prática em um contexto neoliberal. Como ainda acreditamos no trabalho e como é difícil resistir a ele. Porque o trabalho continua sendo esse formidável reservatório de crenças, esperanças, recompensas, benefícios emocionais, narcisistas, simbólicos e de identidade. Ao autogerenciamento denunciado por Federici, acrescenta-se agora o autogerenciamento exigido pelo neoliberalismo, no qual o sujeito se torna a empresa, sua própria empresa – que ingenuidade! – com o status muitas vezes forçado de empreendedor. A pior notícia é descobrir que a empresa tem uma alma, como dizia Deleuze nos anos 1990. Imaginamos sua cara e seu espanto vendo o espírito e a forma comerciais se estabelecerem em todos os lugares, fora das fábricas e escritórios, em casa e até nos estados, atualizados por Trump e Macron.

Com a greve, Smaschieramenti propõe uma ação sobre a performance de gênero e a produtividade imposta aos *bios*, a tudo que é vivo, em geral. Essa resposta biopolítica ao biopoder é perturbadora: dizer não à produtividade e "ao biopoder vindo de cima" e *omnipenetrante*! *Uma greve desse tipo possibilita sair por um tempo da exploração desse tipo no trabalho*. Assim como a demanda pela remuneração do trabalho doméstico, ela torna visível a colocação dos gêneros no trabalho e do gênero como trabalho. Do mesmo jeito que uma oficina de drag king permite desnaturalizar a masculinidade, tomar consciência de sua construção, mas também de sua plasticidade, do potencial de desnaturalizá-la, de inventar e praticar masculinidades alternativas, diferentes, dissidentes, desleais à masculinidade hegemônica. Resumindo, fazer e viver de um jeito diferente.

Em novembro de 2014, a coalizão SomMovimento NazioAnale fez uma primeira greve do gênero pensada como a contrapartida da greve social lançada com outros coletivos anticapitalistas como parte de uma reflexão que existe na Itália há dez anos sobre a possibilidade de fazer greve quando você é precário. Uma declaração postada no blog deles propunha aos futuros grevistas do gênero identificar os aspectos de seu gênero que foram escalados ao trabalho e que poderiam ser colocados em greve.[13] Uma série de perfis de grevistas foi disponibilizada nas redes sociais. Algun.ma.s enviaram depoimentos autobiográficos sobre a temática do trabalho, outros escreveram canções. O coletivo queer Padua Fuxia Bloc publicou uma lista "com preços" das experiências de trabalho gratuito de seus membros[14] enquanto o BellaQueer, de Perugia, fazia uma performance na rua.

13 sommovimentonazioanale.noblogs.org/post/2014/11/13/sciopero-sociale-scioperodai-generi-dei-generi/.

14 sommovimentonazioanale.noblogs.org/post/2014/11/11/tariffario-del-lavoro-non-pagato/.

TARIFS DU TRAVAIL GRATUIT

Télécharger les courriels du boulot sur ton portable pour pouvoir répondre 24h/24 y compris les week-ends....0€
Sourire quoi qu'il arrive, même s'il n'y a pas de quoi rire....0€
Achat de minijupes, de maquillage et payer le coiffeur pour travailler dans un call center....0€
Crampes au mollet et paralysie faciale pour avoir travaillé 72h comme hôtesse/steward dans les stands d'exposition et de foire....0€
Harceler toute ta famille pour lui vendre le tout dernier modèle d'aspirateur écolo....0€
Sourire à contrecœur aux blagues homo-lesbo-transphobes et racistes des client·e · s parce que tu vas être viré·e si t'es pas gentil·le....0€
T'habiller "fashion", façon pédé excentrique pour être couronné reine des relations publiques de toute la ville.......0€
T'improviser confident·e de la·du client·e du moment pour lui refiler la collection automne hiver....0€
Publier des photos sur les réseaux sociaux pour avoir l'air plus "smart" aux yeux de ton patron, de tes collègues, de tes clients....0€
Prendre racine dans le bureau en espérant que ton prof va te proposer de donner un cours gratuit le semestre prochain....0€
Vendre avec conviction à 400€ des duvets d'oie maltraitée cousus par des couturièr·e·s chinois·es très doué·e · s de moins de 14 ans....0€
Passer toute la nuit à terminer ce projet très urgent qui va être ensuite abandonné pendant des semaines dans le bureau de ta coordinatrice....0€
Répondre à une annonce de "stage de formation" et finir par acheter les tickets de train pour la vieille tante de ta responsable....0€
15 années de boxe Muay Thai pour remplacer le chariot élévateur dans l'entrepôt du magasin....0€
Faire semblant d'être une bonne soeur quand on te demande pendant un entretien d'embauche si tu veux avoir des enfants....0€
Avoir la pêche en salle de réunion alors que tu viens d'apprendre que ton contrat ne va pas être renouvelé....0€
Accompagner ton patron à cette expo sur les avant-gardes russes qu'il aime bien....0€
Utiliser tes profils sur les réseaux sociaux pour faire de la pub à ton entreprise ou aux prochaines conférences organisées par ton équipe de recherche....0€
Enlever master, doctorat et autres diplômes de ton CV et les remplacer par un improbable cours de formation à la dégustation des fromages des Alpes....0€

MAIS #COMBIEN ÇA TE COUTE?

Voici quelques-unes des actions qu'on doit quotidiennement performer en tant que précaires, femmes et hommes, trans, gais, lesbiennes, queer, etc, dans le monde du travail et dans nos vies. C'est ainsi que nos subjectivités, nos compétences relationnelles et affectives, nos centres d'intérêt et nos habitudes sont mis en valeur et produisent un profit qui ne nous est pas payé. Bien sûr, il y a des choses qu'on fait parce qu'on pense que c'est normal de les faire, parce qu'on aime les faire et parfois, on se convainc qu'il n'est pas possible d'agir autrement. Mais que se passerait-il si on décidait tou·te·s ensemble de nous mettre en grève? Si on décidait non seulement de croiser les bras mais de ne plus être socialement productif·ves?
La « grève sociale », c'est aussi se soustraire à tout ce qui est travail gratuit, à toute la mise en valeur (valorisation) de notre vie pour revendiquer du temps et le revenu d'autodétermination.

#grèvesociale #socialstrike #grèvedesgenres #14N

www.scioperosociale.it

Durante o grande evento "Veniamo Ovunque", de 21 de maio de 2016, em Bolonha, trabalhador*s queers ingrat*s (os *ingrati*) anunciaram performances no espaço público para denunciar todo o mal que viam na gestão da diversidade e a que ponto eles não estavam dispostos a agradecer as empresas *gay-friendly*. Todas essas ações tinham como objetivo queerizar as lutas anticapitalistas, que precisam ser queerizadas, visto o quanto permaneceram héteras e tão pouco feministas, como a Nuit Débout[15] comprovou, e reinjetar a classe e a dimensão econômica que desapareceram nas políticas LG: "*Queer struggle is class struggle*".[16] Sabendo que o tema definido pela classe não é o mesmo tema revolucionário para queers e transfeministas, porque não leva em conta as diferenças na maneira como o neoliberalismo captura subjetividades. A lição da crítica das feministas aos marxistas da década de 1970 foi introjetada, mas esse nem sempre é o caso. Um panfleto distribuído pelas Feministas Revolucionárias ainda convidava os participantes das Assembleias Gerais LGBT realizadas em Paris em 2016 a ingressar na "classe operária", em uma assembleia onde a contaminação pela gestão da subjetividade neoliberal era evidente. O ponto de vista queer e transfeminista permite integrar outros aspectos, outras formas de trabalho, outros gêneros e um bom grupo de coisas que os marxistas ainda não conseguem engolir. Adicionar o

15 Movimento popular iniciado em 31 de julho de 2016 que mobilizou grande parte da opinião pública francesa, inicialmente pautado contra a reforma trabalhista proposta por Macron. O movimento se multiplicou e convergiu outras lutas nos meses seguintes. Nuit Débout significa, literalmente, "passar a noite acordado, de pé". Os manifestantes viraram noite adentro com seus atos em praças públicas de grandes centros da França. [N.T.]

16 "A luta queer é a luta de classes."

trabalho doméstico e o trabalho de criar filhos às reivindicações não é suficiente. Não é mais possível encerrar a reflexão sobre o trabalho no contexto da diferença sexual ou do ponto de vista das mulheres. É até contraproducente.

Como qualquer greve, uma greve do gênero só é sustentável durante um período de tempo, mesmo porque é impossível continuar em greve da reprodução de si mesmo por um longo tempo. A idéia não é parar a reprodução, a comunicação, o afeto, a performance de gênero ou o intelecto geral, mas encontrar maneiras coletivas de obter uma reprodução social diferente, de fabricar gêneros e subjetividades diferentes, menos exploráveis e de construir formas de assistência social e de *care* autogeridas. *A greve do gênero também é uma maneira de desencadear um trabalho contraproducente*, de revirar a ferramenta biopolítica, o poder do trabalho, incluindo o trabalho afetivo, objetivando "nosso lucro". Como existe uma ambivalência da lei e uma ambivalência do drag, há uma ambivalência do biopoder. Se o biopoder "de cima" e onipenetrante é o poder de criar vida, formas de vida, subjetividades, sociabilidade e sociedade, o biopoder "de baixo" e *omnipenetrante* pode fazê-lo, e o faz. Embora seja verdade que a importância do trabalho afetivo e o peso da biopolítica "de cima" e omnipenetrante em nossas formas de vida sejam tais que a linha entre trabalho reprodutivo e produtivo seja apagada, entre economia e cultura, se é verdade que o trabalho reprodutivo, o trabalho de *care* e o trabalho afetivo se tornaram os mais lucrativos, a questão é saber como se tornar o mais "*uneconomic*" possível (Federici), contando com nossas comunidades, nossas subculturas, as micropolíticas e nossas microestruturas, nossa capacidade de trabalhar em comum.

Gênero, trabalho e performance: *"it's a drag"*[17]

No final dos anos 1990, quando dizíamos "Tudo é performance" e "O poder está em toda parte", não nos sentíamos sufocados nem tínhamos a sensação de termos caído numa armadilha. Pelo contrário. Capilar, a definição de poder de Foucault multiplicou os pontos de resistência para a micropolítica. Não podemos dizer a mesma coisa no início do século XXI, quando dizemos "tudo é trabalho". Como chegamos a esse ponto? Nossa experiência e nossa concepção de trabalho mudaram em função de sua evolução na era pós-fordista e neoliberal e do *storytelling* da "crise". Mas é também porque as classes médias brancas percebem como uma "novidade" uma forma de violência que muitas outras sofreram antes delas e ainda sofrem, tenham ou não um emprego. Tudo se tornou mais torpe, mais paralisante, mais opressivo. Porque a fronteira entre o tempo de trabalho e o local de trabalho se tornou embaçada; porque formas de trabalho como o trabalho cognitivo, intelectual e afetivo se tornaram muito importantes; porque passamos a levar em conta o trabalho afetivo forçado; porque o trabalho afetivo faz parte do trabalho reprodutivo; porque o neoliberalismo invadiu a esfera social, estragando o espaço público e a maioria de nossas atividades participa da usina social. Suamos nosso trabalho, que não é mais necessariamente remunerado. A questão inevitável é, portanto, como resistir a esse trabalho torturante e o que queers e o transfeminismo têm como participação nesse caso.

17 A expressão em inglês possui a conotação de "isso é chato". Porém, o autor está usando o termo "drag" no sentido de "disfarce" e apenas nesse sentido, subvertendo o sentido original da frase. [N.T.]

A distinção entre as diferentes formas de trabalho, como vimos, torna possível entender e neutralizar melhor sua dimensão biopolítica invasora, sua privatização, sua temporalidade (disponibilidade espacial e temporal total) necessária, seus valores mistificantes, sua moralidade, a mentira da meritocracia, a miragem do reconhecimento que ela proporciona, sua dimensão "gratificante", integradora, igualitária, etc., e a produção de empregado.a.s e desempregado.a.s LG e queer. Quanto ao paradigma de gênero como trabalho, ele muda muitas coisas na maneira em que o potencial crítico e transformacional – revolucionário, dizem alguns – dos gêneros, das performances de gênero e da performance em si pode ser mobilizado.

A chegada do paradigma de "gênero como performance" na década de 1990 dinamizou o paradigma de "gênero como uma construção" que o precedeu. Deve-se dizer que, antes, o gênero era um pouco como a coisa mais inflexível possível. Ou, pelo menos, era nisso que queriam que acreditássemos. Ao definir "gênero como performance e performatividade", tornou-se habitual entender o gênero como uma repetição e uma imitação que poderiam ser positivas ou negativas. Basicamente, a repetição de códigos e citações de gênero foi fundamental para nos revelar que o gênero era uma imitação sem original, que não tinha nada de natural, e que, senão, reforçaríamos normas de gênero. Acima de tudo, esse novo paradigma chegou com uma figuração, uma encarnação da crítica às normas de gênero: a figura da drag queen, e não do drag king. O principal obstáculo foi a dependência excessiva do elemento discursivo, e esse foi o caso de Butler com seu "drag (travestismo)", sinônimo de um processo crítico e subversivo. O biodrag de Preciado voltou a dar-lhe corpo e materialidade. O gênero como trabalho que também permite levar em consideração os aspectos materiais e coletivos da performance de gênero, inclusive no trabalho. Eu voltarei a isso.

A drag queen, um símbolo do gênero como performance, e a drag queer (travestismo crítico) foram arrastadas para o lado do trabalho (se possível "o bom", o que não é simples) em uma pequena enxurrada de textos recentemente publicado nos Estados Unidos que retornam, à sua maneira, à relação entre trabalho, drag e performance. O trabalho deve ser oposto à performance frívola, superficial e mais cultural? É um pouco o caso com a drag mariposa (papillon) de Welsing, sem nada do *camp* e o drag do "homossexual no trabalho" da Tinkcom. *De fato, trabalho e performance não são incompatíveis. Longe disso.*

As drag queens mariposas

Welsing analisa as performances de drag queens mariposas do ponto de vista do trabalho por meio de *Mariposas en el Andamio* (1996). O documentário de Gilpin e Bernaza sobre a comunidade travesti das mariposas de Cuba conta a história da comunidade da Guinera que se estabeleceu nos subúrbios de Havana, e como travestis, operário.a.s e habitantes contribuíram para sua construção e seu sucesso como um experimento social pós-revolucionário de sucesso. O filme alterna as entrevistas das mariposas que vemos se preparando para seu show e diferentes membros da comunidade, como o médico e Fifi, gerente de construção civil. Em alguns pontos, Welsing e Smaschieramenti se reúnem em sua definição de gênero como trabalho. Welsing, no entanto, permanece dentro de proposições teóricas, práticas e políticas do coletivo queer e transfeminista de Bolonha. Onde Welsing faz uma leitura marxista e materialista das drag queens mariposa, Smaschieramenti adota uma abordagem materialista pós-marxista e biopolítica na qual a figura da drag queen perde sua centralidade. Welsing usa a figura da drag queen mariposa cubana em um ambiente anticapitalista pós-revolucionário para fins teóricos e ilustrativos que o levarão a valorizar sua "produtividade" e sua "utilidade social" e a fazer um discurso sobre esse valor, bastante diferente daquele do SomMovimento NazioAnale, que se concentra na valorização de subjetividades e gêneros queer como vetor de exploração em um contexto neoliberal e biocapitalista.

Que valor produz o gênero das drag queens mariposas? Para Welsing, o trabalho-manifesto – espetacularizado por seus shows – sobre a performance de gênero das drag queens sairia do campo de valor de uso e da esfera da troca, se enquadrando no "trabalho-jogo" (*play work*). Arendt definiu "trabalho-jogo" como o oposto do trabalho alienado nos tempos modernos. O "trabalho-jogo" não paga nada. Não tem fins lucrativos, ao contrário do trabalho obrigatório que somos forçado.a.s a fazer para subsistir e explorar a nós mesmos. Arendt não valoriza o "trabalho-jogo", que ela encara como uma falsa fuga proposta ao indivíduo moderno para lhe dar a ilusão de deixar o trabalho alienado. Mas, para Welsing, a performance do gênero interpretado por drag queens mariposa em seu espetáculo é um "trabalho-jogo" positivo, com um forte potencial desnaturalizador. Como tantas drag queens que parecem ter vindo de *Os problemas de gênero*[18] para sair em turnê, as drag queens mariposa nos mostram, assim como seu público de pedreiros e operários da comunidade de Guinera, que os gêneros são performances, isto é, imitações sem original, e que é possível

18 Livro icônico de Judith Butler, que lança pela primeira vez a ideia de gênero como performance. [N.T.]

escapar do processo da repetição regulada das citações de gênero que preside à reprodução de gêneros heteronormativos. Esse é o lado discursivo, retórico e hermenêutico da definição butleriana. Como tantas donas de casa em turnê – exceto que os shows das *desesperated housewives*, nós os esperamos –, as drag queens mariposa nos mostram, bem como seu público de pedreiros e trabalhadores da comunidade da Guinera, que o gênero feminino é um trabalho, mas que, diante de seu gênero, a drag mariposa não teria a sensação de *estranheza* (distanciamento) que é próprio do trabalhador excluído do processo que torna possível sua produção. É possível que ele se distancie de seu gênero como um "produto", sendo ao mesmo tempo capaz de não se separar do processo que rege sua produção. Diferentemente da drag queen norte-americana, que revelou a dimensão mais cultural da produção de gêneros, a drag queen mariposa revelaria sua dimensão coletiva, afetiva e social. O documentário mostra, de fato, as condições econômicas e políticas da produção/performance dos gêneros mariposa, fornecendo insights muito concretos sobre a materialidade do gênero. Por causa do embargo, a falta de recursos é tal para produtos de maquiagem, cílios postiços ou vestidos (sem cola, sem cílios artificiais, sem tecidos adequados) que as mariposas precisam encontrar maneiras de improvisar a feminilidade com o que elas têm. Os cílios postiços são feitos de papel, o tule é feito de sacos de lixo.

Cuba ou RuPaul?

Por todas essas razões, o drag cubano é um ótimo trabalho. Um trabalho-jogo! A drag queen mariposa praticaria a ressignificação e a desconstrução de gêneros à maneira da drag queen norte-americana de *Os problemas de gênero*, com uma vantagem:

desnaturalizaria também o trabalho que entra na produção do gênero ou mesmo o trabalho em si. Ela é esse híbrido americana-cubana, discursiva e materialista, anticapitalista e revolucionária. Ela fala inglês e espanhol. Rainha e transformista, ela ressignifica a feminilidade tanto quanto exibe a metamorfose, ou seja, a transformação material. Ele revela os mecanismos de gênero e do trabalho em um cenário perfeito: a lanchonete onde os trabalhadores, os operários, os pedreiros, os construtores, a Fifi e os outros se amontoam. Trabalhadora do gênero (feminino) modelo, a drag queen mariposa é o antiRuPaul, símbolo do capitalismo norte-americano. Ela incorpora a resolução dialética da falsa oposição entre cultural e social, que fez os pós-estruturalistas e os pós-marxistas se chocarem na década de 1990, entre Butler, que se defendia de não sugerir apenas o "cultural" ou o "simplesmente cultural" ("*merely cultural*"), e Fraser, culpada de economismo. Ela é a síntese queer perfeita, o modelo do "valor queer" que seria a capacidade de não separar o cultural do econômico própria dos queer (Welsing), sem que se entenda exatamente de onde vem esse seu dom marxista. Os queers sempre entenderam o que Spivak, pós-estruturalista mais marxista de Derrida, disse sobre a ambiguidade do valor, sobre a inextricabilidade do cultural e do econômico? Iels estariam em melhor posição para reunir os domínios do "material (acumulação e troca)" e do "cultural e psíquico (desejo)" (Welsing). Haveria até mesmo "um tipo de trabalho chamado *queerness*", definido como "a capacidade produtiva dos queers de explicitar o valor de suas diferentes formas de trabalho e de questionar a alienação característica do trabalho assalariado". A menos que Welsing se refira ao que o *camp* nos diz sobre a capacidade dos gays de marcar sua subjetividade no trabalho como pensa Tinkcom, não está claro de onde vem essa essencialização do queer e de quais queers se trata. É questionável se essa tentativa excessiva de transformar as rainhas drag borboletas em formigas não se destina a alcançar uma postura complacente, típica da teoria queer norte-americana da primeira onda, em um contexto em que não é mais possível nem correto evitar a questão da economia e do capitalismo.

Welsing aborda outra apreciação do trabalho das drag queens mariposa presente no filme. É Fifi quem sublinha o "orgulho", a "responsabilidade" e o "respeito" exibidos pelas drag queens mariposas em seu trabalho. Mas qual é a compatibilidade do drag (travestismo) enquanto "trabalho-jogo" ampliado por Welsing com "a utilidade social do drag", segundo Fifi, no projeto de reconstrução nacional cubana? Essa utilidade faz mais referência à moral do trabalho do que o grau do *gender fucking* dos espetáculos das drag mariposas. Habituando-se a positivar a "produtividade da drag mariposa", a feminilidade mariposa qualificada de queer porque as drag queens mariposa não tentam ser passáveis (no sentido de *passing*),[19] Welsing esquece algo que está no cerne da reflexão e das ações de Antagonismogay, Smaschieramenti e do SomMovimento NazioAnale, nomeadamente a exploração de pessoas LG e do queer pelo trabalho e pelo neoliberalismo. Não é porque se está em um país comunista que a exploração de gênero não exista. Pelo contrário, dada a incapacidade da maioria dos marxistas e comunistas de renunciarem ao valor "trabalho" e à emancipação por meio do trabalho. Nada estabelece também que o potencial crítico da atuação das drag queens mariposas penetre na sociedade cubana, atinja os pedreiros da cafeteria que são seu

19 *Passing*: ser lid*, reconhecid* pelos outros como mulher (para uma mulher trans) ou homem (para um homem trans).

público habitual e que, como Fifi, trabalham na construção do "novo homem cubano"; que sua desobediência de gênero não seja exotizada ou assimilada como um espetáculo de Michou,[20] que também agrega valor ao bairro de Montmartre; que o filme ofereça uma visão do travestismo e do gênero como travestismo crítico. Se Fifi atribui um valor inesperado às drag queens mariposa, se ela não se questiona sobre o grau de sucesso de sua performance da feminilidade, de seu *passing*, é positivo que ela coloque seu valor em outro lugar e que esse valor não passe desapercebido para todo mundo. As drag queens mariposas podem também ser lidas facilmente como um exemplo de exploração homonacionalista de gêneros queer em uma sociedade socialista anticapitalista pós-revolucionária.

A self-made queen e os drag kings desempregados

Existem outras maneiras de ver a relação entre gênero, trabalho e performance. Isso significa que não há antinomia entre trabalho e produção, por um lado, e performance, por outro, e que o termo "performance" descreve o processo de fabricação de gêneros ou designa uma encenação, uma espetacularização concreta do gênero. Como espetáculo (não reservado apenas ao palco), a performance exibe a produção, o trabalho inerente, subjacente e naturalizado dos gêneros, inclusive quando estão em situação profissional. Longe de serem um problema ou um aspecto secundário, *a performance e o espetáculo são ferramentas valiosas para aumentar a conscientização e resistir aos "gêneros como trabalho". Acima de tudo, sublinham o fato de que o trabalho também é uma performance e, então, o desnaturalizam.*

20 Famoso cabaré de artistas transformistas de Paris. [N.T.]

Eles contribuem para reduzir esses dois níveis de abstração, que são o trabalho do gênero invisibilizado, com o qual as feministas marxistas se preocupam, e o fato de que também há algo relacionado ao trabalho na fabricação de gêneros que não é mostrado. Trabalho e performance não se opõem. Aplicado aos gêneros, um não é mais nem menos superficial que o outro. Um não tem mais utilidade social que o outro. Um não tem mais poder hermenêutico ou crítico que o outro. Ambos são ambivalentes, podem levar à mais alienação e restrição, ou vice-versa. Não é por acaso que a gestão da diversidade tem todo o interesse em manter um à custa do desaparecimento do outro, o trabalho sem a performance conscientizada como prática, dado seu poder desnaturalizante e crítico. *A performance não apenas torna visível o trabalho e o gênero como trabalho, mas também os espetaculariza nas performances públicas nas ruas, como evidenciado pelas ações dos atuais coletivos queer e transfeministas contra o neoliberalismo. Melhor ainda, esse tipo de performatividade contraria a performance no sentido empreendedor do termo e a exploração dos gêneros da qual ele se alimenta.*

É uma maneira de queerizar o trabalho e uma oportunidade de falar sobre o trabalho queer (queer work). Se a drag mariposa é um trabalhador queer ou queeriza o trabalho, é porque propõe uma rede específica entre performance, trabalho e espetáculo. O valor queer das drag mariposas não é sua inclusão na cadeia produtiva da nação, mas a maneira como arruinam a cadeia alegórica e política do gênero, como construção, como propriedade e como nação. *O gênero não é meu lar nem meu refúgio, assim como não pertence à nação.* É essa concepção proprietária "abusiva", despolitizante e individualizadora do gênero que é alterada pela subcultura e pelos espetáculos das mariposas. As mariposas não estão tentando produzir a mulher real ou a feminista realista em suas performances. Seu drag realiza uma exibição crítica, uma imitação singular, lá onde a gestão da diversidade exige o *passing* obrigatório, o sucesso, ou seja, performar a identidade sexual e de gênero minoritária que ele absorveu por aquela que ela pode produzir e reportar. Ele explora um repertório limitado de identidades que permanecem, aliás, mais definidas pela orientação sexual ou um pouco pela diferença sexual do que pela proliferação de diferentes gêneros.

Portanto, é interessante rearticular trabalho e performance e ver *que tipo de reflexões e práticas autorizam o gênero como performance e "o gênero como trabalho"*. Dizer que os ensaios, a regulamentação que entra na construção e a ritualização dos gêneros são trabalhos é o primeiro passo. De fato, a performance (de gênero) como trabalho (do gênero) são processos de repetição regulamentados, disciplinados e autodisciplinados. Para abordar a homologia entre performance e trabalho, permanecemos na semântica, mas já é interessante, porque não é coincidência que, para falar de gêneros, nós passamos hoje do registro da cena, do espetáculo, do show, da diversão, do entretenimento, ao registro do trabalho. Em uma palavra, nós nos desviamos dessa cultura da performance norte-americana, na qual se misturam os significados artísticos, esportivos e econômicos do termo (eficiência, competitividade, sucesso e lucratividade). Passar da performance ao trabalho, justapondo-os ou aninhando-os, é um sinal de que mudamos da cena para a coerção, da euforia do gênero dos anos 1990 – pelo menos para queers e outros *genders fuckers* – para a depressão do século XXI; que avançamos para outras formas de sequestro – especialmente econômicas – das subjetividades LGBTQI+OC; que a tensão entre *vita laborativa* e *vita erotica* está em plena reconfiguração. Vem daí – e sem rodeios – a ambiguidade do "tudo é performance" dos EUA, sua cumplicidade com o liberalismo e o capitalismo, com suas drag queens que sonham em se tornar estrelas e ter sucesso no mundo competitivo de Hollywood ou no reality show da vida real, um verdadeiro mergulho no abismo da lógica da seleção, de seleção de elenco e entrevista de emprego, como evidenciado pelas crueis *Drag Race* de RuPaul e *The Apprentice* de Trump, cuja apresentação vem sendo feita, desde que esse último foi eleito, por... Schwarzenegger.

O "tudo é performance" norte-americano resgata, em efeito boomerang, duas pequenas décadas de apropriação e circulação na Europa, na América Latina e na América Central. Queers, transfeministas e pós-pornográfic*s se apropriaram da performance enquanto performance de gênero e como uma forma artística e política dentro de um estado de espírito absolutamente anticomercial e certamente não destinado a impulsionar subjetividades ao sucesso do tipo self-made queen. A post-porn não tem nada a ver com a ressignificação ou reapropriação do star system do tipo Sprinkle,[21] que vai de atriz pornô e profissional do sexo a artista e performer "pós-pornografia contemporânea" (Bourcier). E ainda menos com o modelo conjugal ou os topos contemporâneos do casal criativo que permeia as performances de Sprinkle e Stephens com o *Love Art Laboratory*, onde, entre 2005 e 2012, eles sistematicamente reencenaram seu casamento. Não tem nada a ver com a pornografia queer norte-americana, revisada e corrigida em direção de um nicho de marketing com difusão comercial estratégica, com plataformas de pornografia on-line, como a de Courtney Trouble, pagas e protegidas, ao contrário das

21 Anne Sprinkle, ex-strip-teaser e atriz pornô norte-americana, famosa militante feminista, performer, escritora e apresentadora de TV nos Estados Unidos. [N.T.]

produções pós-pornográficas (filmes, performances filmadas ou workshops postados no youtube ou no vimeo), compartilhadas gratuitamente em uma lógica viral que vai contra a viralidade do capitalismo e do "marketing viral". Faz parte de uma lógica coletiva e artesanal (DIY), anticapitalista e/ou anarquista, que valoriza mais o anonimato do que a personalização, e cuja maioria de protagonistas se encontra em situação de precariedade, autodeterminada ou não. As conversões subjetivas da pós-pornografia envolvem exploração e transformação sexuais, corporais e políticas, em vez da ressignificação desestigmatizante de status sociais proibidos a queers, trans* e às minorias em geral, desses status fixos e reconhecíveis, com um antes e um depois (progressão biográfica) ou ainda altos e baixos (progressão social e econômica). *Nem empreendedor, nem modelo, a pós-pornografia extrai sua força performativa específica do ato sexual coletivo e político que emana de workshops e ações públicas*. O objetivo dos *artivistas*[22] pós-pornográficos não é o reconhecimento pelo mundo da arte ou o acesso ao status de artista, mesmo que iels possam reivindicar, com razão, a intervenção em espaços e instituições artísticas, como em outros lugares. Iels são separad*s do modelo baseado na ascensão social e profissional.

Estes corpos que trabalham

Durante o processo, a performance é desidratada de seu substrato liberal e pela micronarrativa que foi associada a ela, até na teoria queer: a do sucesso ou do fracasso. O que é interessante na performance artivista e na performance como operadora da produção

22 Grifo nosso para sublinhar o neologismo do autor. [N.T.]

da subjetividade (inclusive de gênero) é que se deixa para trás a lógica do sucesso e da exceção que permite a valorização comercial também no mercado de arte. Foram as feministas norte-americanas da década de 1970 que se basearam nessa desmaterialização/desativação da obra de arte graças à performance, da *Womanhouse* a Martha Rosler, passando por Suzanne Lacy. Desculpe, Hannah, mas aqui saímos da fetichização do valor da obra de arte estabilizada em um objeto durável. Vamos além da lógica do sucesso e da sua medida, seja ela aplicada à obra de arte, ao sucesso pessoal do tema e do artista ou ainda à sua competitividade no mercado de arte. *A performance como meio de expressão e de produção de subjetividades políticas antiliberais e anti-individualistas pode se voltar contra a performance estadunidense em sua ambiguidade.* A recente consagração institucional de Marina Abramović no MoMA em Nova York, em 2010, com sua exposição *The Artist is Present* é a vinheta desse momento. É a performance física, de resistência, no sentido esportivo, que domina dentro da performance central – a mais longa de sua vida em performances-solo –, que optou por executar essa artista com um grande A durante 45 dias, que trouxe 750.000 visitantes ao museu com um ingresso a 22 dólares. Na aparência, a artista oferecia centenas de relacionamentos efêmeros e privilegiados às pessoas que vieram sentar-se na frente dela após inúmeras horas na fila, que tomamos o cuidado de evitar para os VIP: Lou Reed, James Franco, Isabella Rossellini, Sharon Stone e Isabelle Huppert. O dispositivo parecia, em todos os aspectos, estar em conformidade com os requisitos espaciais e temporais da forma da performance: o corpo como suporte, incluindo para o público, um momento preciso compartilhado, uma decodificação da regulação do espaço público. Exceto que a visitante que "ousou" ficar nua na frente de Abramović se viu cercada imediatamente por seus guarda-costas desajeitados – a segurança musculosa do museu – e foi rapidamente vestida e retirada do local como uma garotinha. Essa intervenção validada por Abramović significa a morte do corpo performativo da década de 1970 e dos anos seguintes e de sua força feminista. Especialmente porque as condições de trabalho dos artistas recrutados para reconstituir suas performances anteriores eram assustadoras: 50 dólares por duas horas e meia, sem seguro em caso de acidente, enquanto o orçamento do MoMA gira em torno de 160 milhões de dólares.

A aproximação entre gênero, performance e trabalho está longe de ser limitada a um benefício puramente semântico. Isso nos leva a *falar sobre "gêneros como performance e trabalho"... no trabalho. O trabalho vem perturbar a performance do gênero em sua teorização butleriana, a qual ninguém nos fará acreditar que era materialista e que dá acesso aos corpos que trabalham*. Extirpar o substrato liberal que mora na performance butleriana da drag queen leva vocês a outras cenas, começando com os drag kings e outros workshops. É aqui que pode se produzir a crítica útil da valorização dos gêneros e corpos em ação, do ponto de vista queer e transfeminista. A partir de experiências queer no trabalho: em ser privado, em fazer trabalhos de merda sendo "qualificado" ou não. A partir de emoções, sentimentos e afetos específicos aos queers nessa situação, e não porque os próprios queers seriam talentosos* para abordar a parte emocional, afetiva ou mesmo econômico-cultural do trabalho (Welsing). Temos duas abordagens intelectuais e políticas diferentes. Por um lado, uma abordagem totalmente teórica, ainda subjugada pela figura da drag queen, capturada sociológica, antropologicamente ou por meio de um filme. Uma drag queen que é encarregada do ônus e do privilégio da subversão, incluindo de gênero, desde que ela esteja no palco ou no centro de rituais performativos, se possível, filmados. Como se as controvérsias que choveram sobre *Paris Is Burning*, que vão da ética da diretora à exploração do *voguing* por Madonna, não tivessem existido. Esquecendo todo o resto. *Paris Is Burning* está repleta de performances de gênero e de raça "como o trabalho" no trabalho: nos desfiles, performamos a butch queen, bem como a estudante branca Ivy League, o militar ou o executivo dinâmico da década de 1980. Como eles puderam ter passado despercebidos? Não é uma questão de época. Os drag kings eram parte integrante da euforia do gênero dos anos 1990. Mas nem em Butler, nem no mercado do entretenimento, eles conseguiram acessar o status paradigmático extravagante e hegemônico da drag queen. Perdedores reais. O valor produzido pelo trabalho da drag mariposa é desmascarado por Welsing na mais pura tradição hermenêutica marxista. Como uma mitologia de Barthes, cujas principais operações permanecem a desnaturalização e a revelação do latente sem o conhecimento das pessoas envolvidas. Mas, da mesma maneira que não se ouve a voz de Minou Drouet nas mitologias de Barthes, não se ouve a voz das mariposas de Cuba no texto de Welsing.

Minha ideia não é substituir a drag queen pelo drag king, embora disso pudesse resultar algumas coisas interessantes. Nem contestar o valor hermenêutico e crítico da drag queen butleriana transposta no palco da cafeteria Guinera. Mas sair muito da cena e da encenação desse conhecimento queer que finalmente gerou poucas práticas. De sair do estúdio e do espaço público em plena era neoliberal. Encontrar outras cenas de produção do conhecimento e da política onde se reúnam o cultural, o econômico e o material, os quais, de fato, nunca se separaram. Participar de outros tipos de coletivos além da drag mariposa cubana ou das famílias nova-iorquinas de *Paris Is Burning*, finalmente objetivada por Butler e Welsing, que não fazem parte dela. Coletivos que reúnem experiências, emoções e sua elaboração para fins subjetivos, políticos e epistêmicos. Onde se misturem as vozes do *gender fucking*, de análise e da teoria, onde elas são concomitantes, onde possamos ouvir os trans*, o.a.s profissionais do sexo, os não binários e os drag kings. E até bebês. Algo como uma comunidade experimental, de enunciação e de apoio mútuo, onde vivem os queers e os transfeministas solidários, que têm um ponto de vista homossexual e transfeminista sobre o trabalho, o deles e o de outros, sobre o trabalho queer e o trabalho dos gêneros.

Trabalho queer, drag trabalhador.a

Com a exposição *Normal Love: Precarious Work, Precarious Sex* na Kunstlerhaus Bethanien de Berlim, em 2007, os artistas queer Boudry e Lorenz já abordavam a questão do trabalho, a subjetivação neoliberal e o papel que a performance desempenha nela. Na instalação deles, havia um vídeo que rodava sem parar, no qual podíamos ver a artista Antonia Baehr interpretar Werner Hirsch, que repetia as poses de Hannah Cullwick, uma empregada vitoriana que manteve um relacionamento SM com Arthur Munby. Funcionário e escritor público, Munby fotografou Cullwick como escrava, como limpadora de chaminés, executando trabalhos de faxina e como homem ou mulher do mundo. Cullwick deixou um diário no qual ela explica como se orgulha de seu bracelete e de sua coleira de couro, sinal de pertencimento a seu amante, seus músculos e mãos sujos, em resumo, de sua masculinidade, de sua sujeira, de seu papel subalterno de "*slave to love*" e seu amor por seu trabalho. Como se ela quisesse dar visibilidade máxima aos sinais de sua alienação/libertação por meio do trabalho. Por meio de uma locução em off, Hirsch narra as novas modalidades que tomam a exploração pelo trabalho e a precariedade na era neoliberal. Ele enumera as qualidades do.a trabalhador.a de hoje em uma lista bastante semelhante à compilada pelo SomMovimento NazioAnale: flexibilidade, adaptabilidade, capacidade de ter o perfil certo, a boa identidade de acordo com as necessidades do mercado. E não basta ter tudo isso para que eles encontrem um emprego. Mas ele não lhe atribui gêneros. Ele não faz a ligação entre gênero e trabalho. Também não se refere à maneira específica pela qual os queers são afetad*s pelo trabalho ou a uma maneira queer de abordar a produção de subjetividade e sujeição neoliberal, mesmo que o tipo de flexibilidade e precariedade contemporânea que ele evoca na quinta e última tabela, com a figura do portador/professor, o fato de ser diplomado, professor e de ser forçado a fazer outros trabalhos (vendas, limpeza, garçom, segurança, etc.) se tornou o destino de muito.a.s estudantes, de pós-docs e professore.a.s, incluindo queer, incluindo Smaschieramenti.

Lorenz e Boudry traçam paralelos entre a capacidade de Cullwick de realizar diferentes identidades e situações sociais na vida cotidiana e em suas fotografias e a identidade e flexibilidade profissional impostas pelo neoliberalismo. No texto do catálogo da instalação, elas ironizam o fato de que é o trabalho doméstico que produz a masculinidade. De fato, o trabalho em geral, doméstico ou não, produz masculinidade nas mulheres, o que não deixa de gerar ambivalência. As mulheres são regularmente codificadas como masculinas ou desafeminadas na esfera política. No meio de um esforço nacional de guerra, Rosie the Riveter não possui nada de uma pin-up quando fabrica bombas. O trabalho dá acesso à performance da masculinidade em suas marcas corporais e de vestuário (músculos e calças). Como a guerra, o trabalho é um poderoso operador de gênero. As performances de Cullwick também destacam o potencial desnaturalizador e perverso dos subalternos no trabalho. Cullwick performa bem sejam figuras ociosas ou trabalhosas: a dama vitoriana e o cavalheiro vitoriano de um lado, o limpador de chaminés ou o escravo efeminado e a empregada masculinizada do outro. O.a.s vitoriano.a.s ocioso.a.s são representações perfeitas da diferença de sexo antagonista capitalista em que gêneros e sexos devem estar escrupulosamente alinhados. Eles praticam tanto a negação da performance de gênero quanto a negação da exploração da força de trabalho por meio de muitas formas de invisibilização do trabalho daquele.a.s que ele.a.s exploram. Do lado do.a.s laborioso.x.a.s explorado.a.s, vê-se bastante como o gênero pode constituir um trabalho em si, mas também como o trabalho faz emergir gêneros discordantes de sexo que desnaturalizam a diferença sexual. Obviamente, o potencial de *gender fucking* do trabalho deve ser controlado, seja pela invisibilização, seja pela sua valorização, como acontece com algumas formas de trabalho gay "feminino" (a moda, por exemplo).

Cullwick é frequentemente flagrada nas interpretações retrosubversivas contemporâneas que valorizam o fato de que ela faz drag/crossing da raça, do gênero e da classe quase separadamente. Como que para ilustrar um pouco perfeitamente demais uma visão analítica da interseccionalidade: uma hora mulher do mundo, uma hora escrava. No entanto, *a prática do trabalho do gênero revela claramente a dimensão racial e o colonialismo*: aquele que derroga as normas de gênero e é explorado gratuitamente é o escravo negro performado como efeminado por

Cullwick, em perfeita concordância com a "taxonomia colonial dos gêneros e da sexualidade que situa a inferioridade racial [...] na não conformidade de gênero" (Haritaworn). Cullwick alcança essa performance no exato momento em que, como serva branca, alcança uma "masculinidade feminina" por meio de um trabalho que a tira da cadeia de equivalência racista e de gênero que assimilou mulheres e pessoas racializadas, atribuindo-lhes uma feminilidade perversa, hipersexual e preguiçosa.

Cullwick queeriza o trabalho multiplicando os espaços de suas performances. Ela usa seu espaço de trabalho e o espaço público (com viagens e sua performance como esposa burguesa de Munby), tudo em uma dinâmica SM explícita (sob contrato) e mediatizada por histórias e fotos que ela controla em parte. Ela divulga suas cenas de trabalho e exploração em outros lugares, erotizando-as e retirando-as da esfera doméstica e privada, da casa vitoriana, cuja própria arquitetura é projetada para apagá-la, a ela e a seu trabalho, sob a restrição de que é preciso limpar antes que seus senhores acordem e de nunca aparecer na frente dos convidados. Dessa forma, o trabalho doméstico que pode ser invisibilizado *in situ*, mesmo quando remunerado. Mas muito disso em outros lugares é outra esfera privada, a que ela sexualiza com Munby, na casa dele. Essa leitura, que enfatiza a capacidade perversa de Cullwick de agir, negligencia o fato de que a fotografia foi um dos meios usados por Munby para enganar sua parceira, para colecionar muitas outras mulheres masculinas, e que ele estava longe de ser o único em sua época a "fetichizar" as trabalhadoras e produzir constantemente o espetáculo do trabalho. Além disso, se Cullwick foi uma das poucas empregadas vitorianas que deixou um jornal, foi também porque Munby exigiu dela relatórios detalhados de suas funções para todos os papéis que ele escolheu para ela: doméstica, mas também camponesa, quando se mudaram para o campo. O voyeurismo social de Munby era mais amplo, pois também perseguia mulheres com deformidades corporais específicas: um rosto desfigurado pela perda do nariz. Munby triunfa sobre a deformidade dos corpos femininos no trabalho, incluindo os de prostitutas cuja perda de nariz é atribuída à sífilis. Grande leitor da rinologia de Lavater e Jabet, ele perseguiu uma certa Mary Anne Bell para que ela lhe contasse o rol de dificuldades que ela encontrou para encontrar um emprego como criada sem nariz e como uma prótese lhe dava esperança.

Além da "esfera privada" recomposta por Munby e Cullwick, é toda a tipologização e classificação das classes trabalhadoras e, portanto, perigosas, que sugere a história delas, mas que perde o resgate estético de Lorenz e Boudry. Por trás das fotos íntimas, está em ação o controle biopolítico das novas populações urbanas e, em particular, das trabalhadoras e prostitutas comparadas aos "esgotos seminais" de Londres e Paris. Esses são objeto de intensa investigação, seja na literatura com Dickens, no jornalismo investigativo nascido com Mayhew, mas também com um bando de médicos e cientistas interessados em fisionomismo. Todos participam da prática discursiva, inclusive visual, do grande espetáculo de pobreza urbana em Londres no século XIX. Descrever e representar a vida no trabalho é "maravilhoso e horrível", "excitante e terrível", diz Mayhew na introdução de sua enciclopédia do trabalho de 15.000 páginas, em três volumes ilustrados, com o título eloquente: *London Labour and the London Poor: A Cyclopædia of the Condition and Earnings of Those That Will Work, Those That Cannot Work and Those That Will Not Work*. O livro revela ao leitor as profissões mais sujas e degradantes, de garimpeiros de esgotos a crianças que trabalham a partir dos seis anos de idade.

Munby não é então um excêntrico nem um flâneur, mas um voyeur urbano que erotiza a miséria, a classe e a raça, como muitos de seus contemporâneos. As mulheres das minas de Lancashire que ele visitava o entenderam perfeitamente e o apelidaram de "o inspetor". Ele é um daqueles especialistas/voyeurs que habitam as instituições e locais de biopoder. Qualquer que seja o significado e o valor político e sexual que acordemos à drag de Cullwick e à sua travessia sexual e social (*crossing*), essa capacidade de se multiplicar é diferente da flexibilidade identitária e de gênero exigida na época neoliberal. Imposta ou desejada, a exploração dos tipos de bons homos, homonormativos no trabalho em um contexto neoliberal, gera uma dessexualização, e não uma sexualização perversa privada, clandestina ou escondida como a de Cullwick. Ela é completamente marcada pelo colonialismo e pela racialização, uma vez que os bons homossexuais que empregamos e honramos são as possíveis vítimas que devem ser protegidas dos muçulmanos e dos árabes homofóbicos, sexistas, machistas e com problemas sexuais. Houve uma inversão na racialização de gênero e sexualidade na era neoliberal. A racialização não se baseia mais nos argumentos de desvio sexual e de gênero ou hipersexualidade. Isso não deve nos impedir de restituir "a racialização de gênero e da sexualidade a longo prazo, além da figura atual do queerfóbico, em consonância com o que a precedeu, e onde as comunidades autóctones eram dotadas de formas familiarmente perigosas, representadas como não conformes e não binários, não patriarcais e bastante homossexuais" (Haritaworn), e nos quais a *drag race* de Cullwick ecoa. Nem todos os gêneros são trabalhados da mesma maneira, e isso depende da relação existente entre trabalho e racialização.

O dispositivo da instalação de Boudry e Lorenz tem o mérito de introduzir questões sociais e de trabalho na reencenação da performance do gênero com o " temporal drag" (Freeman). Os arquivos queer que alimentam a maioria das performances de Boudry e Lorenz injetam temporalidade e anacronismo na performance queer: encontramos a mulher barbada (NOBody, 2008), a dançarina histérica (Contagious!, 2010), Salomé e Oscar Wilde (Salomania, 2009), em contraste com a performance de gênero *à la* Butler, que apenas valoriza o fator de repetição ou recitação como novidade, "orientado para o futuro e nunca para o passado em seus efeitos". "*Os problemas de gênero* despreza as citações do passado", diz Freeman, que conecta essa concepção butleriana de performatividade futurista e progressiva ao capitalismo até do fim do século XXI. O drag que é pensado na teoria butleriana da performatividade queer "oculta mais o fator social do que o cria". Isso remonta ao que já dissemos sobre a maneira pela qual a drag butleriana destrói a história, não é muito fã do social, e menos ainda da economia ou da história econômica e política dos gêneros, dos corpos e, portanto, da biopolítica. *Reformular o gênero como trabalho e como performance, nessa ordem, nos permite superar essa despolitização, romper com a tirania da novidade como índice capitalista de progresso e como manifestação da acumulação e do desejo capitalista.*

A performance artística de Lorenz e Boudry é baseada no recurso performativo da repetição e da imitação crítica. A de Smaschieramenti também. Ou pelo menos em parte. Com a sugestão de ir ao trabalho vestido como drag, por exemplo, o coletivo toma emprestado a técnica da greve no modo de imitação crítica e perturbadora, mas também convida a praticar a interrupção, a ausência, o bloqueio, precisamente a recusa da repetição alienante. Sua expectativa. Isso levanta a questão do status performativo da greve e de ações como a greve de fome, a autoimolação ou o suicídio. Com o artifício artístico de Boudry e Lorenz, temos uma multiplicação, uma proliferação, uma abundância performativa que extrai sua riqueza e sua força da efervescência de uma empregada doméstica da era vitoriana que não é exaramente uma artista, mas sim e, em retrospectiva, uma ativista SM pró-trabalho divertida. Cullwick foi capaz de transpor a alienação pelo trabalho às vezes, alguns diriam que ele foi capaz de ressignificá-lo, super-representando-o e descontextualizando-o por meio da performance e da fotografia, mas ao custo da reprivatização. Aqui, a repetição tem uma dimensão subversiva na medida em que a drag de Cullwick mostra que, quando falamos sobre performance de gênero, também falamos sobre trabalho e a produtividade do corpo no trabalho. Isso é verdade para os corpos de Cullwick em sua prisão ou nas casas onde ela trabalha, bem como para os corpos trabalhadores de hoje, menos segregados espacialmente, mas constantemente modulados. A solução da Cullwick é zelo e visibilidade privada. O SomMovimento NazioAnale faz algo diferente ao propor uma greve coletiva: uma rarefação, uma maneira de reduzir a produtividade de gênero no trabalho com a greve. Greve sexual, greve de fome, greve de gênero. *Essa repetição/dissolução no trabalho e as práticas da greve oferecem menos oportunidades de bifurcação? Não, se a definição de trabalho é a maximizada, queer e transfeminista, apropriada para o trabalho pós-fordista e que vai além dos locais habituais de trabalho e da greve. A desterritorialização do trabalho pode ser revertida em benefício da greve coletiva e personalizada.* A greve queer e transfeminista destrói o trabalho remunerado e o não remunerado, o trabalho precário e a falta de trabalho, bem como todas as formas de trabalho mascarado e trabalho livre. Diferente, abre outros espaços, especialmente os coletivos, onde coletivos como Smaschieramenti fabricam e celebram corpos queer e transfeministas, produzem e disseminam subculturas, sexualidades e políticas associadas, trabalham sobre saúde e memória com consultoria e projetos de centros de arquivos independentes. Especialmente porque o coletivo não impõe uma limitação na divulgação de seus textos e materiais da greve: tudo é de código aberto, em contraste com o marketing altamente controlado de vídeos de performance pública sem os públicos Boudry e Lorenz, listados no mercado de arte e que não podemos ver na internet. *A greve queer e transfeminista é tudo menos privada e simbólica. O trabalho está em todo lugar? Esqueça. É precisamente essa presença onipresente e onipenetrante óbvia, essa saturação, que abre a possibilidade de resposta, da greve como uma prática microbiopolítica geradora de espaços e formas de vida.*

Porque não valemos a pena... Problemas no valor #1: *Mother Camp*

A reflexão marxista sobre o trabalho e os diferentes tipos de trabalho toma como referências a relação do trabalhador com o objeto produzido (que é de alienação), a intervenção em nível da produção e o consumo enquanto valor. A reflexão e as ações queer e transfeministas sobre o trabalho enfocam a questão da subjetividade produzida pelo trabalho, e a busca de modos produtivos e reprodutivos de valores diferentes, de modos de produção e de consumo alterados. *O que lhes interessa é a manipulação do valor e a desconstrução da valorização pelo trabalho. O fato de abordar gêneros por meio do trabalho e da produção nos leva a um novo terreno político para subjetividades que não é mais aquele das normas, mas o do valor: não é uma mudança pequena.*

A intervenção sobre o valor pode ser implantada em diferentes níveis e de várias maneiras. Esta questão já estava no epicentro do *camp*. Tinkcom volta com suas reflexões sobre queers (o.a.s homossexuais) em ação na era capitalista fordista, com os musicais de Vincente Minnelli da década de 1940. Na década de 1990, a interpretação sociológica da ressignificação do termo "queer" transformou-o em um estigma social e de identidade como qualquer outro, em reação à desvalorização dos queers. Era esquecer a arte, o caminho e o estilo queer de reinverter o valor e poluí-lo em contextos pré-identitários, nos quais os regimes e formas de visibilidade são outros. Antes da política de identidade de 1960-1970, antes da drag queen, foi a época das *female impersonators* investigada por Esther Newton para escrever seu *Mother Camp*, obra que influenciaria a autora de *Os problemas de gênero*. O *camp* pode ser entendido como uma matriz da queerização do valor na arte, na esfera estética e na vida, considerada como uma arte *à la Wilde*. Esta é a ideia central de "Notes on Camp", o famoso texto de Susan Sontag que diz tanto sobre seu *armário* particular quanto as maneiras criptografadas de homossexuais para injetar valores gays ou não valores na cultura. No trabalho também. O gosto demonstrado pelo degradante, sujo, de mau gosto, fútil, chamativo, supérfluo ou a inversão de valores estéticos são características da sensibilidade do *camp*, entendida como um renascimento transformador dos afetos homofóbicos: repulsa, vergonha, sensação de merda, decorrente da estigmatização como homossexual "sujo", "abjeto" ou sem valor pela cultura *straight*. Essas características, essas emoções são desviadas e revalorizadas, *campisadas* e injetadas no trabalho que traz as marcas e os valores do *camp*, ou seja, uma sensibilidade e uma cultura homossexuais que pudessem ser assim reconhecidas. As comédias musicais de Minnelli serão extravagantes, com decoração excessiva, inútil e frívola. O trabalho assim *campisado* transforma os valores negativos e estigmatizadores e revela o papel dos afetos no trabalho: "O *camp* masculino queer é uma forma de consciência que se expressa pelo valor em todas as suas manifestações no sentido marxista do termo e que mostra não apenas como os homossexuais trabalham para repelir a homofobia que enfrentam diariamente, mas também como isso é um trabalho emocional e como eles reintroduzem essas formas de afeto no mundo de maneira disfarçada através por meio de seu trabalho sobre a mercadoria" (Tinkcom). O *camp* é uma estratégia que os trabalhadores queer podem usar para *queerisar*, marcar seu trabalho e uma forma de saber, um discurso sobre sua alienação específica por meio do trabalho. *Campisar* é codificar um filme para o público e para o público gay, propor produtos culturais ambíguos o suficiente para "passarem". O produto cultural realiza seu *passing* como o queer dos anos 1950, a quem o *armário* é imposto em Hollywood, sujeito ao código Hays. Novamente, trabalho e performance não se opõem, muito pelo contrário. A consciência *camp* não existe sem a performance, seja a vida cotidiana enquanto performance, a performance musical ou a performance revelada pelo trabalho, pelo valor e pelos gêneros como drag. A frivolidade informa, desperta a consciência, ajuda a desmistificar e à relativizar a importância do trabalho.

Se o trabalho interfere hoje em dia a esse ponto com a noção de performance, se a conceituação de gênero como trabalho e performance é interessante, é porque o que é possível e valorizado não é tanto o fracasso (como antítese do sucesso) mas a interrupção da qual a greve é uma forma. É bastante diferente no quesito gestão de gênero, da diferença sexual e da diversidade que, como já disse, procura prescindir da dimensão performativa crítica de gênero e do trabalho e a recodificar algumas práticas de gênero de maneira regulatória, restritiva e racializada. No trabalho, no contexto neoliberal, a noção de performance de gênero recupera seu significado empreendedor, alienante, heteronormativo, homonormativo e logo transnormativo. Os gêneros bem-sucedidos, integrados e performantes dos bons homos não são os da drag queen, do drag king, do trans* ou do drag, simplesmente. E eles são essencialmente brancos. Não são essas repetições do tipo gambiarra, meio tortas, não fixadas em si mesmas, que nos iluminariam sobre a multiplicidade dos gêneros e dos corpos que fabricamos. O repertório de gêneros e de possíveis identidades é reduzido ou bloqueado. Isso vem de uma absorção transformista engessada tanto pelas críticas dirigidas aos homossexuais pelas feministas materialistas na década de 1990, que os transformaram em produtos puros da diferenciação capitalista e no marketing de identidades, quanto as dirigidas aos trans* apresentad*s como condenados, ao contrário da diferença sexual. Até o facebook se deu mal empregando associações trans* norte-americanas e europeias em 2014 para estabelecer sua lista de 52 opções de identidade de gênero para seus perfis (Bourcier). É sobre esse recrutamento de gêneros no trabalho e como trabalho que Smaschieramenti aborda quando dá visibilidade no espaço político e público (na rua e também na internet) à maneira pela qual a exploração do gênero no trabalho e do gênero como trabalho acontece, independentemente do local de trabalho ou de não trabalho. *Diferentemente da drag mariposa ou do camp de Minnelli, as teorias e as ações, as práxis queer e transfeminista nutridas pela experiência não são derivadas de leituras marxistas externas e posteriores. Elas constituem uma estratégia política consciente e acessível, operada por trabalhadores e precários queer e transfeministas. Essa é a diferença entre a teoria vivida e a teoria textual queer, pensando sobre* *gênero como trabalho e performance nessa ordem e, de outra forma, abordando a manipulação queer de valor e as formas de opressão que são a apropriação, a desapropriação, o deslocamento e a extração.*

As novas promessas do performativo: desapropriação ou expropriação?

Publicado em 2013, *Dispossession: The Performative in the Political* é, com *Notes Toward a Performative Theory of Assembly*, um dos últimos dois trabalhos de Butler, no qual ela assina seu retorno à política performativa queer e/ou precária. Queer e/ou precário, uma vez que queer e precário são muitas vezes sinônimos nos escritos de Butler e que a referência sobre o que é queer nos escritos de Butler muda, dependendo de sobre que local ela fala. Ela não falar sobre queer na França, certamente aborda o termo nos Estados Unidos, e aleatoriamente no Brasil, por exemplo. *Dispossession* é uma conversa com a filósofa grega Athena Athanasiou sobre o papel do performativo nas mobilizações públicas contra o neoliberalismo. Ou, para usar suas palavras e exemplos: a mobilização das "multidões" durante a "Primavera Árabe", na Puerta del Sol, na Praça Syntagma ou no Parque Zuccotti, contra "a perda de uma terra, da cidadania, da propriedade, de um pertencimento ao mundo em geral".

"Bodies that move"[23] é a expressão que voltou à conferência que Butler deu em São Paulo em setembro de 2015, onde reivindicou a "liberdade de se mover e falar", onde falou em "direito de mobilidade" se inspirando em estudos sobre deficiências, sobre a mobilização contra a precariedade e o papel que a performance e as "formas extralegais de resistência" podem

23 Em português: "corpos que se mexem". [N.T.]

desempenhar, depois de criticar as inadequações da lei e do sistema jurídico para combater as injustiças e a violência. Reconhecemos aqui a retomada não creditada de críticas e agendas desenvolvidas pelos coletivos queer dos Estados Unidos ou queer e transfeministas da Europa, que, ao contrário de Butler, conhecem bastante em termos de ações extrajudiciais, durante ocupações em particular. Eles também não compartilham sua visão suave e conservadora da democracia, muito menos sua versão da democracia radical, mas esse é outro debate. Butler está acostumada ao apagamento das políticas queer e do queer em si em suas apresentações de "movimento de multidões" e dos "movimentos sociais", a ponto de esquecer de especificar o lastro queer e trans* do *Black Lives Matter* quando ela fala sobre isso. Diferentemente do livro com Athanasiou, no qual o termo "queer" é reivindicado, foi necessária uma crítica queer à violência em São Paulo. É porque a conferência foi realizada como parte de um seminário organizado pela revista Cult, cuja capa era sobre "o queer", durante a primeira turnê brasileira de Butler? Sem dúvida, dado que em sua conferência de abertura, alguns dias antes, no colóquio Desfazendo Gênero em Salvador, Butler não conseguiu mencionar nem uma só vez a palavra "queer" ao falar sobre essas mesmas coisas na frente de uma plateia lotada de queers.

A dupla desapropriação

E do que se trata esse enésimo retorno anunciado dos corpos no pensamento de Butler na forma de "*Bodies that move*" desta vez? O que podemos extrair do conceito de "*dispossession*" ("desapropriação") e da noção de "*plural performativity*" ("performatividade plural") mobilizada por dois filósofos pós-estruturalistas para entender e resistir à ofensiva neoliberal? Butler e Athanasiou estabeleceram para si mesmas uma meta ambiciosa: *"The critical project of thinking about dispossession beyond the logics of possession as a resource for a reorientation of politics"*.[24] Essa reorientação passa pelas políticas da performatividade *in situ*. Elas distinguem duas formas de desapropriação. A primeira forma de "desapropriação" é a do sujeito despojado de sua soberania, de acordo com a concepção/prescrição pós-estrutural e psicanalítica do sujeito butleriano. O sujeito não saberia se pertencer e a desapropriação de nós mesmos nos precede: *"We are already outside of ourselves before any possibility of being dispossessed of our rights, land, and modes of belonging"*.[25] Também somos constantemente desconstruídos pelo outro: é o lado dialético hegeliano e essa concepção às vezes sartriana, dominadora e entediante, da intersubjetividade em Butler. É também o tom do segundo Butler, o *Desfazendo o gênero*, que reduz a nada a pouca alegria e o poder de ação que *Os problemas de gênero* liberava. Essa forma de desapropriação inerente é positiva. A segunda forma de expropriação é negativa. É aquela infligida pelo neoliberalismo: deslocamento, migração forçada, precariedade, etc. Essas duas formas se opõem ou, mais exatamente, uma é desejável, a outra não. Butler fala da "ambivalência" do termo "desapropriação" e conclui que será difícil manter a "desapropriação" no segundo sentido do termo como "ideal político", o que seria suspeito. Para combater a desapropriação econômica, Butler e

24 "O projeto crítico de pensar a desapropriação além da lógica da posse como um recurso para reorientar a política."

25 "Nós já estamos fora de nós mesmos antes de qualquer possibilidade de sermos despossuídos de nossos direitos, nossa terra e nossos modos de pertencimento."

Athanasiou vão procurar conceituar uma teoria da performatividade política que possa levar em conta a versão da desapropriação que elas valorizam, a primeira se opondo à segunda. Minha idéia é que não devemos manter nenhuma delas e que a primeira desapropriação, a do sujeito, não tem interesse nenhum – menos ainda em uma visão absolutista, exceto se for para querer destruir as políticas de identidades minoritárias – o que não compensa a segunda abordagem. Mas, ei, vamos voltar por um momento ao raciocínio de Butler e Athanasiou.

A questão seria então: *como pode o sujeito alegremente despossuído resistir à desapropriação econômica, política e geográfica através da política da performatividade? Pergunta subsidiária e que surge a partir dos interesses geopolíticos pessoais de Butler: essa performatividade é queer?* A resposta é algo como: "seria um erro afirmar isso acima dos Pirineus, mas é uma verdade além da fronteira",[26] porque a França, por exemplo, é um dos países em que Butler *desqueeriza* seu pensamento por meio de uma negação implacável e nunca desmentida. Por razões óbvias: entre um reconhecimento como uma filósofa ou teórica queer na terra do universalismo anticomunitário, Butler há muito faz sua escolha, o que explica suas alianças com os *power makers* e psicanalistas, os sociólogos e os cientistas políticos, especialmente brancos e heterossexuais, em vez de queers (Bourcier). Muito rapidamente um obstáculo se coloca no meio do caminho de Butler e Athanasiou. Existem técnicas performativas que não podem ser mobilizadas para combater a desapropriação, no sentido metafórico da palavra, porque são "culpadas". A "reapropriação", por exemplo, fala sobre uma lógica

26 O autor se refere à cadeia de montanhas dos Pirineus, na fronteira entre França e Alemanha. [N.T.]

"proprietária", ou seria uma posse duplamente indesejável. Na esfera do sujeito: não há como recolocar de pé um sujeito que é mestre de si mesmo e possuidor, principalmente porque isso pressupõe que alguém possa possuir a si mesmo, a posse de si mesmo. Na luta contra o capitalismo ou o neoliberalismo: a propriedade, a reapropriação como resposta é uma mancha, um problema. Mesmo que o tipo de reapropriação performativa citada por Butler e Athanasiou seja essencialmente discursiva: os migrantes sem documentos que retomam o hino nacional norte-americano nas ruas de Los Angeles, em maio de 2006, as mulheres de preto na ex-Iugoslávia para protestar em público contra a guerra e o nacionalismo, ressignificando assim o valor do luto das mães pelos filhos da nação.

Pode-se perguntar se a anterioridade da desapropriação que é pressuposta por Butler e Athanasiou existe e, se houver, de que maneira ela pode ser interessante. Primeiro do lado do sujeito, somos informados de que ele é sempre precedido por sua desapropriação ou que a desapropriação é a condição de possibilidade do sujeito. Se é para combater o cartesiano liberal contemporâneo, por que não? Exceto que existem outras maneiras de fazer isso. Exceto que não é obrigatório recorrer à psicanálise e à melancolia constitutiva do sujeito, segundo Freud, ou a uma verdadeira ontologização da vulnerabilidade/precariedade de Butler. Especialmente porque esse desejo de manter o sujeito "despojado", mas também "vulnerável" ou "precário" – como se todos esses atributos do sujeito fossem sinônimos – leva a um pensamento circular. Despossessão, ou vulnerabilidade, ou insegurança são as condições para a possibilidade de luta, resistência, performatividade, mas também para o resultado desejado. Mas quem, sendo "vulnerável" – assumindo que ele.a se definam assim – quer se identificar como vulnerável para resistir à vulnerabilidade ou precariedade? E se passarmos da vulnerabilidade para uma forma de resistência performativa ou solidariedade auto-organizada e coletiva, por que não falar sobre um sujeito poderoso, autônomo ou em vias de *empowerment*? De que maneira isso significaria se reconectar com um sujeito de identidade majoritário, voluntário ou autoidentificado? A reapropriação por "movimentos sociais" e coletivos é sempre uma reapropriação coletiva. Quer se trate de terras, recursos, casas, significados e até de corpos e da coprodução de gêneros (Fiorilli & Acquistapace), não é o sujeito mestre e possuidor que se destaca, mas pessoas felizes de se livrarem de sua responsabilidade individual (Acquistapace). O coletivo continua a ser, na teoria e na prática, sempre aberto, de modo que não pode haver um sujeito coletivo mestre e proprietário.

O fantasma da propriedade: *occupy* ou *unoccupy*?

Toc, toc, toc. Espírito da propriedade, você está aí? Ouvimos as três batidas na porta: reapropriação, recitação, ressignificação, essas são as estratégias principalmente discursivas propostas em *Corpos que contam* e *O poder das palavras*. Mas não há diferença entre reclamar e ressignificar? Em outras palavras, o que vem fazer aqui a semântica da propriedade na política da performatividade linguística, que é particularmente intransitiva em sua versão derridano-butleriana? É pertinente dizer que a violência capitalista ou neoliberal que se manifesta no espaço é exercida principalmente em relação a cercos proprietários e seria, portanto, "despossessão", no sentido de privar alguém de uma de suas propriedades? Aqueles que desafiam a predação neoliberal mostram uma tendência culpada pela propriedade? De que maneira Zarra Happiness, Post-Op, Kruger e Favolosa

Coalizione,[27] SomMovimento NazioAnale ou Smaschieramenti alimentariam fantasias de pequenos proprietários de terras? O termo "expropriação", no sentido que Federici concede, nos permite encontrar nuances. Expropria-se alguém de algo que pode ser um lugar, um edifício ou seu corpo. A expropriação não ocorre necessariamente dentro de uma lógica proprietária, *a fortiori* ao lado dos "expropriados". Muitos exemplos contemporâneos provam isso. A gentrificação nas cidades de São Francisco, Paris, Bolonha e Berlim acontece em detrimento dos queers pobres, dos queers of color, dos profissionais do sexo que são tudo menos proprietários e que provavelmente nunca o serão, mesmo que flertassem com essa ideia.

É a mesma constatação se colocarmos as coisas em perspectiva em relação à suspensão, à exceção democrática que representa o estado de emergência na França desde novembro de 2015,[28] seus efeitos sobre a possibilidade dos órgãos se moverem ou não, movimentarem-se no espaço público e performarem, sobre a possibilidade de expropriar esses corpos, em suma. O estado de emergência que justificou a proibição de manifestações e, portanto, sua presença no espaço público, a prisão domiciliar dos ativistas ou seu encarceramento e o conselho às pessoas a permanecerem em casa também são atos que não se registram em uma lógica proprietária. É antes uma questão de estabelecer uma lógica de privatização e despolitização, confinando pessoas e corpos no espaço doméstico e prescrevendo uma expressão

27 A Favolosa Coalizione é uma coalizão de Bolonha que inclui ativistas LGBTQI, feministas, transfeministas, antifascistas e anticapitalistas.

28 Autor está se referindo aos ataques de novembro de 2015 realizados na França, nas cidades de Paris e Saint-Denis. De todos, o mais mortal foi no teatro Bataclan, no qual a plateia foi fuzilada ou mantida como refém. [N.T.]

política individualista e nacionalista. No dia da homenagem às vítimas dos ataques de 13 de novembro de 2015 nos *Invalides*,[29] o site do Palácio do Eliseu lança seu kit: bandeira na janela e selfie nacionalista nas redes sociais. Assim que Charlie e o supermercado kosher foram atacados, o estado tomou a rua, que pertence a todos. Com a manifestação de líderes e de políticos franceses e internacionais em mente, ele adotou os códigos da manifestação de rua. Ele os confiscou. Naquele dia, os manifestantes não conseguiram marchar pela rua, por assim dizer, antecipando o novo formato que apareceria durante os protestos contra a lei trabalhista, justificado pela "guerra ao terror": essa antítese da marcha que é a "manifestação estática", com revista de policiais. O evento se torna um fluxo gerado pelo estado que organiza esses corpos que se movem para que se movam como, para onde e quando ele quer. O estado preside a produção performativa da marcha, inclusive quando isso resulta em uma invisibilização: a proibição dos órgãos protestantes se moverem como desejarem. Logo após os ataques de novembro e o estabelecimento do estado de emergência, o estado praticou uma lógica de censura produtiva e não apenas repressiva ao decidir autorizar certas "manifestações estáticas" – a corrente humana para o clima na época da COP 21, por exemplo – e proibir outros. É interessante ver que a alternativa para o evento climático organizado por uma ONG supranacional –- os sapatos expostos na Praça da República[30] – resultou em uma forma de valorização da decoração

29 Monumento dedicado aos Inválidos, feridos na guerra ou incapazes de continuar lutando, em Paris. [N.T.]

30 A manifestação pelo clima foi cancelada e substituída por uma enorme instalação de sapatos de adultos e crianças, com mensagens, simbolizando os manifestantes. [N.T.]

e expropriação corporal máxima e aberta. Apenas os sapatos d.o.a.s manifestantes permaneciam e apenas os corpos das celebridades eram visíveis por restituição: o papa, Ban Ki-Moon e Marion Cotillard, que haviam também oferecido seus pares de sapatos. Os corpos dos manifestantes LGBT quase desapareceram das ruas para a Parada Gay em 2016. A Parada Gay de Nice foi adiada para agosto e a de Montpellier para outubro... Em Paris, o estado havia acabado de estacionar o.a.s manifestantes contra a lei trabalhista, obrigando-os a girar em círculos ao redor da área do Arsenal.[31] Essas novas práticas trazem elementos do *zoning*, como lembrado pela expressão "fan zone" na época do Euro. Devemos reconhecer essas grandes manobras pelo que elas são: a evidência de conluio entre gerenciamento populacional, tecnologia de segurança e disciplina do corpo em sentido amplo. Os três pontos do triângulo biopolítico são incandescentes.

Quando a polícia fecha ou levanta muros em lugares ocupados, mas públicos, como o Atlantis em Bolonha, também não falamos aqui de uma lógica proprietária propriamente dita, *a fortiori* ao lado de ativista*s homossexuais e transfeministas expuls*s. Por outro lado, iels são designad*s à uma residência política privada: não podem mais fazer o trabalho político e comunitário em Atlantis. Por outro lado, o prefeito de Bolonha, de centro-esquerda, permitirá a ocupação de lugares e prédios abandonados por "cidadãos" ativistas que concordem em reformar gratuitamente seus prédios desativados sob o pretexto de economia "colaborativa e cidadã". *Seja a predação neoliberal autoritária e de segurança do estado francês ou a do prefeito de Bolonha, estamos lidando com uma lógica de conquista dos bens comuns, de ocupação à qual não se deve opor uma "ocupação",*

31 No centro da capital. [N.T.]

mas uma "desocupação", não um Occupy Wall Street (OWS), mas um Unoccupy!, para retomar o raciocínio de Angela Davis no Zuccotti Park, que apontou que Manhattan é uma terra indígena ocupada há muito tempo. Era, portanto, uma questão de desocupá-lo e não ocupá-lo, especialmente porque o Parque Zuccotti, diferentemente da Praça Tahrir no Cairo, da Praça Pérola no Bahrein ou da Praça Catalunya de Barcelona, era um espaço privatizado. A ocupação faz parte da retórica e da semântica, lógica e visão dos colonos, dos militares e, deve-se dizer, de muitos ativistas brancos euro-americanos. Essa lógica de conquista e ocupação de espaços públicos pela prefeitura de Bolonha ou pelo estado, como em Paris, de espaços privados pela gentrificação e pela especulação imobiliária é uma forma de segregação bem-sucedida no espaço urbano. *Opor-lhe um "unoccupy" não tem nada a ver com uma abordagem proprietária culpada. É o contrário.*

O que significa "Meu corpo pertence a mim": *the trouble with dispossession*[32]

A obsessão pela propriedade leva logicamente Butler e Athanasiou a se perguntarem se o slogan feminista "Meu corpo me pertence" estaria contaminado pelo liberalismo ou pelo individualismo. Seria ignorar a importância da dimensão biopolítica coletiva no feminismo e os grupos ativistas queer e transfeministas que gritaram, viveram, politizaram e se mantiveram vivos até hoje, e são mais fãs do "nós" do que do "eu". "*Our bodies, ourselves*", diz o slogan que se tornou um livro que foi constantemente reescrito, reeditado e retraduzido para 30 idiomas desde 1970 por um conjunto de grupos de um workshop

32 "O problema da despossessão."

de saúde feminista realizado em Boston, em 1969, um livro que se tornaria o *Boston Women's Health Book Collective*. Devemos ler os dois famosos slogans feministas juntos: "Meu corpo me pertence porque é o nosso campo de batalha". A partir do momento em que ele se torna um lugar e uma arma política, o famoso campo de batalha, o corpo deve ser descolonizado, desocupado, ocupado que ele é pela medicina, pelo estado, pela nação, pela escravidão, etc. Aqui, novamente, desocupar não é sinônimo de reapropriação no sentido capitalista, liberal ou neoliberal do termo. É o contrário. Não se trata de recuperar a integridade de um corpo pessoal que já existia antes ou que deveria ser reconstituído. É impossível fazer essa política do corpo sozinho.a ou de maneira individualista, como prova o triste destino de Solanas. De fato, existe um sujeito liberal feminista, um "eu" feminista produzido por lei, mas ele deve ser procurado nas políticas feministas institucionais reformistas, liberais ou neoliberais, incluindo a campanha de 2016 contra o assédio no transporte comum na França, que nos fornece um exemplo perfeito. A maioria dos *verbatim* usados no lugar dos nomes das estações de metrô são frases de assediadores: "Você é gostosa, você me excita", "Responda, cadela suja". Quando não é esse o caso, são perguntas assustadoras e não exclamações que a mulher assediada pronunciaria: "Sinto a mão dela lá", "O que estou fazendo?". A mulher assediada poderia ridicularizar o perseguidor em voz alta, torná-lo visível para outros viajantes ou fazê-lo sentir os benefícios da autodefesa feminista. Mas, ao contrário, é todo um sistema de vigilância e mediação de segurança, proposto em conjunto com os agentes do Ratp,[33] um número de telefone, câmeras de vigilância, que

33 Rede autônoma de transportes de Paris. [N.T.]

priva a principal interessada de qualquer capacidade de reação. Isso é individualizar a situação em vez de politizá-la como o feminismo pode, capacitando as mulheres a serem afirmativas e autônomas, compartilhando suas experiências e agindo coletivamente, incluindo a recodificação da situação e a geração de políticas de violência que elas precisam. O raciocínio se aplica a todas as políticas antivitimização que dependem exclusivamente da psicologia (discurso da "reconstrução" ou resiliência) e da lei. Raramente uma campanha feminista terá significado tanto que o corpo da mulher assediada não lhe pertence e sugerido que não será amanhã que serão ensinadas as técnicas necessárias de jiu-jitsu na escola ou em casa, para subjugar o assediador de merda com um bom golpe.

Por todas essas razões, *é um problema falso criar um objetivo político de pensar a "desapropriação" ou a saída da desapropriação "fora da lógica da posse"*. Querer combater o pecado da apropriação, da "reapropriação" que poderia ser culpada pelos ativistas ou órgãos de protesto que expropriamos e que buscam a desocupação em vez da reapropriação, que não confundem ressignificação, recodificação e reapropriação, que praticam formas coletivas de reapropriação, recodificação e rematerialização contra o neoliberalismo. *O conceito de "dupla expropriação" é, portanto, mais útil do que o de "posse", pois permite manter unidas, desde o início, a questão do espaço e do corpo, indispensáveis quando se fala em público sobre performance e políticas do tipo performativo.* O problema da desapropriação de Butler e Athanasiou é justamente valorizar a desapropriação do sujeito antes, durante e depois e optar por políticas de vulnerabilidade que são contrários de uma técnica de subjetivação, juntamente com uma política feminista ou queer comprovada de subjetivação: o *empowerment*, que não pode ser reduzido a uma receita liberal de administração e não deve ser confundido com seu substituto administrativo, o das políticas de instituições supranacionais ou políticas europeias que estão em toda parte desde a década de 1980, chegando ao ponto de falar em "*empowerment zones*". *O único benefício da abordagem que visa a posse de armas é daquele que a enuncia, que se dota de uma boa consciência política deslocada, traindo uma má consciência euro-americana, engessada pela colonialidade por tudo o que toca a propriedade. É abordar a luta contra a desapropriação com uma experiência e uma mentalidade de proprietário.* É atacar o capitalismo batendo em seu símbolo, a propriedade privada, e perder o ponto de vista do.a trabalhador.a e da questão do trabalho. Pago ou livre, assalariado ou não, ou marcando presença pela ausência, é por meio dele, pela subordinação da vida ao trabalho, da *vita erotica* à *vita laborativa*, que os corpos se integram na reprodução e na produção capitalista e neoliberal.

Exorcize a desapropriação

A noção de "dupla expropriação" também possibilita dar um terceiro significado à noção de "desapropriação" e torná-la uma técnica de subjetivação, afirmação e resistência coletiva não culpabilizante. De contra-posse. Uma releitura secular e política da caça às bruxas, na qual o poder secular desempenhou um papel central, nos faz entender que as bruxas, acusadas de serem possuídas e tratadas como tal pela Inquisição e pelas autoridades religiosas e seculares, "o eram" porque estavam tentando se privar da nova subjetivação liberal que lhes era imposta para substituir o corpo mágico e medieval, fonte e apoio de seu conhecimento e poder (Federici). *Resistir à expropriação do corpo mágico e medieval não seria resistir à posse pelo capitalismo nascente* *misturado ao cartesianismo?* O diabo é o biopoder, não é o bode expiatório. Em muitos casos, os "sabbats" eram reuniões políticas de camponese.a.s. É a recusa dessa posse e das técnicas individualizadoras de confissão impostas pelas novas ondas de cristianização da época que precipitaram o massacre de bruxas. *A possessão neoliberal expropria o corpo e procura possuir subjetividades biopoliticamente. Exorcizá-lo, proceder à despossessão, é tirar do corpo do sujeito a nova subjetividade neoliberal,* a fortiori *quando visa os queers e os trans* no trabalho.* Isso é evidenciado pelas ações organizadas em Bolonha em 2012, pela coordenação do Time Out. Após a repressão policial em uma manifestação em Roma em outubro de 2011, Smaschieramenti, Bartleby, VAG 61 e Frida convocaram uma reunião pública. Dessas reuniões, nasceu Santa Insolvenza (Santa Insolvência), a padroeira dos endividado.a.s, que realizou algumas procissões. Em 15 de maio de 2012, um *Esorcismo contro il ricatto del debito*[34] aconteceu diante de uma subsidiária do BNP Paribas e do UBS para marcar o primeiro aniversário da ocupação da Puerta del Sol.[35] Em 8 de junho de 2013, no dia do Orgulho em Bolonha, Smaschieramenti, Barattolo, Mujeres Libres e Frangette Estreme, da rede Puta-lesbo-trans-femminista, fizeram outro exorcismo, contra a gestão da diversidade,[36] antes de se juntarem à marcha com um grupo contra a austeridade (favolose contro l'austerità!).[37] Um padre e um litania de *working boys* e *working girls* foram colocados em frente a uma subsidiária do Banco Carisbo que, junto com outros bancos e empresas,

34 Exorcismo contra chantagem por dívida.

35 youtube.comwatch?v=5kdC0pfChdw.

36 youtube.comwatch?v=MD8tAg5WqPE&index=1&list=PL7115EBAB032D1613.

37 As fabulosas contra a austeridade.

faz parte do Observatório de Gestão da Diversidade lançado pela universidade privada Bocconi de Milão. Como a anterior, essa performance, intitulada *Esorcismo collettivo del Diversity Management*,[38] baseia-se em uma desapropriação, sinônimo de contra-poder, contra a subjetivação neoliberal. Ela desconstrói para desviar suas emoções e os efeitos impostos por essa subjetivação: sentimento de culpa, solicitação do espírito de sacrifício, isolamento, etc., ainda mais infecciosos e obscenos à medida que tomam emprestado os valores clássicos da ética geral de trabalho no contexto de perda de emprego e desemprego. Ela se opõe à gestão da diversidade e dos gêneros praticados pelos bancos *gay-friendly*, os mesmos responsáveis pela insolvência das prefeituras e poupadore.a.s após seus investimentos em títulos tóxicos: "Atraídos pelo encanto deste lugar de poder, chegamos aqui. Esse banco é *gay-friendly*, ele respeita, ele valoriza a diversidade [...]. Oferecemos nosso trabalho, nossas habilidades, nossos conhecimentos, nosso tempo, nosso suor, nosso sangue e nossas almas", proclama o padre exorcista. Em seguida, ele questiona os participantes que exibem seu perfil profissional em uma placa pendurada no pescoço. Todo.a.s o.a.s protagonistas vestiram sua fantasia de trabalho (figurinos, gravatas, vestidos, saias, maquiagem adequada, etc.). O exorcista pergunta se eles estão felizes. A resposta é não. Ele continua sua discussão, convidando-os a se livrarem do perfil corporativo e a se libertarem: "*Nas ruas de Stonewall, vamos nos libertar. Vamos abrir os olhos [...]. Esse banco nos mata de fome e nos pinkwasha. O que significa valorizar o humano? Significa o mercado. Não precisamos do seu reconhecimento. Saia de nossos corpos em nome do espírito de Stonewall. Fique quieto para sempre, você que*

38 Exorcismo coletivo do *diversity management*.

impede queers que viverem seus desejos em nome da respeitabilidade, vocês que impõem a jornada dupla às mulheres. A deusa de Favolosita (fabulosidade) silencia a vergonha de ser diferente. Saiam de nossas vidas! Chega de exploração mortal pelo trabalho! Em nome de Maria Madalena, protetora do.as trabalhadore.as do sexo, retire a austeridade atroz de nossa consciência! Porque não temos culpa! Sacrifício, não o faremos! Aleluia! O exorcista compromete-se a exorcizar o banco e os participantes com água benta para que sejam desapropriados. Após alguns sprays, os participantes se livram de seus cartazes e roupas. Eles não são mais homo In.corporated.

É esse sentimento de "posse" e "desapropriação" em relação ao controle e à modulação biopolítica por meio de um trabalho que vale para as políticas performativas queer e transfeministas contra o neoliberalismo. Se adotarmos o termo "despossessão", é esse que devemos cultivar, sinônimo do contra-poder performativo queer e transfeminista, ecoando a posse/despossessão das feiticeiras e a posse/despossessão pelo trabalho. A possessão e a despossessão fazem parte da história política do corpo, disse Foucault: ele esqueceu de dizer política E econômica.

Queerizar a vulnerabilidade e a precariedade, e não o contrário

Butler e Athanasiou têm dificuldade em separar o joio do trigo na caixa de ferramentas performativa. Quando se trata do corpo como um local de performatividade política, os exemplos são individualistas e o grau de vulnerabilidade é tal que chegamos a nos perguntar se o termo ainda é apropriado. Não devemos distinguir os níveis de vulnerabilidade, a diferença entre o que chamo de performance letal e performance vital? Podemos colocar no mesmo nível ou analisar sob o mesmo ponto de vista: um aposentado grego que comete suicídio na Praça Syntagma, um comerciante de vegetais que se imola em fogo na Tunísia antes da "Primavera Árabe" e mulheres de preto na ex-Iugoslávia que se manifestam contra a guerra? A "promessa política do performativo", para usar o título do capítulo do livro de Butler e Athanasiou no qual esses exemplos são apresentados, só pode ser cumprida a partir de corpos desafiadores, mas vulneráveis, ou da autossupressão? Além disso, por que a força política da performatividade consistiria em se projetar na economia da promessa, uma vez que ela já existe? Ela já está aqui. Ainda podemos falar de performance e performatividade quando a própria possibilidade da repetição que desloca, da repetição que visibiliza, da imitação crítica ou transformadora é anulada pela ação e traduzida pelo desaparecimento do corpo com o suicídio? Emily Wilding Davison, a sufragista que se jogou sob os cascos do cavalo do rei da Inglaterra em 5 de junho de 1913, apresenta a mesma performance no espaço público que seus colegas que organizam a gigantesca marcha das mulheres, *The Womens's Coronation Procession*, em 17 de junho de 1911, em Londres? A morte é a performatividade final ou seu limite final? Existe em Butler um excesso mórbido na busca pela vulnerabilidade como uma condição ontológica e política da performatividade que combina uma obrigação com a vulnerabilidade psíquica e os danos corporais de qualquer outra natureza. Veja os exemplos que ela deu em sua conferência em São Paulo: o feminicídio de Juarez, o transfeminicídio no Brasil ou a vulnerabilidade intrínseca dos trans*, queers e negros nas ruas, citando o movimento *Black Lives Matter*. Basta! A Act Up foi às ruas com caixões ou cinzas de pessoas que morreram de AIDS, mas não ajudaram o sistema que as matou ao cometer suicídio para aumentar a conscientização pública (Acquistapace). Eles recodificaram sua vulnerabilidade. É politicamente obsceno e liberal chorar sobre os trans* assassinado.a.s no Brasil ou no dia do T-DoR,[39] onde vemos tantos LGs brancos mencionarem os nomes de trans*, de cor na maioria das vezes, de profissionais do sexo, que eles deixam nas mãos dessa polícia a quem ele.a.s procuram proteção, que eles deixam definhar em prisões cheias de pessoas não brancas, racializadas, pobres, inseguras e que, na maioria das vezes, nunca tiveram acesso a comunidades trans* quando estavam vivas (Haritaworn). Essa contabilidade macabra é o sinal estatístico de uma entrada do trans* no mercado das vítimas no qual o movimento institucional LG derrete, seja porque não tem mais nada para devorar (os trans* se transformaram em seu osso na forma de T-bone)[40] e que as discriminações contra os trans* lhes proporcionam subvenções, seja porque, tanto para os trans* quanto para os LGs antes deles, a entrada na transnormatividade e, para alg*ns, a valorização, passa por um estatuto de vítima cuja proteção deverá ser garantida pelos mesmos meios: o estado, a lei e a polícia. Canibalizando a vida e a morte daquele.a.s que eles afirmam representar, bons na necropolítica (Haritaworn & Snorton), as associações, as ONGs, o NPIC (*Non Profit Industrial Complex*) e o AIC (*Academic Industrial Complex*) valorizam o trans* mort* para melhor sugarem e extraírem seu valor.

O drive teórico butleriano é representativo de uma negação máxima dos processos de valorização, de extração de valor e da relação extrativista que alimentam a pesquisa acadêmica e o desempenho

39 Trans Day of Remembrance: Dia Internacional de Recordação pela Morte de Pessoas Trans*. [N.T.]

40 Bife norte-americano com osso central em forma de T. [N.T.]

a-militante do intelectual público global desconectado dos movimentos sociais. Isso é extremamente problemático quando você pensa em política. A negação do poder é um motivo feminista recorrente que fez parte de um essencialismo que não pode ser atribuído a Butler. Mas e essa ânsia de puxar para a negatividade, essa dialética reconfortante para o orador que enuncia que do fraco pode sair a força ou que a força só pode vir da fraqueza, não tanto factual quanto estrutural? E esse investimento no pensamento paradoxal que protege as pretensões do sujeito clássico e que também se aplicaria ao corpo coletivo, a grosso modo as "multidões" de Butler e Athanasiou? As "multidões" é o que vemos na TV quando não vivemos "os movimentos sociais" que descrevemos e que usamos apenas para obter lucro. Seria isso então a "performatividade plural": um corpo coletivo que deve ser "afetado e afetante", "fraco e poderoso", para que "essa capacidade encarnada de agir" não leve a "um ato identitário"? Encontramos aqui todos os raciocínios circulares anti-identidade e pós-estruturais de Butler, transpostos às *street politics* e à política da performatividade: "A pertinência das políticas de performatividade para as políticas de precariedade é a relevância da precariedade para as políticas de performatividade". *Uau. Essa teorização e essa captação da vulnerabilidade não são necessárias nem são o suporte ideal para políticas de performance, muito menos sua justificativa. Como todas as teorizações e gravações que propomos – reais –, o 1% do AIC (*Academic Industrial Complex*), o jet set da intelecção a que Butler pertence, com seus agentes que levam 10% do lucro para negociar o preço de suas conferências com um cheque de cinco números, inclusive em países arruinados pelo neoliberalismo.*

O que essas políticas de performatividade têm de queer? Nada no livro de Butler e Athanasiou, nada na palestra de

Butler realizada em Salvador. Tudo em sua palestra em São Paulo proferida alguns dias depois, em setembro de 2016. A partir das "raízes estranhas" da vulnerabilidade, da experiência do insulto, do questionamento, do medo na rua pelos trans*, Butler propôs uma "concepção queer de violência" e uma redefinição de políticas queer. Muitos de nós, na plateia, imaginávamos se seríamos "salvo.a.s" pelas políticas da performatividade queer da primeira Butler – aquela de *Os problemas de gênero* que não pressupõe nenhuma vulnerabilidade constitutiva – ou pela "nossa" vulnerabilidade abençoada, considerada anterior e primeira ("*Vulnerability is prior*") que não nos colocaria em questão porque teríamos mobilizado ("*Mobilizing vulnerability*"), que se encontra mais próxima da segunda Butler de *Desfazendo o gênero*. A segunda possibilidade prevaleceu em sua versão queerizada. A vulnerabilidade é política! A vulnerabilidade é queer! A mesma coisa, substituindo "vulnerabilidade" por "precariedade". Em São Paulo, a poção mágica era "o queer" e sua arte performática mais o componente da vulnerabilidade antes, durante e depois. No livro com Athena Athanasiou, é a desapropriação e o "*spacing appearance*" em oposição ao "espaço de aparência" de Arendt, o performativo "espaço de ocupação", enfim, o fato de tornar visível a despossessão no espaço público por meios performativos sem algum rastro ou pegada queer nele. Em suma, o problema é que, quando o "queer" aparece, ele deve ser refutado nas noções de vulnerabilidade e precariedade a ponto de se tornar sinônimo disso. Pode-se duvidar que os gregos, os espanhóis, os Estados Unidos, os egípcios ou os turcos tenham ocupado o espaço público como ele.a.s o fizeram durante semanas para tornar visível a desapropriação na TV. Ou ainda que ele.a.s pensaram em usar a visualização do sofrimento para provocar reações emocionais. No Zuccotti

Park ou na Praça da República,[41] com a Nuit Debout, nos organizamos de forma visível no espaço público para responder coletivamente às suas necessidades e para que qualquer pessoa possa se juntar ao.à.s ocupantes. Qualquer pessoa que tenha participado dessas formas de ocupação sabe que estes são locais de reprodução e de produção alternativa: comer, beber, ler, dormir, brincar de política, transar, ir ao banheiro. Trata-se, antes de tudo, de se organizar e de viver em uma esfera pública, fora do trabalho e fora do controle do estado (consultoria transfemminista queer de Bologna). São espaços de reprodução social alternativa, a antítese das formas de manifestação que consagram o fim da reprodução de si mesmo e, portanto, o fim do suicídio e da morte.

Existem é claro muitas análises e políticas queer de violência e precariedade. São aquelas lideradas pelos coletivos queer e transfeministas que militam, que entenderam e já denunciaram os limites da lei e da lei para combatê-la ou que atuam sem ela. De fato, existe uma *queer matriz*, uma maneira queer e transfeminista de resistir, que empresta performance e performatividade à sua dimensão política. É o Act Up, por exemplo, no qual o afeto político é a raiva contra a depressão ou a vulnerabilidade. A resposta queer ao fato de ser insultado, tratado como queer, de ser atacad*, oprimid*, excluíd* por causa de sua identidade ou de expressão de gênero, de sua sexualidade consiste em tirar proveito dos recursos da performatividade e da performance subculturais e coletivas para reivindicar um gênero desviante ou anormal em um estilo *out in your face*. É esse tipo de política queer que salva os queer da vulnerabilidade, e não a vulnerabilidade queer essencializada ou um suposto

41 Em Paris. [N.T.]

valor intrínseco queer (Welsing). Especialmente porque a vulnerabilidade e a precariedade não se prestam à reversão ou à ressignificação. Vamos ver se dá certo as pessoas saindo na rua com distintivos "precários e orgulhosos de o serem" ou "vulneráveis e orgulhosos de o serem"? Por outro lado, é possível produzir uma análise de precariedade queer e transfeminista e recorrer a práticas performativas queer e transfeministas para se opor a essa precariedade. Fazem mais de dez anos que as jovens feministas italianas, com grupos como Sconvegno, Rete Prec@s, Sexyshock, Fiorelle ou A/Matrix, retrabalham a precariedade de suas experiências precárias e a usam para criticar supostos lucros que trazem um emprego estável, uma carreira e um casamento: a reprodução da divisão de gênero do trabalho, restrição à maternidade, o trabalho de *care* e assistência gratuito e um investimento sem falhas na empresa ou marca (Fantone). Não há razão para adicionar o termo vulnerabilidade na matriz queer e transfeminista feita de raiva, resistência e performance. Não há razão para substituir a vulnerabilidade ou precariedade ao gênero em uma cadeia de equivalências que nos faz acreditar que o que é verdadeiro para o gênero ou para "o queer" (problema de inteligibilidade, reconhecimento, etc.) seria válido para a vulnerabilidade ou a precariedade, a menos que se queira degenerá-las e desqueerizá-las. O mesmo vale para a espacialização da performance contra o neoliberalismo. É o ato de dequeerizar para reduzi-la, como Butler fez em São Paulo, ao "direito de aparecer ou se mover". Não é uma lógica de direito que faz com que corpos queers e transfeministas saiam às ruas. É contraditório invocar a lei depois de apontar as insuficiências da mesma. Substituir a autonomeação "queer" pelo status de "vulnerável" – porque é disso que se trata no fundo – se caracteriza como um pedido de reconhecimento, de proteção e de direitos, em um lógica liberal em estrita continuidade com o feminismo reformista e o "liberalismo gay militante" (Hanhardt) que aponta para o final da década de 1970. Tampouco é a dimensão relacional da vulnerabilidade – o fato de precisar existirem pelo menos duas pessoas para alguém ser insultad* –, o que faz com que os corpos queers se encontrem ou se reagrupem. Os queers e os transfeministas não acreditam em lei ou estado, porque se tratam de crenças, e eles estão certos. Às vezes eles usam a lei, às vezes, é estrategicamente, sem ilusão e sem desejo. Coletivos queer e transfeministas se mobilizam contra o neoliberalismo e a precariedade. Isso não se baseia na vulnerabilidade queer, cuja cena da interpelação do policial que Butler toma de Althusser, para falar sobre os transexuais brasileiros que são, de fato, baleados como coelhos, seria uma alegoria. A geografia performativa de Butler é escassamente povoada ou altamente pictórica. *De qualquer forma, o ângulo certo de ataque contra o neoliberalismo não é a precariedade ou a vulnerabilidade, mas sim o trabalho.*

ENTÃO, O QUE FAZEMOS DURANTE A GREVE?

Porque não a queremos...
Problema no valor #2: desvalorização e contrarreprodução queer e transfeminista

O paradigma de gênero como trabalho torna possível entender a exploração de gêneros como uma extração de mais-valia, baseada em certas identidades e não em outras, de "certos aspectos da subjetividade". É "o caráter molecular da captura" (Busarello). O "*corporate pinkwashing*" e o homonacionalismo corporativo proporcionam ganhos em termos de lucro e imagem que são inversamente proporcionais ao "reconhecimento dado a outros LGBTQI+OCs que são excluíd*s da esfera do trabalho e do consumo" (Busarello) ou que vivem fora dela por opção. E Busarello insiste que o estigma social e econômico do LGBTQI+OC não é apenas compatível com a gestão da diversidade, mas que ele é necessário para isso. A DM (*diversity management*) fortalece a subjugação ao neoliberalismo, à "sua promessa de reconhecimento" e de esperança de ser salvo pelo progresso econômico, mesmo pelas subjetividades que pagam caro o peso da crise, que perdem seus empregos, que veem seus salários despencarem e se tornam cada vez mais pobres (Busarello). Isso nos leva a um dos projetos de Smaschieramenti, que faz toda a diferença: não apenas o canteiro de obras do valor, mas o da valorização e, antes de tudo, a valorização pelo trabalho de um ponto de vista queer e transfeminista. É toda uma economia da promessa que é desconstruída pelo coletivo e que restaura a tese do Acquistapace defendida na faculdade de Milão em abril de 2017 e cuja metodologia é a de uma epistemologia queer não exploradora e transfeminista, *anti-AIC* (*Academic Industrial Complex*), em resumo. A promessa de avaliar a subjetividade queer (LG e queers) no trabalho e pelo trabalho, especialmente por meio do gerenciamento da diversidade em empresas privadas e públicas, funciona de maneira explícita e implícita. Ela não precisa ser explícita. Os bons homossexuais provavelmente têm mais medo de errar do que os heterossexuais, por causa de seu status de recém--incluído ou incluído como tal, enquanto homossexuais no trabalho. Ele.a.s têm ainda mais motivos para agradecer à Randstad, à Ikea, à H&M ou a seu chefe, porque ainda são estigmatizado.a.s fora do trabalho ou porque ainda correm o risco de o serem. Daí o desejo de ter sucesso, de acreditarem na promessa feita a ele.a.s, e essa é também a promessa mais geral do trabalho. Se você trabalha, terá o suficiente para viver, se casar, ter filhos, um carro e uma casa. Será merecido. A promessa não precisa ser cumprida para ter sucesso em si e botar as pessoas para trabalhar. Pode até ser o contrário. A vivacidade e crueldade da esperança que essa promessa desperta repousa no fato de que ela é cada vez menos sustentável para todos (Acquistapace).

Outros fatores favorecem a identificação que se pode manter com o trabalho, que é um dos locais mais formidáveis de produção e coprodução de subjetividade e corpos pelo mercado, capital e cultura neoliberal. Se os gays "efeminados" na H&M, a sapatão na Leroy Merlin, o casal de lésbicas para quem a Ikea pagou uma lua de mel, lésbica queer-punk em um bar, também estão envolvidos, é também porque existem poucos empregos nos quais eles podem estar *out* ou fazerem um trabalho "masculino", tendo sido designados como "mulher" ou vice-versa, sem esquecer a parte da exotização. É dessa maneira e por esses motivos que a "queerness" será valorizada e, assim, tornada visível. Podemos ver que esse tipo de trabalho de gênero, esse tipo de gênero colocado para trabalhar e valorizado ("*genere messo al lavoro*" e "*genere messo al valore*")[1] vai muito além do fato de que o capital extrai a mais-valia dos bons homos e dos queers (Acquistapace).

Para resistir ao trabalho do gênero e recusá-lo, Smaschieramenti pratica a greve de gênero, como uma interrupção, mas também como ponto de partida para outras práticas que se baseiam na recodificação da precariedade e no surgimento de formas de contratrabalho reprodutivo, levando a outras manipulações de valor (Fiorilli & Acquistapace). A precariedade vivida é uma oportunidade para questionar a economia da promessa, seus valores e o tríptico "trabalho, família, pátria". O contexto italiano, no qual a maioria das proteções sociais (incluindo o seguro-desemprego) há muito desapareceu, ao contrário da França, foi indubitavelmente propício a essa politização materialista, queer e transfeminista, de precariedade e trabalho. Dito isso, LGBTQI+OC ou não, na Itália ou em outro lugar, hoje em dia há cada vez menos oportunidades de se casar e ter filhos, com toda a situação que isso acompanha, um emprego devidamente remunerado ou pelo menos um emprego. Portanto, é vital se afastar da noção de sucesso, da promessa de amanhã retumbante, de um futuro ou de sucesso. E não cair na armadilha da vitimização, do discurso sobre vulnerabilidade e/ou esperar pelo estado e o que ele não quer/não pode dar há muito tempo ou se deixar cair na armadilha do isolamento pela autorresponsabilização excessiva ou pela culpa. Obrigado, Santa Insolvenza! A precariedade também é uma situação que pode levar a formas auto-organizadas e autônomas de solidariedade e ajuda mútua. E é aí que ela pode gerar *empowerment* coletivo, outros significados para esse termo e para os de "precariedade" e de "vulnerabilidade",

1 "O gênero colocado em prática e valorizado."

não codificados pela gestão neoliberal da pobreza no PNUD (Programa das Nações Unidas para o Desenvolvimento) e em outros lugares. Sem mencionar os significados psicanalíticos finalmente cúmplices do discurso marxista liberal ou kitsch, e os que virão que serão extraídos diretamente dos "movimentos sociais" para maior benefício daqueles que os objetivam.

Para Smaschieramenti, a possibilidade de um contra-trabalho reprodutivo está ligada à dimensão material e coletiva do trabalho de gênero em seus efeitos positivos e ao fato de ser capaz de se opor ao trabalho reprodutivo normativo, inclusive quando é realizado pelos LGs que se casam e têm filhos. Vimos tudo sobre o trabalho reprodutivo que não se limita ao trabalho doméstico (cozinhar e alimentar a família). Ele também inclui o trabalho emocional, cuidar de si e da família, amig*s, amant*s, parceir*s sexuais que não fazem parte da família homonormativa e heteronormativa. Queers e trans*, fazemos esse trabalho reprodutivo para nós e para os outros, tanto a autorreprodução quanto a reprodução social no sentido amplo do termo. *Este trabalho reproduz a força de trabalho exigida pelo capital? Reproduz bons trabalhadores, cidadãos bem disciplinados e os tipos certos? Produz conhecimento e afeta aqueles cujo capital extrairá valor? Sim e não (Acquistapace)*. Sim, no sentido de que o capital e sua versão neoliberal sempre encontram maneiras de obter captura subjetiva, inclusive através do trabalho. Não, se retomarmos as análises de Federici e dos comitês da WfH para os quais ficou muito claro que o trabalho reprodutivo não se limita à reprodução física (para criar os filhos, nutri-los), mas que integra precisamente a reprodução afetiva (cuidar da família afetivamente, o sexo) e a autorreprodução (Federici e Cox), e se nós os amplificamos de maneira queer e transfeminista. Não, no sentido de que temos o poder e a vontade de não reproduzir a força de trabalho do.a cidadã.o disciplinado.a e do.a bom.boa trabalhador.a, de não fazer o trabalho de reprodução normativa quando se cria filhos. Criar filhos é também educá-los nas normas do gênero e aptos a trabalharem, pois eles serão criados a partir da perspectiva do trabalho e, assim, alimentarão a cultura capitalista (Acquistapace). Preparar-se para o trabalho providenciando para si mesmo comida, roupas, um teto, mas também se preparando para sorrir, vestir-se adequadamente, empregar o trabalho emocional e de comunicação necessário e a maneira como se vai usar o "tempo livre" é um conjunto de processos inextricavelmente físicos, emocionais e intelectuais, individuais e coletivos. *O trabalho contraproducente queer e transfeminista consiste em ensinar outras coisas às crianças, a não as criar como meninos e meninas, a coletivizar o trabalho reprodutivo, a incorporar outros valores além dos do trabalho, competição e sucesso ou propriedade privada*. Esse trabalho contraproducente também se aplica à coprodução de gêneros dentro de coletivos queer e transfeministas, particularmente ao defender gêneros não normativos por meio do trabalho emocional e sexual que é feito lá. Isso equivale a levar em consideração todo o trabalho de construção e produção de gêneros que passa pelas relações íntimas "privadas", mas também o trabalho de construção e produção de gêneros realizado em pares: por exemplo, a maneira como as trans* apoiam-se em um nível emocional e simbólico, mas também material e político ao se reconhecer, confiando, trocando truques de passabilidade ou não, criando gêneros e cuidando das masculinidades e feminilidades de um* e dos outros (Fiorilli & Acquistapace). Essas formas de reprodução social queer e transfeminista estão na continuidade das ações de grupos de cores queer como STAR (Street Tranvestite Action Revolutionaries), fundada por

Marsha P. Johnson e Sylvia Rivera na década de 1970 (Raha), ou mesmo FIERCE (Fabulous Independent Educated Radicals for Community Empowerment), que surgiram nos anos 2000 em Nova York.

Muito antes da incorporação dos LG na esfera da reprodução e da atual dinâmica de reprivatização, na década de 1970, D'Emilio já pedia a construção de uma "comunidade afetiva" fora da família heterossexual, a chamada "célula familiar". Partindo da constatação de que o capitalismo fordista confiava cada vez menos na família para a reprodução e a produção, mas que, no entanto, essa reproduzia um heterossexismo que explicava, em sua opinião a persistência da homofobia, sua solução consistia em desenvolver tudo o que pudesse fornecer as bases para a autonomia material: direito ao aborto, igualdade de direitos, ação afirmativa e bons serviços públicos. Basicamente, tudo o que era contra a privatização da sexualidade e a adesão ao familiarismo na época. Coletivos transfeministas queer e contemporâneos se encontram em uma posição simetricamente invertida. A defesa da igualdade de direitos levou ao fortalecimento da instituição do casamento e da família e à reprivatização, porque os LGs usaram o coringa da incorporação, da reprodução e da produtividade neoliberal. O trabalho não é mais sinônimo de emancipação que permite abandonar a família homofóbica e que leva a uma política minoritária, identitária e comunitária. Portanto, teremos que encontrar outra coisa para substituir isso, e teremos que começar pelo questionamento do valor do trabalho, do próprio trabalho.

Dois fatores permitiram a cristalização de algo como uma identidade gay na década de 1970 (D'Emilio). A libertação do mercado de trabalho e o acesso ao trabalho assalariado para homossexuais numa época em que o capitalismo se encontra menos focado na célula econômica da família. O homossexual fica livre para deixar sua família para trabalhar e foder anônimo na cidade e construir sua vida pessoal a partir de sua atração pelo "mesmo sexo". Daí o desenvolvimento de uma cultura de reuniões e bar. Daí a explosão das estatísticas de Kinsey sobre homossexualidade, especialmente para os homens, porque, de fato, as mulheres, inclusive lésbicas, permanecem imobilizadas no trabalho de reprodução muito mais do que é dito por D'Emilio e como também é lembrado por Federici e pelos membros do Wages Due Lesbians, a parte lésbica da WfH. Essas sublinham a impossibilidade material de visibilidade lésbica da época, a precariedade de seus empregos "femininos", o trabalho (emocional e sexual) da reprodução lésbica e a necessidade de uma autonomia para as mulheres que está longe de estar conquistada. Nos anos 1980, elas combaterão as políticas de austeridade e precariedade de Thatcher e fornecerão apoio inabalável às trabalhadoras do sexo (Raha). Portanto, foi um pouco rápido demais afirmar que o valor da família investida pelo capitalismo na década de 1970 era essencialmente afetivo.

O gênero como trabalho abre mais margem de manobra para a subversão ou a sabotagem do trabalho do que para a subversão de gêneros? Talvez. Porque conhecemos um tanto sobre a subversão de gêneros (Acquistapace) e especialmente com o que nos ensinou o paradigma de gênero como performance e performatividade e nossas culturas queer e trans*. Sim, exceto que – e este é um novo espaço comunitário, coletivo e político –- estamos fabricando e coproduzindo nossos gêneros e corpos queer e trans* como nunca antes. Ao ponto de alg*ns nem saberem para onde vamos, nem no que isso dará. E é também este momento que faz com que o gênero como trabalho faça sentido de uma maneira materialista e transfeminista, sob o impulso dos corpos trans* em devir. *O coletivo foi apagado do paradigma de gênero como performance e performatividade e trata-se de um grave erro político. Mas ele existia, sempre existiu, e as casas de* Paris Is Burning *mereciam mais do que uma avaliação do grau de reprodução subversiva (ou não) da feminilidade. É possível resistir, subverter e transformar trabalho e gêneros juntos.* Os coletivos queer e transfeministas transformam a força performativa e política das performances de gênero na medida em que nos permitem abordar gêneros a partir da perspectiva de exploração, e não da perspectiva de exclusão/inclusão de gênero. Com eles, voltamos à crítica social e abandonamos o artista crítico, o tropeço da subversão que o acompanha e sua absorção pelo "novo espírito do capitalismo", do qual o neoliberalismo se tornou a principal especialidade (Bolstanski & Chiapello). Eles nos permitem recorrer ao trabalho de gênero e performance não porque devemos usar a performance para sermos subversivos, mas porque, *para explodir o trabalho, devemos explodir a diferença sexual racializada praticando caminhos que não são os da abolição dos sexos das feministas materialistas da segunda onda. É assim que a performance de gênero mudará o trabalho.*

Ah Fab! Somos frívolos: a frivolidade é melhor do que o virtuosismo

Podemos tirar proveito das relações entre performance, trabalho, gênero e espetáculo para enfrentarmos de corpo e alma a precariedade, quando estamos nela. Até que ponto os queers e transfeministas podem "*live inside their labour*" graças ao *camp*? O *camp* de Minnelli lança uma problemática dentro do valor e do trabalho, numa época em que há emprego e na qual fortes efeitos colaterais – as arborescências decorativas visíveis na fachada das casas de Hollywood pingando mármore e granito – são possíveis. Finalmente, para os gays criativos da época. Mas que tal um *work at play*, um *drag work* hoje, numa época em que o trabalho pós-fordista engoliu a política (Virno)? Tomando o contraponto de Arendt, para quem são as políticas que começaram a emprestar as formas ao trabalho nos tempos contemporâneos, Virno argumenta que as qualidades que definem a política (práxis), e que são o gosto por ação, capacidade relacional, ter audiência e não produzir uma obra, tornaram-se as qualidades exigidas pela produção pós-fordista. Essa teria desafiado e colocado em crise a distribuição tradicional e relativamente compartimentada de três esferas da experiência humana: trabalho (a *poiesis*, o fazer), a ação política (a práxis) e a vida do espírito (o intelecto). De separados como eram para Aristóteles e durante a era fordista, eles se tornaram híbridos. As qualidades necessárias para fazer política nos partidos das décadas de 1960 ou 1970 (ação, capacidade relacional, público e trabalho) foram deslocadas, requisitadas, desviadas pelo modo de produção neoliberal pós-fordista que abrange a economia e um conjunto de formas de vida. Biopolítica, portanto. Virno chama esses novos trabalhadores de "virtuosos servis". Como o dançarino ou o pianista, eles são artistas, virtuosos que não produzem trabalho ou produto acabado. Eles são muito dependentes do espaço público, do diálogo, da comunicação, da relação com os outros para (se) produzir. Eles são a vaselina da produção pós-fordista, a multidão despolitizada que deve se repolitizar. Como? Desenvolvendo o caráter público do intelecto fora do trabalho e em oposição a ele. Criando uma esfera política autônoma que se separe do trabalho e que não seja estática. Praticando "desobediência radical" e essas linhas de fuga que seriam "o êxodo" e "a deserção".

OK, mas além do fato de que a tripartição antiga talvez não seja o melhor triângulo inicial no momento, a hibridação das três esferas também é explicada pelo trabalho iniciado pelas políticas da década de 1960: a privatização do intelecto, a politização do privado com o feminismo, que seja o corpo, o trabalho reprodutivo não remunerado na esfera privada ou o *gay power* com a saída do armário. O intelecto privado também é a inteligência dos coletivos que permite romper com a imagem do pensador isolado masculino e modernista e no qual a ocupação e a oficina desempenham um papel central. *O.a performer que usa a política da performance é uma das figuras da "multidão não servil", da política queer e transfeminista antineoliberal. De fato, as qualidades intrínsecas do que Virno chama de "politicismo" são as de performance.* A peculiaridade da performance é precisamente existir sem trabalho, como eu já disse acima, contrastando com a presença insistente, barulhenta e desajeitada de Abramović. A outra qualidade fundamental da performance é que ela não pode ser feita sem um público e que ela utiliza o espaço público. É o registro do fazer, da ação e não do ser e não existe sem habilidades relacionais. *O trabalho pós-fordista pode ter absorvido a política, mas o fato de se identificar ou aumentar a conscientização como performer e usar a performance como ferramenta política pode erradicar a política do trabalho e da política da produtividade em geral e reimplantá-la em outro lugar. Tudo isso exibindo o trabalho como a performance que ele também é.* Se existe uma figura para os coletivos queer e transfeministas, as drag mariposa e os adeptos do *camp*, trata-se do performer, e não do virtuose modernista à la Glenn Gould. Questão de cena, questão de classe, questão de século.

Mais do que virtuoses sem trabalho, do que trabalhador*s virtuosos, de virtuoses pós-fordistas não servis, os ativistas queer e transfeministas, os cyborgs do Post-Op, os membros da Favolosa Coalizione e do SomMovimiento NazionAnale são artistas perversos*s e fabulos*s. A *frivolidade, sobre o fundo da precariedade, é melhor que o virtuosismo straight, essencialmente heróico e virilista.* A enorme diferença entre a drag mariposa e o *camp* de Minnelli é que a espetacularização da performance de gênero no trabalho é realizada nas oficinas e no espaço público que são a rua e a internet, não nos sets de filmagem ou em cabarés. Com um pouco de *camp* que objetiva o processo de valorização. Contra sermos tratados como uma merda, sempre nos opomos com a frivolidade e o fabuloso em todos os sentidos da palavra. Favolosa Coalizione e SomMovimento NazioAnale não escolheram esses nomes por acaso. *Redefinimos as qualidades políticas aspiradas pela produção neoliberal para o espaço político que a performance também proporciona, tornando visíveis as possibilidades de desobediência e resistência ao trabalho pós-fordista e aos modos de produção neoliberais em geral, mas também à falta de trabalho que isso gera. Retornamos a forte dose de "politicidade" resultante da ausência de trabalho, produto e o vínculo com o espaço público na atuação contra o neoliberalismo. Nós, performers pervers*s e frívol*s, usamos a performance em pelo menos três níveis. Nós a usamos para rejeitar a performance no sentido empresarial e econômico do termo. Nós a usamos como uma forma de manifestação no espaço político. Usamos isso como paradigma e como forma política para desconstruir e desnaturar o gênero e a identidade corporativa no trabalho. Estamos descongestionando as qualidades da política trabalhista pós-fordista e exercitando-as em outros lugares.* Nesse exato momento em que, na era neoliberal pós-fordista, o trabalho se tornou um drag gigantesco, uma imitação da política. Dizemos não à exploração da política pelo trabalho assalariado e autônomo que a imita, que absorveu suas características, e inventamos novas formas de deserção, de desidentificação. *Muitos "de-" porque o pós acabou.*

Política de visibilidade: não passamos

A gestão da diversidade não destrói os cenários dos filmes de Minnelli, mas o capital já vampiriza as queers pré-gays "efeminadas" sem a necessidade de se apoiar nas identidades gays. O aparecimento de identidades gays na década de 1970 tem sido frequentemente analisado como um produto do capitalismo, e é verdade. A política das identidades é o negócio da empresa e do capitalismo. Mas há uma identidade gay e identidade gay, políticas identitárias e política da identidade. Há uma diferença entre a política das identidades "superior" – hegemônica – e "inferior", e é a política das identidades de gays e lésbicas "superior" que é problemática. Essa política de identidade mesquinha é um produto puro da lei e do trabalho, consistente com a política da identidade nacional. As identidades da LG "inferiores" são passadas "para cima" (classe média de LGs majoritariamente branco.a.s). Elas estão em processo de integração, de absorção com a gestão da diversidade. Os gays liberacionistas do *gay power* da década de 1970 já estavam presos na rede do capitalismo como consumidores e produtores gays, mas sua política de visibilidade vinha do *coming out* e não do *coming in*, que é o *coming out* calibrado e suavizado pela empresa. Na era do coming inc.orporated, estamos lidando com a visibilidade imposta, cristalizada e codificada pela administração da população homossexual. As políticas de visibilidade são reversíveis, e o histórico da estratégia de divulgação de gays e lésbicas carrega essa reversibilidade. Ela não é linear e várias formas de visibilidade coexistem na ordem do dia. A narrativa dominante faz da visibilidade o ponto alto da luta LGBT. Com o movimento de libertação da década de 1970, passamos da sombra para a luz, do silêncio para a fala (Friedman & Epstein,

The Celluloid Closet). Se o mito da invisibilidade foi um mito útil (D'Emilio), também gerou uma leitura essencialista e eurocêntrica retroativa: gays e lésbicas, sempre houveram, de Sócrates a Oscar Wilde, passando por Safo. É exatamente para mascarar as relações entre capitalismo e homossexualidade e ocultar o fato de que a identidade homossexual, como a identidade heterossexual do resto, é um produto do capitalismo. Sem mencionar a produção de identidade liberal e neoliberal, reformista e *corporate* pelos próprios gays e lésbicas.

O resultado dessa visualização é o empobrecimento, a captura, a simplificação das subjetividades que a ela recorrem, a assimilação contra a qual os queers se rebelaram desde os anos 1990, mesmo no cinema. A política da representação que militava para defender imagens positivas de gays e lésbicas nos filmes se chocou com o cinema queer, que dizia não à integração cinematográfica, que buscava suas referências no cinema queer pré-gay com diretores como Jack Smith (*Normal Love*) e colocava em cena um casal gay criminoso que mata a mando de um garoto (Kalin, *Swoon*). Assim como os musicais de Minnelli, o cinema experimental gay, lésbico e feminista da década de 1970 emprega estratégias antinarrativas e antiprodutivas, nas quais o uso da performance é usado para combater a narrativa. Cenas de dança invasivas atrasam Ziegfeld Follies e os filmes de Minnelli preferem a decoração do *camp* do que a narração. Eles fazem com que os espectadores percam e comprometam a exploração comercial (Tinkcom). Minnelli enche seu cinema com o teatro que ele encenava na Broadway antes de chegar a Los Angeles e Greyson coloca em cena a profusão do teatro com *Lilies* em 1996. Nos filmes feministas, tudo é feito para evitar o *male gaze* e os padrões narrativos associados, com uma enxurrada de filmes experimentais herméticos, de Laura Mulvey a Klonaris e Thomadaki a Yvonne Rainer. Aqui também, a tensão entre performance e trabalho, entre performance e narração é estruturante e interessante. Hoje, ver gênero como trabalho e trabalho como performance nos permite dizer não a essa nova forma de *passing* reverso promovido pela gestão da diversidade e pela população LG. Não pedimos mais aos bons homos que se escondam, mas que performem o bom homo. Eles são epistemologicamente forçados a serem apenas sujeitos moldados e delimitados pela lei e a exibir seu bom perfil. Essa forma produtiva de passabilidade é opressiva, assim como sua versão privada que consiste em se passar por hétero, quando se é gay ou lésbica. Aumentar a conscientização sobre gênero como trabalho produtivo e reprodutivo deve nos permitir abordar essa nova etapa na produção da homossexualidade pelo capitalismo e pelo neoliberalismo, essa nova reviravolta na exploração/liberdade dialética através do trabalho para minorias sexuais e de gênero segundo um eixo racializado. *"Não passamos" significa que aproveitamos ao máximo a tensão entre performance e trabalho, performance de gênero e trabalho, mas também entre performance e narrativa de progresso.*

Em greve na universidade

Em 2 de abril de 2017, entramos em greve na conferência organizada pelo Cirque, *What's New in Queer Studies?*, realizada na Universidade de Aquila, na Itália, para protestar contra o grau sem precedentes de violência epistêmica e administrativo que vivenciamos por três dias. Nós, um grupo autoconstituído de cerca de quinze transfeministas fabulos* que em sua maioria não se conheciam, mas que acabou trabalhando junt*s e finalmente avançando, já que passamos três dias explicando, educando a maioria dos palestrantes sobre questões tão básicas quanto posicionalidade, conhecimento situado, racismo ou privilégio de cisgênero. Tudo começou com uma palestra de abertura em que a organizadora da conferência e criadora do Cirque anunciou que ela não iria ministrar sua palestra, apenas para queerizar o formato da conferência com um pequeno jogo de massacre contra identidades: "Cite-me, não importa que identidade, e eu a destruirei na sua frente". Todos nós sabemos o que significa esse kit anti-identidade queer: que heterossexuais, cisgênero.a.s e branco.a.s podem capitalizar sobre o queer chic e sobre uma definição vazia, mas subversiva, de queer para organizar seminários e conferências queer em todo o mundo; que os pensadore.a.s branco.a.s e heterossexuais sabiam antes de nós o que é ser gay, os deleuzianos, os lacanianos, e que Negri e Žižek sabem melhor do que nós o que devemos fazer. Foi-nos dito que o *nec plus ultra* do "queer", do "trans" é uma transrace e transespecismo. À noite, para nos recuperar, tivemos uma performance de dança *indian face* realizada por duas lésbicas brancas. Os dois primeiros dias da conferência trouxeram uma série de comunicações em painéis divertidos e *so fucking queer*: o etnólogo heterossexual que estuda a trans* de Nápoles para considerá-la bastante estereotipada em sua feminilidade e que afirma ser a única pessoa que não é membro da comunidade LGBT a se interessar por "essas pessoas"; o estudante de doutorado financiado que coloca no mesmo nível uma organização paternalista como a Ardhis (Associação para o reconhecimento dos direitos dos homossexuais e transexuais à imigração e à estadia) na recepção – a gestão – dos requerentes de asilo LGBT na França e as LOCs (Lésbicas of Color); jovens estudantes, se possível heterossexuais, que lidam com coletivos italianos queer e anarquistas ou com a legitimidade da pornografia e do desejo pedófilo de Lacan ostensivamente vomitando no ativismo e na comunidade LGBT durante a sessão de perguntas. A presença espectral da raça substituiu a presença tangível de pessoas não brancas em uma conferência de 99% de brancos. Escusado será dizer que a apropriação de "trans*" anda de mãos dadas com a marginalização de trans* no programa apresentado, muito bem relegada às seções temáticas "sexualidade" por uma organização que não responde quando os trans* mostram sua surpresa antes da conferência (Pignedoli). De fato, o que esperar de um comitê científico que não vê onde está o problema ao solicitar documentos de identidade para se inscrever na conferência e para ter acesso wi-fi em uma cidade atingida após o terremoto de 2009 e cujo.a.s habitantes (40.000) foram administrado.a.s em fluxos populacionais de distribuição, seja nos hotéis de luxo da área, ou nas poucas casas prontas para uso prometidas por Berlusconi, mas principalmente em campos administrados por militares, com toque de recolher e proibição de sair sem mostrar o documento de identidade. A reconstrução da cidade estava para ser concluída este ano, mas a capital de Abruzzo é uma cidade fantasma cheia de andaimes, com um centro vazio da cidade e moradore.a.s remanejado.a.s para a periferia.

Diante dessa avalanche de violência, apropriação cultural e extração de valor nas costas das minorias de gênero e raça, LGBTQI+OC e trans*, houve uma greve. *Nos autorizamos o tempo e o espaço da greve. Na manhã do último dia, renomeamos o painel da manhã "Radical Transfeminism-Stream" e neutralizamos os banheiros. O que inicialmente aparecia como um caucus tomou a forma de uma greve, com a espacialização e a transformação performativa do espaço que ela permite.* Nos inspiramos nas atuais reflexões sobre o ativismo e a universidade (*Attivismo* *e accademia*) do *campeggia queer* (queer camping) organizada pelo SomMovimento NazioAnale desde 2015 e onde se trata de como as subjetividades queer e transfeministas são colocadas para trabalhar na universidade. Além da contestação das práticas sexistas e cissexistas, classistas e racistas e dos organizadores do Cirque, entramos em greve pelo trabalho universitário em geral e, em particular, pelo que tivemos que realizar gratuitamente durante toda a conferência: o trabalho pedagógico gratuito, mas também tudo o que você precisa fazer para se tornar um acadêmico (networking, etc.). *A greve nos permitiu reorganizar o chamado espaço universitário queer para desocupá-lo e escrever uma declaração conjunta para combater a expropriação epistemológica da qual éramos objeto, e a exploração de nosso conhecimento, e nossas experiências como recursos e fonte de valor agregado, e tornar visíveis e críticas as condições do trabalho universitário na era neoliberal pós-fordista (declaração de Aquila assinada pelos grevistas transfeministas da Circus Conference).*[2] Além de perguntas sobre a lógica do reconhecimento na universidade, a dinâmica contraditória da fetichização e marginalização dos queers ou sua precariedade galopante e programada, fomos capazes de discutir juntos durante e após a conferência a questão dos afetos e dos efeitos militantes no trabalho. E o entusiasmo, a paixão que um militante queer ou transfeminista empenha – muitas vezes em vão – para a universidade? E os sentimentos de isolamento, de se sentir perpetuamente inadequad*s ou reduzid*s ao silêncio? (Campeggia queer, 2015).

Temos de resistir ao "drag científico" e ao "drag político" exigido pela universidade neoliberal, do qual a conferência da Cirque é o exemplo perfeito. Idem para a Whatever, *e sua revista pseudoqueer*

2 Leia na íntegra no Escritório do Unicórnio.

que deveria ser rebatizada de Anything Goes. *A captação da politização por meio do trabalho que mencionei acima se aplica também ao trabalho acadêmico.* Não é mais a produção de uma obra mais do que o fato de ler e escrever para produzir ensino crítico e pesquisa. Trata-se de publicar artigos de alto impacto escritos coletivamente e de fazer esse trabalho na Europa e em todos os lugares por estudantes de doutorado ou por pessoas que jamais terão uma posição, ou que sobrevivem com tickets-alimentação, uma vez que o objetivo declarado da universidade neoliberal é ter 90% de não titulares superflexíveis. *O que é o trabalho acadêmico na era neoliberal pós-fordista se não uma promessa precária e falsa, mesmo quando você faz o trabalho sujo de segmentação da "sua população", porque você tem que sobreviver e não tem escolha?* Especialmente porque você está cercad* por *bons homos* dispostos a entregar completamente o *conhecimento certo* e de soldados-estudantes disciplinados que praticam a gestão da população e a violência biopolítica que vem junto com ela. Que práticas, então, podem ser inventadas para lidar com o trabalho universitário livre, a exploração de afetos, de emoções, do desejo de reconhecimento e da valorização diferencial de ativistas, de estudantes e professore.a.s, de subjetividades queer e trans? E quanto às queers e transfeministas de cor, especialmente mulheres trans e/ou pobres e/ ou profissionais do sexo, confinadas ao status de excluídas da pesquisa, a serviço da valorização de pesquisadores, incluindo pessoas trans brancas desfrutando dos privilégios de sua classe? (Haritaworn). Há vinte anos, o problema era entrar na universidade. Hoje, os problemas começam quando você entra, a ponto de podermos nos perguntar se devemos ir ou não. Sair da universidade ou não. Às múltiplas formas de "desapropriação" e "expropriação" que enfrentamos, devemos acrescentar a valorização por meio da extração, o "extrativismo", a "relação de extração" (Haritaworn) que o trabalho universitário estabelece entre "especialistas" legítimos e assalariados e os assuntos/pessoas que se tornam a matéria-prima para sua pesquisa e a produção de conhecimento (Oparah). O valor é extraído das populações LGBTQI+OC para entrar em processos de acumulação, para valorizar e respeitabilizar os especialistas universitários LGBT (Haritaworn).

A partir de agora, estamos implementando toda uma série de práticas para resistir à investigação acadêmica, à gestão de subjetividade acadêmica, à gestão populacional e à extração de valor praticada pelo AIC (Academic Industrial Complex). Estamos boicotando as pesquisas e estamos convidando pessoas a fazê-lo. Não aceitamos participar, tanto como acadêmicos quanto como carne biopolítica, em pesquisas que não sejam colaborativas, horizontais, das quais todas as etapas e objetivos não tenham sido discutidos e compartilhados pelos participantes, cujo benefício esperado não é validado pelos "investigados". Reivindicamos a possibilidade de retirar "nossos dados pessoais" a qualquer momento da pesquisa e de solicitar compensação pelo trabalho de fornecimento de dados e tempo. *Avaliamos o grau de politização dos dispositivos de pesquisa no triângulo biopolítico. Se ele não detém os três pontos, nós o invalidamos e o recusamos.* Como estas convocações para trabalhos de pesquisa sobre a radicalização.[3] Como esta convocação, que foi vista na lista das EFiGiES[4] que reúne estudantes franceses em "estudos de gênero", convidando-os a responder a uma pesquisa "sobre a população LGBTQ" por meio de um questionário rápido "fácil de preencher",

3 Islâmica, na França. [N.T.]

4 Associação de Jovens Pesquisadores da França. [N.T.]

desenvolvido por uma pesquisadora que tentou fazer parecer que estava postando a chamada para um amigo com um endereço de e-mail falso. Ou como a solicitação, depois de um estágio "enriquecedor", para continuar a trabalhar para as "pessoas LGBT" que tão desesperadamente precisam de você. É todo o hardware positivista em conluio com a epistemologia universalista do ponto zero que deve ser jogado no lixo: a entrevista, o terreno, o uso seletivo de vozes (o famoso *verbatim*), a escrita neutra, etc. Sem os *verbatim* e os testemunhos enviados por pervertidos sexuais ou coletados no século XIX por sexólogos e voyeurs sociais, as conclusões de Krafft-Ebing ou Mayhew simplesmente não existiriam. Vamos retribuir à entrevista o que ela deve ao regime confessional, legal, da criminologia, policial e médico e fazer tudo para reapropriar o que deveria ser: uma retomada da narrativa. Não nos tornemos cúmplices das ciências "humanas" e "sociais" ou das "humanidades", que não sejam feministas, ou queerizadas, nem descoloniais, e que bloqueiam ou distorçam os estudos de gênero, queer, trans; estudos étnicos que impeçam que os sujeitos QTPOC aconteçam no espaço público e acadêmico e que reproduzam processos de tipificação e vigilância, de classificação e operações regulatórias, de criminalização e racialização de populações, processos dignos do século XIX, alimentando a gestão da população, uma característica da biopotência neoliberal da qual a AIC é um dos setores de atividade no século XXI.

A criação de diferentes relações, alianças e coalizões entre bixas e transfeministas, ativistas e/ou acadêmicos, professores e alunos precários requer o fim da infantilização e da despolitização do.a.s alunos, da individualização de soluções com esses planos "acadêmicos precários", que consistem em colocar os precários em concorrência desleal por meio do financiamento de teses parcimoniosos em troca da assimilação acadêmica. Trata-se de criar espaços onde seja possível verbalizar e resolver problemas e a questão das condições de trabalho sem medo de represálias. As greves e os workshops fazem parte disso. Assim como todas as micropolíticas de resistência, de contaminação e curto-circuito de recursos e referências encontradas no trabalho de Borghi e dos coletivos DIY e independentes, que se referem ao problema mais geral da política de citação e da circulação de conhecimentos. *Desenvolveremos guias de citações e referências alternativas que ofereçam seu lugar de fala a todas as fontes, especialmente as da literatura militante, e sem desapropriar ou expropriar os coletivos ou o "movimento social" e todos os "corpos que se movem".* Precisamos de centros de arquivos vivos e de recursos que não caiam no conto da patrimonialização/nacionalização ou da museificação do "movimento social" e de todos esses "corpos que se movem", visto que não estão mortos.

Performamos a universidade

A faculdade neoliberal é o grau zero da pedagogia. Fala-se apenas de cursos optativos e de modularização (entenda-se por isso a mutualização de professores e a racionalização financeira), o QCM para automatizar as correções. Você é obrigado a utilizar uma aplicação padrão para os cursos – o Moodle - que o.a.s aluno.a.s nunca abrem, mas que apontam a atividade/conexão/estatísticas de produtividade de aluno.a.s e professores quando perguntado. *Estamos implantando ensinamentos que visam a competir geopoliticamente com o tipo de ligação econômica que se desenvolve entre a universidade e seu ambiente e cujo estabelecimento na França é confiado aos professores que obedecem ao business da administração que começou a endividar as faculdades.*

A fronteira entre a universidade e a dita sociedade civil deve ser porosa, mas não para se tornar um *hub* de negócios e do mercado. Colocamos a performance e a performatividade a serviço de outra espacialização que vai contra essa regulação do tráfego entre universidades e o mundo exterior. *A fortiori*, quando as faculdades começam a provocar risos nas associações, que a palavra-chave escolhida para representar a universidade *corporate* é a "criatividade" decorrente dos movimentos sociais da década de 1960, espicaçada pela fábrica de gestão, que se traduz na escolha da cor das xícaras de máquinas de café, e que suas prioridades estão em consonância com as políticas de austeridade e inflação securitária. Já demonstrei como isso se traduz em uma captura neoliberal das necessidades e direitos das minorias, mas isso diz respeito a todos o.a.s estudantes que nunca são diretamente envolvidos nos processos de tomada de decisão, ou à privatização em curso. Na França, os sindicatos de estudantes nem sequer têm acesso à lista de e-mails de estudantes quando, em qualquer universidade anglo-saxônica, mexicana ou brasileira, há dois prédios de estudantes no *campus*.

Os cursos de performance ou que fazem uso da performance envolvem os corpos e afetos políticos do.a.s aluno.a.s. Eles permitem a construção de pontes e o estabelecimento de diferentes fluxos entre a faculdade e o "mundo exterior", sem mencionar o que eles trazem para experimentar a materialidade dos gêneros, da raça e da classe, para desafiar as normas acadêmicas de pensamento, o sufocamento da criatividade e da política nos *campi*. Os cursos sobre gênero, raça e performance de classe que venho dando na faculdade há mais de dez anos nem sempre foram o alvo de estudantes pró-gays, islamofóbicos e *gender conservative*. Pelo contrário, trata-se até de uma exceção. O gênero como performance é ensinado como uma montagem e uma rede de conhecimentos e práticas. Como prática artística e política, feminista e corporal, a performance está ligada aos horizontes e disciplinas que precederam Butler e na qual ela se inspirou junto a Turner, a antropóloga que lhe forneceu ferramentas para refletir sobre o ritual performativo. A matriz pedagógica da performance explode as fronteiras disciplinares entre filosofia, linguística, antropologia, mas também entre teoria e prática, universidade e "movimento social", ativismo, artivismo e subculturas. O fato de que temos que atuar coletivamente como uma avaliação coloca em prática esse deslocamento de limites espaciais, discursivos e epistemológicos. Ao realizar sua performance dentro ou fora do espaço universitário, o.a.s aluno.a.s não são apenas confrontado.a.s com a ambivalência do drag e da normatividade de gênero, mas também com a dimensão política, de gênero e racializada do espaço público e a forma como seus corpos se movem e podem se tornar meios de comunicação expressivos e políticos. Ele.a.s exploram a estrutura performativa, de gênero e racializada da fronteira pública/privada na rua, em shopping centers, nos transportes públicos, banheiros, apartamentos e faculdade, onde a segurança (o mais zeloso dos agentes de segurança locais) os caçam até nos banheiros durante uma performance sobre a menstruação. Em outros lugares, estudant*s gays e trans* são livres para transformar os banheiros universitários em um local de ocupação, como foi o caso da primeira edição do simpósio *Desfazendo gênero*, em 2013, realizado em Natal, no Brasil, e eles realizam entrevistas com os conferencistas (Bourcier). As performances são relançadas no espaço universitário quando os alunos mostram sua intervenção filmada para seus colegas e alunos que a avaliam. Essa experiência e esse trabalho coletivo também nos permitem construir uma copresença de corpos *straight*, queer e racializados, o que contradiz os preceitos da universidade universalista, republicanista, heteronormativista e secularista, bem como o controle biopolítico e a escravidão das subjetividades que esse impõe. Tanto em *Urban Drag* como em *Porno Trash*, encontramos esse desejo de performar o vínculo, o coletivo, o grupo, a política. É uma forma de tomar uma posição contra a dessexualização, a despolitização, a individualização e a homogeneização, e também quando esses afetam a problemática acadêmica. Como aquele a quem é contraditoriamente atribuída uma carreira pessoal e um trabalho em grupo, em "equipes financiadas", para retomar a linguagem gerencial, equipes que impedem a formação de uma comunidade de pensamento, de ação e de epistemologias escolhidas. Como tal, não deve ser nenhuma surpresa que seja a metáfora do "casamento" a que tem sido usada, em privatizações corporativas, por exemplo, para iniciar fusões impostas às universidades que devem "casar" a fim de formar "pólos", a fim de mutualizar seus recursos.

Fazemos a ponte: "O arco-íris é uma ponte", não uma bandeira

Este livro tem abordado frequentemente a natureza disciplinar das disciplinas. Não se trata simplesmente de observar que, na França, a desmodernização das disciplinas não ocorreu e que, no regime disciplinar que preside os chamados "estudos de gênero" atuais, o.a.s sociólogo.a.s branco.a.s cisgênero.a.s hétero.a.s cada vez mais apoiado.a.s por advogados juristas sucederam o filósofo na regulação das minorias agora tratadas e geridas como populações, num contexto de privatização e neoliberalização das universidades francesas. O que não era o caso do filósofo dos anos 1970 ou 1980. Considerando a necessidade de descentralização do pensamento *straight*, da denúncia do *pinkwashing* e do privilégio branco e para lutar contra a exploração de trabalhadores queer, transfeministas e racializados no espaço acadêmico e no mundo da pesquisa, nós "vamos maximizar os benefícios do relacionamento e do intercâmbio entre ativismo e universidade". Isso diz respeito a todo.a.s nós porque "produzimos conhecimento coletivo de e dentro dos movimentos sociais" (SomMovimento NazioAnale, Campeggia queer, 2016). O pior que possa acontecer e que acontece com muita frequência na França é fossilizar a separação entre acadêmicos e ativistas, seguindo a inclinação francesa anti-intelectualista. A outra armadilha é aderir à forma defendida pela universidade neoliberal de não separação entre ela e a sociedade civil, que consagra a troca de bons procedimentos entre o AIC (*Academic Industrial Complex*) e o NPIC (*Non Profit Industrial Complex*), entre a universidade e o mercado.

A questão não são as ligações da universidade com "movimentos sociais", mas a da relação entre a universidade e o "*dirty outside world*", numa época em que a universidade neoliberal quer regular e controlar a relação entre a universidade e o "social". *Nós iremos contra a "uberização" da universidade e faremos estudos e trabalhos acadêmicos que nos "deslinkarão" (desatarão) disso. Como Anzalda nos lembraria se ainda estivesse lá, "o arco-íris é uma ponte", não uma bandeira. A redistribuição e a recaptura da política não acontecerão sem uma ponte.* Não é que a universidade deve ser gentil ou atenta para proteger e servir a comunidade queer e transfeminista e o gênero e as minorias racializadas. "*To protect and to* serve", esse é o lema do Departamento de Polícia de Nova York, aplaudido por gays e lésbicas branco.a.s gentrificadore.a.s. Não se trata de desenvolver uma boa relação com a sociedade civil. São estudant*s, queer, trans*, transfeministas, IQTPOC, trabalhadores, às vezes no trabalho, mas muitas vezes sem ter um emprego, que queerizam e transformam o materialismo, que chegam com novos paradigmas e práticas, com o gênero como trabalho e com a greve de gênero. Essa não é mais uma virada acadêmica de estudos queer que teria se tornado materialista por meio de alguns livros e artigos em revistas acadêmicas. Trata-se de necessidades concretas e de sobrevivência, como corpos brilhantes e fabulosos, às vezes grevistas e aéreos, que reagem materialmente.

Vamos sintetizar o que dissemos até agora. Dessa vez, não vai ser possível deixar os QTPOC bater na porta da universidade e simplesmente expropriá-los dos estudos queer ou dos estudos de gênero como fez a teoria queer norte-americana da primeira onda. Como foi o caso de Anzalda, que morreu prematuramente, como tantas lésbicas chicanas e QTPOC, a quem foi concedido um PhD *post-mortem*. *Não é uma questão de fazer interseccionalidade, mas de acabar com a colonialidade do conhecimento ocidental e da diferença sexual como a ficção fundadora e assassina da modernidade e do capitalismo moderno. Iremos contra a colonialidade dos estudos LGBT e o fato de que o gênero mainstreaming e o homo mainstreaming criados pelo NPIC e retransmitida pela AIC e pela universidade são usadas para reforçar as agendas neoliberais e neocoloniais nos países emergentes e pobres. Fazemos a ponte, mas tomamos um distanciamento crítico. A prática do delinking (Mignolo), como a da greve, nos permite encontrar maneiras de arruinar qualquer tipo de fronteira entre a universidade e a sociedade, a universidade e o "movimento social", a universidade, a cidade e o mundo. A epistemopolitica gay e transfeminista deve pôr fim ao racismo epistêmico euro-americano.* Os estudos e as políticas acadêmicas que destruíram a fantasia de objetividade e do positivismo arrogante, generificado e racializado do conhecimento, das ciências humanas e sociais existem. Mas é a mobilização das minorias, dos coletivos e das comunidades sexuais, do gênero, racializado e étnico, que possibilita a abertura do espaço acadêmico, e não apenas de um campo. Os estudos étnicos de Berkeley começaram com uma greve em 1969. Antes que os neoliberais mudassem da guerra cultural para a gestão da diversidade na década de 2000, a mobilização contra os cortes livres nos orçamentos do departamento tomou a forma de ocupação e de greve de fome em 1999. Recentemente, em 2016, os alunos entraram em greve novamente para protestar contra o fechamento do que havia se tornado o Centro de Raça e Gênero. E eles ganharam. Mas, a cada vez, nada teria sido possível sem a comunidade e o Third World Liberation Front (Irum Shiekh). O exemplo do massacre do mestrado "Gêneros e Interculturalidades" de Lille 3 também mostra como o grilhão é mantido por aqueles que devem explodi-lo. Ao contrário das minorias racializadas, sexuais e de gênero nos Estados Unidos, as minorias francesas negligenciaram a educação, o ensino e a pesquisa como áreas de ação política. Ainda não há associação ou rede de professores LGBT ou queer na França, enquanto o GAU (União Acadêmica Gay), o primeiro grupo de acadêmicos gays, foi criado ainda em 1973 nos Estados Unidos.

Livrar-se da modularização produtiva do conhecimento e do ensino tem tudo a ver com o *delink*. Para pôr fim à colonialidade do conhecimento que alimenta a neoliberalização e a privatização de tudo, dizemos que *fuck* a economia do conhecimento significa *fuck* Bologna, *fuck* Descartes e suas diretrizes para a autogestão da subjetividade, *fuck* Hegel – que foi justamente cuspido pelas feministas italianas da década de 1970 (Lonzi) –, *fuck* o objeto ciência e dualismo, *fuck* a diferença sexual e sua reificação por gays e lésbicas que definem a ciência e o objeto dualismo, *fuck* a diferença sexual e sua reificação por gays e lésbicas que se definem pessoas do mesmo sexo, *fuck* todos esses dualismos que são mais do que binarismo e sem o qual o pensamento moderno e suas políticas que são baseadas na assimetria e na "alteridade epistêmica" (Dussel) e sem o qual todas as formas de expropriação e extração epispista não existiriam. Vimos que essas desapropriações e expropriações são numerosas. Eles exigem a expropriação dos corpos, conhecimentos e espaços do QTPOC. Por sua vez, estudos queer e trans nada podem fazer sem os coletivos QTPOC, sem um poderoso desejo de se tornar *un-economic* e sem um questionamento do que era, do que é o nosso desejo de institucionalização (Ferguson) na era neoliberal. *O tema político gay, lésbico e feminista da década de 1970 foi apagado pela sociologia da homossexualidade e pela nacionalização das políticas reformistas da LG. Não será o caso dos corpos e assuntos queer, transfeministas e QTPOC do século XXI que não são engolidos por estudos LGBT e queer chic e são ativos contra a captura neoliberal da possibilidade de produzir conhecimento para as minorias, os pobres e os inseguros, inclusive na universidade: Knowledge to the people.*

Fazemos a greve queer e transfeminista porque se trata de uma prática de microbiopolítica

Em inglês, *to strike* é furar, penetrar, lançar um ataque e, por último, mas não menos importante, fazer a pose (o *strike a pose* do *voguing*). Em francês, o termo "greve" é originário da Place de Grève, localizada em Paris, às margens do Sena. Era onde íamos vagar desempregados, ou seja, à procura de trabalho. É também o lugar infame onde o poder da vida e da morte do soberano foi exercido sobre seus súditos com execuções públicas. *É melhor atacar do que morrer ou se matar no trabalho. A greve queer e transfeminista é uma prática microbiopolítica, e é ainda mais clara com essa outra forma de greve* representada pela consultoria transfeminista queer, como as de Bolonha ou Nápoles (Laboratória Transfemminista Transpecie Terrona), que pedem e antecipam a reorganização de um sistema de saúde que infantiliza as pessoas trans e pesa com todo o seu lastro heteronormativo sobre as mulheres que se sentem culpadas por quererem fazer um aborto tendo tomado a pílula do dia seguinte ou porque decidiram resistir à maternidade obrigatória.

Durante sua última tentativa de ocupação em março de 2017, o Smaschieramenti decidiu ocupar o espaço para uma "greve permanente de gênero" em conexão com a greve lançada por Non Una di Meno contra a violência masculina contra as mulheres. Nos quatro dias que antecederam a chegada dos policiais no dia seguinte à marcha do 8 de março, que reuniu mais de 15.000 pessoas, o espaço foi usado para prepará-las, inclusive pensando em como incorporar o fato de que o atual sistema de gênero/sexo é uma violência em si contra todos os gêneros e não apenas as mulheres. Mas não apenas isso. Dessa vez, o tempo e o espaço da greve foram usados para construir uma infraestrutura contra o controle biomédico do corpo e a reprodução aberta a tod*s. De fato, atacar gêneros também significa suspender a pressão do triângulo biopolítico criando espaços de greve coletiva, onde é possível cuidar do corpo do ponto de vista do prazer, do desejo ou da transformação, e não simplesmente do ponto de vista funcional e produtivo ou orientado para a doença (consultoria transfeminista queer de Bolonha). E quando é necessário discutir doenças, quando se trata de doenças profissionais dos precários e de doenças sexualmente transmissíveis, sem vergonha ou culpa.

Com a greve microbiopolítica da consultoria transfeminista queer, suspendemos a temporalidade neoliberal que afeta os corpos queer e transfeministas colocados ao trabalho (trabalho precário, trabalho de *care*, livre trabalho de produção de gênero) assim como a exploração da nossa fabulosidade, que se trate da nossa *queerness*, da nossa criatividade ou da nossa originalidade que traz lucros; *fazemos greves, mesmo na ausência de direitos do trabalho; mas também, e paradoxalmente, a duração da greve de gênero é estendida a uma prática diária muito além do 8 de março.* Interrompe-se a produção de homens e mulheres hetero cis para abrir espaço para a produção de masculinidades e feminilidades contra-hegemônicas e para um tempo para o des-educare da diferença (*"dis-educare from differenze"*) ensinado na escola e fora dela, sinônimo de "diferença sexual".

Peidamos como unicórnios

Nossa fabulosidade política estaria incompleta sem uma fábula sobre o poder anal e o unicórnio que se tornou o mascote e uma identificação, entre outras, para queers e transfeministas.

Antes de fazer *camp* inútil com seu filme *Carol* (2016), que é uma contemplação superficial, complacente e supergay da feminilidade *starizada*, Todd Haynes dirigiu em 1991 um filme que marcou o cinema queer: *Poison*. Havia três fios narrativos: um filme de terror alegórico sobre a AIDS (*Horror*), um filme baseado em uma narrativa de tablóide que contava a história de um menino que mata seu pai e foge (*Herói*) e um filme *campissime* sobre um prisioneiro que se apaixona por outro prisioneiro, inspirado em *Miracle de la rose* de Jean Genet (*Homo*). Com seu conteúdo teatral, suas cores brilhantes e picantes, o pequeno filme kitsch retoma a matriz *camp* de problemas de valor com esta cena onde Jack Bolton, a.k.a. Genet, é humilhado por um bando de prisioneiros que cospem em sua boca. Seus cuspes se transformam em uma chuva de rosas em seu rosto coberto de esperma, para grande desgosto de seus agressores, que entendem que ele tem prazer com o ato. Essas cenas de conversão da abjeção se exprimem no *Miracle de la Rose*, no qual uma inversão de valores está constantemente ocorrendo. O cuspe e o ódio se tornam rosas; seus cuspes, um buquê de ejaculação; e as correntes de Harcamone, o sentenciado à morte na prisão central, transformam-se em uma guirlanda de rosas brancas. Um Genet cativo e amante corta a rosa mais bonita que rola pelo chão como a cabeça do futuro guilhotinado. Haynes poderia ter filmado outra cena de inversão de valores, a da lata na qual Genet sublima a posição do prisioneiro forçado a cagar no centro da sala de disciplina com seus companheiros de cela, que rodam em volta dele. A lata torna-se trono quando o belo Bulkaen, outro prisioneiro, sobe sobre ela.

Nosso milagre da rosa é o da merda, ou melhor, do peido. É o unicórnio que caga as cores da bandeira do arco-íris para digeri-la e expulsá-la, dado o que se tornou: um símbolo de integração seletiva e homonacionalista, e ainda mais depois dos eventos Je suis Charlie e do massacre de Orlando. A bandeira do arco-íris perdeu sua dimensão irônica, porque é apenas por meio da ironia que poderíamos falar sobre "nação queer" e fazer então outras bandeiras, a bandeira sado-maso, trans*, urso, para combater seu caráter homogeneizante. A bandeira do arco-íris perdeu o pouco significado queer que poderia ter desde que se tornou equivalente à bandeira azul-vermelho-branca[5] durante os protestos após os atentados em Paris ou a bandeira verde-vermelho-branca com

5 Referência à bandeira francesa "bleu-blanc-rouge" da França. [N.T.]

os posteres CondividiLove que a fazem um protetor de cama para bons casais gays italianos. Em 2015, quando a Suprema Corte legalizou o casamento gay e lésbico nos Estados Unidos, mais de 26 milhões de pessoas adotaram a bandeira do arco-íris como foto de perfil no facebook.

É uma página que se fecha para um símbolo hegemônico norte-americano que sempre esteve longe de conversar com todos e cuja própria evolução indica o progresso em direção a políticas reformistas, a políticas de respeitabilidade e à economização da sexualidade. Seu criador, Gilbert Baker, um ex-soldado, acaba de morrer, no momento mesmo em que vinha de adicionar uma nona cor significativa para a edição comemorativa do trigésimo novo aniversário, uma nova faixa lavanda para simbolizar... A diversidade... Pouco depois de sua criação em junho de 1978, a pedido de Harvey Milk para a Parada Gay de São Francisco, o rosa, que simbolizava o sexo, foi removido da bandeira que inicialmente tinha oito faixas. Razão: muito caro para fabricar... *E então veio ninguém sabe direito de onde o unicórnio que caga na forma de flores e borboletas ou que projeta poderosos peidos cor de arco-íris na cara de fascistas ou homofóbicos*. Bem longe das manifestações antibandeira habituais, nas quais se queima a bandeira ou se mija em cima, para grande desgosto dos estados e de nacionalistas. *Apenas delicadeza e frivolidade no convite para desnacionalizar, desidentificar e a identificar-se com iel (qual é o gênero do "unicórnio"?) e renunciar a qualquer identificação humanista e humana não animal*.

Não se sabe por que ele peida tanto quanto os buldogues franceses, o unicórnio. O que é certo é que *enquanto espera o triângulo se virar para cima, o unicórnio nos mostra um caminho. O do poder anal com um twist: peidar como um* unicórnio é um ato político ao alcance de tod*s e de todos os buracos*.

Lembramo-nos do potencial anticapitalista do ânus deleuziano em Hocquenghem. O cu é desgenerizante, e cagar é uma metáfora melhor para a produção do que a procriação. *Litter but liter*, dizia Joyce, e agora que *s trans*, se pararmos de esterilizá-los, e daqui a pouco os homens cisgêneros, poderão ficar grávidos, a procriação como uma figuração de gênero da produção vai perder a sua atratividade e aparecer como o trabalho que ela é realmente. Mas a merda não escapa ao capitalismo ou à produtividade. As políticas da merda estão saturadas de biopoder, como pode ser demonstrado por meio de uma breve história delas. Tudo está lá: classe, status, raça, gênero, disciplina, punição, autogestão, gestão populacional, a distinção privada/pública constitutiva da modernidade e coextensiva do estabelecimento do capitalismo. Antes da privatização total do espaço doméstico, o que importava era o status social. Em Roma, o imposto sobre a merda em público era apenas para os cães, os burricos, os mendigos, as prostitutas e os traficantes. Foi apenas no século XVI que as leis tornaram obrigatória a construção de banheiros privados em casa – "para cada um a sua própria merda" – e que a merda mágica, aquela que pode curar, foi substituída pela merda biopolítica. Bem decifrada, bem analisada, torna-se um indicador de boa saúde para a burguesia e as espécies humanas em geral. Bem decantada e retrabalhada, processada, seca e, se possível, masculina, torna-se uma bela matéria-prima. Ao contrário de simples *excreta*, porcaria feminina ou animal, o *stercus homini* é o melhor dos fertilizantes. Leroux, o socialista utópico, achava que havia encontrado a solução para a pobreza, uma vez que o homem pode produzir o recurso de que necessita para fertilizar a terra e alimentar a humanidade.

No início do século XIX, os homens foram os primeiros a ter o privilégio de mijar e cagar em banheiros públicos.

As mulheres não terão acesso a esse novo enclave privado no espaço público até pelo menos 60 anos depois, para tornar as suas compras mais agradáveis. Mas elas nunca terão direito à mesma arquitetura dos banheiros que seus colegas do sexo masculino, em um lugar onde a distinção público/privado é repetida e onde mijar juntos – deixando de cagar juntos, pelo menos na Euro-América – permite ocupar um espaço público entre homens nos banheiros. As mulheres não poderão mijar juntas em público no banheiro. Os banheiros se tornam esse poderoso operador de gênero, esse instrumento de vigilância e automonitoramento, esse lugar perfurado com espelhos que constantemente requer verificação, ajuste, teste e atribuição de "seu" gênero (Cavanagh), como mostrado pela experiência d*s trans*, quando iels entram para serem enxotad*s como potenciais estupradores, submetidos ao teste do *passing*. *Banheiros separados são uma tentativa vã de preservar a pureza e a própria existência da diferença sexual*.

Sobre o Unicórnio, iels não se importam. Não humano, iel negligencia o policiamento de gênero, a produtividade de merda do corpo neoliberal e como ele, iel, relega o cu ao setor privado: "O ânus expressa a privatização em si" (Hocquenghem). Como o capitalismo fez da analidade (a disciplina do ânus) a forma de sublimação social, inclusive para os homossexuais. Esse já era o caso, antes do casamento gay e lésbico em apartamentos de áreas gentrificadas, com homossexuais à la Proust, Gide e Peyrefitte, então agora... *De cu desnudo, virado pra lua, o que unicórnio expulsa, não é nem merda, mas peidos ao vento, flores e borboletas etéreas. Seus peidos são sem qualquer valor agregado. Ou pelo menos ainda não*. Ou senão é este valor épico e *camp* da Amazona, com a reputação de ter vencido um duelo de peido para resolver a guerra contra o príncipe Peido-no-ar, por peidar "mais galante e mais belamente" (Hurtaut). Ao contrário de Hocquenghem, o iel não é homossexual e tem outras idéias e práticas para desprivatizar o ânus, para colocá-lo no "falo fantástico" que o difama e mantém o Édipo no triângulo familiar a serviço do capitalismo, em uma palavra, para combater a privatização de formas de sociabilidade e intimidade LG e a invisibilização da reprodução social queer e trans*. Iel diz: "No banheiro, um concurso de paus!", visando o possível graças a essa ambiguidade, para não dizer essa onipresença negada ao ânus, mas que beneficia o pau graças à arquitetura dos banheiros. Com seu caráter semiprivado, semipúblico e coletivo, os mictórios alimentam o "sistema de ciúme/competição" e a exploração capitalista do desejo catalisada pelo papel social do falo (Hocquenghem).

*Não basta ter um cu para compensar sua codificação, sua reterritorialização, sua sublimação homossexual, heterossexual ou transexual. Ainda assim, é necessário tirá-lo de sua produtividade de merda, de-falo-cizar tudo isso, inclusive neste outro triângulo que é o triângulo da família e conjugal: o do papai-mãe-criança reforçado pelo casamento gay e lésbico, que agora participa da privatização do ânus. O peido unicórnio é esta outra forma de desprivatização do ânus. Infantil e sutil, seu peido tira vantagem em todos os lugares da ambiguidade público/privado negado ao ânus e concedido ao pau nos banheiros dos homens. O peido é uma prática acessível a tod*s, a qualquer momento e em todos os lugares, em privado como em público. É um interstício móvel público/privado, um difusor de analidade indisciplinada e improdutiva.*

Mas tem mais. *O Unicórnio é uma assembléia de zonas de desprivatização, desfalo-cização e um desafio às atribuições de gênero. A partir da parte de trás, somos todos unicórnios e não "mulheres"*, como Hocquenghem, o molecular influenciado pela visão binária e bissexual dos gêneros de Deleuze e Guattari, dizia. *E, por uma razão mais queer e mais trans* do que homossexual ou gay, cuzão do Unicórnio ignora a diferença dos sexos, porque a desnaturalização do pau e, portanto, a queda do déspota do falo já aconteceu: com os vibradores que imitam uma mão, os vibradores que ficam duros sem viagra, que destronam o pau e sobrevivem a ele, o chifre do unicórnio e os vibradores ciborgue do Post-Op, a força do fisting, as bucetas trans e os pau-clits.* Dizer que, de costas, somos tod*s mulheres, é ficar preso na economia do falo. *A desprivatização do ânus pelo peido é acompanhada por um reinvestimento coletivo do ânus diferente da visão homossexual de Hocquenghem ou do sodomita hetero de Deleuze & Guattari. O agrupamento desejante queer e trans* do ânus é outro tipo de conexão. Este grupanal não agrupa apenas o ânus.*

A consequência da privatização do ânus é a individualização: meu cu, minha merda. Com um vitorioso "estágio genital" ao "estágio anal", pode-se mostrar o seu pau, mas não o seu ânus. A analidade bem-equilibrada é sinônimo de codificação, reterritorialização, individualização, personalização, de sublimação da "homossexualização" (a domesticação do "desejo homossexual"), da representação, da visibilidade, em resumo, de entrada no social. O analtário consacra o falo como distribuidor de identidade de gênero alinhado com a diferença sexual e, portanto, a organização da família de acordo com o eixo da diferença sexual, o fechamento do triângulo edipal e a consolidação da diferença adulto/criança. É necessário garantir que o triângulo seja transmitido para as crianças em questão, que se tornarão adultas. O unicórnio infantil e sutil fica feliz em ser um *pet* que faz as crianças rirem e publiciza o ânus. A exibição anal do Unicórnio sinaliza claramente um investimento sexual, uma erotização do cu pelas subculturas queer e trans*. *Nas culturas queer e trans, a "publicização" e o "agrupamento desejante do ânus" que peida, bem* *como os do pau desnaturalizado (desconstruído), decididamente super móvel e protético, permitem sair do triângulo edipal as relações sociais sujeitas à analidade e à personalização e individualização que ela implica. Mas também do triângulo biopolítico. Como sempre, o triângulo vaza. Não fecha bem. Nem o falo nem a diferença sexual podem continuar a ser os distribuidores de identidades de gênero e da maturidade que carregam na homossexualidade filiativa, nem na produção desta "fantasia coletiva" (Deleuze-Guattari) que é o mito do indivíduo liberal, seja ele produzido pela edipianização, pela lei ou pela gestão neoliberal da subjetividade.* Antinacionais e anti-individualistas, os coletivos gays e transfeministas são esses grupos que diferem dos subjugados. Eles seguem a inclinação de um movimento Nazio-Anal precisamente. Sem população, sem lei, sem "movimento social". Diário. Em todos os lugares. O tempo todo. Para aqueles que tiram seu pau pra fora na hora do confronto de rua virilista, que zombam dos manifestantes e de seu "Vai peidar!", porque eles pensam que são superiores balançando gases mais nobres na cara dos policiais e chafurdando na embriaguez fraternal da "manada" (Comitê Invisível), *diz-se que um exército de unicórnios que peida explode tudo. O unicórnio é esta forma de greve alternada,*[6] *de prática que funciona sem um grande evento e sem uma grande greve geral. O Unicórnio que peida é o símbolo do gender fucking, do human fucking e do work fucking, da multiplicidade de corpos e gêneros em um mundo onde a ficção moderna e colonial da diferença sexual, nascida com o capitalismo, está desabando.*

Um exército de unicórnios que peida explode tudo. Freedom to Fart e Fart Power![7]

6 "Gréve perlée", greve que acontece dia sim dia não, "alternada". [N.T.]

7 Em português: "Liberdade para peidar" e "poder de peidar", respectivamente. [N.T]

O ESCRITÓRIO DO **UNICÓRNIO**

Alice Moliner

A política dos banheiros é frequentemente limitada à porta de entrada! E ainda mais com o recente debate sobre os banheiros "neutros". Mesmo Žižek, que não sente falta de um quando se trata de encapsular *s queers, produziu uma nota suja de ignorância sobre o "transgenerismo" e que as pessoas trans* deveriam fazer na frente da porta dos banheiros marcados com os dois sexos: mostrar uma "indiferença heróica". Ele continua em sua tese, enfileirando pérolas teóricas que patinam para se livrar das "demandas excessivsa", feitas pelos chamados trans*, em relação à "diferença sexual irredutível", apenas repetindo aquilo que Millot havia dito em seu tempo em sua teoria imbecil transfóbica, *Horsexe*, publicado em... 1983. E com uma burrice lacaniana para começar: a diferença sexual é o 3, ouça, ela excede o 2, que a torna possível e impossível. Ela não é a vulgar 2 que santificaria os dois sexos opostos. Não devemos culpar o.a.s lacaniano.a.s, no entanto: essa é a sua maneira de tentar possuir um estilo mais queer que os próprios queers, acreditando que fechariam nossa boca com um zíper e dizendo que o sistema binário de gêneros não existe... Em seguida, o.a grande psicofilósofo.a associa a politização dos banheiros com a sequência determinada por ele.a: a poligamia e a zoofilia com o casamento entre muitos e com animais. Ele traça um paralelo com o rótulo "trans não binário" para banheiros e... a lixeira, com a etiqueta "*general waste*"[1] no processo de reciclagem do lixo. Refere-nos à cena primordial que define o "transgenerismo": a angústia da castração, é claro. E como se isso não bastasse, ele não se esquece de nos lembrar o que isso custa para uma mulher turca muito grande, muito masculina, que tinha

1 Tudo o que permanece como resíduos que não se enquadram nas categorias de classificação como "vidro, plástico e metal, papel...".

violado a lei da diferença, vestindo um capacete na república turca kemalista: foi enforcada, simplesmente... E para terminar, insinua que a postura anti-identidade trans (que seria a de pessoas trans* *genderfluid* que são pró-"abolição" dos gêneros de acordo com uma aceitação falsa, mas tenaz) é criptofascista. E pronto! O circuito se fecha com... Bérénice Levet, companheira de Finkielkraut[2] e Zeymour, FN[3] *friendly*, que não diz outra coisa: os pró-teoria do gênero e os queers, puritanos mas fascistas, querem impor "o novo homem" e aspirar "à vida sonhada dos anjos", um mundo que ignora as delícias da "atração eletromagnética" entre os dois sexos... Quanto à contar a história de que a negação da diferença sexual do qual seríamos culpados convocaria a negação do antagonismo e da luta de classes ... Quer saber, Žižek, nós não vamos usar nosso batom vermelho para isso... especialmente após as páginas acima.

Atravessada a porta, há também tudo o que você pode fazer no banheiro, e os queers e os trans* não deixaram de investir esse espaço, inclusive para o sexo. Isso é o que *Urinal* nos lembra, a jóia do cinema queer que é o filme de John Greyson, de 1988. Mishima, Dorian Gray, Langston Hughes, Frida Kahlo, Frances Loring e Florence Wyle são misteriosamente convocados para um apartamento em Toronto. Uma voz gravada diz-lhes que eles têm sete dias para resolver uma crise: as batidas policiais nos banheiros de Toronto. O toca-fitas se autodestrói então como em *Missão Impossível*. Segue-se uma série de apresentações sobre repressão jurídica e policial do sexo entre homens nos banheiros: "Uma história social dos

2 Alain Finkielkraut, filósofo e polemista franco-judeu. [N.T.]

3 O autor faz referência à Frente Nacional, antigo partido de Marine Le Pen, líder da extrema direita francesa, agora rebatizado de Reunião Nacional. [N.T.]

banheiros", de Frances Loring; "A Poetic Reading on the Toilet", de Mishima, na forma de uma colagem de trechos de filmes, de tablóides, de verbatim de julgamentos; "Uma visita guiada aos melhores lugares de Toronto", inclusive nas faculdades, com instruções de Eisenstein para não ser pego e o testemunho de um homem que foi pego, mas que explica como assistir ao vídeo da vigilância no dia do julgamento o fortaleceu em sua sexualidade, em vez de humilhá-lo; "Uma investigação", de Langston Hughes, que analisa as prisões e suicídios após o *coming out* dos acusados nos jornais. O filme também relata a resposta e a mobilização da comunidade gay na década de 1980 e sua transformação em direção a políticas repressivas, as políticas de respeitabilidade e de camaradagem com policiais, resultando em um desrespeito pelo sexo gay em público que é equiparado ao sexo vergonhoso e a uma forma de armário. Nossas celebridades comem, bebem, lêem e falam muito no mictório de Greyson. Eles não sabem, mas há um traidor entre eles. Dorian Gray está em conluio com a polícia canadense, que tem arquivos sobre eles e os observa através de um buraco escondido atrás de uma pintura no apartamento. O filme é um abismo do dispositivo para monitorar a sexualidade e o controle da fronteira privada/pública. A última apresentação é a de Frida Kahlo, que se lança em uma crítica do peso do estado sobre a vida privada na sociedade capitalista, cuja vigilância de banheiros é um exemplo. Mas ela é interrompida pelo ataque da polícia ao apartamento. O filme termina com o fracasso da investigação conduzida pelas celebridades, habilmente desanexando-se das soluções reformistas e repressivas das políticas gays da década de 1990... Ele terá pelo menos conseguido convencer Frida Kahlo do potencial erótico dos banheiros do apartamento.

Ao invés de acabar com uma bibliografia regulamentar, este livro termina com uma espécie de gabinete povoado, como no filme de Greyson, com leituras de gabinete para unicórnios. Com pessoas famosas, e outras nem tanto, com uma multiplicidade de vozes, fontes e textos não hierarquizados. Onde as declarações das transfeministas do Aquila, das transfeministas e dos queers do movimento autônomo italiano são tão importantes quanto qualquer artigo ou livro. Onde, ao contrário dos filmes de Soukaz, ronda ainda o voyeur elitista, racista e pederasta, como o Barão von Gloeden (*Race d'Ep*) e reina um Hocquenghem "um e múltiplo" anti-identidade (*Guy & Co*), um Eisenstein possa flertar com Hughes e Kahlo se jogue sobre Florence Wyle. Onde a história e as culturas queer se encontrem *descronologizadas* e *destonalizadas*, retiradas da narrativa mestra do progresso modernista, e da mitologia dos direitos que o acompanha.

FABULOS*S PESSOAS, AMIG*S, TRADUTOR*S, COLETIVOS, ALIAD*S, MILITANTES E BABY BUTCH

Act Up, AE (Against Equality), Katia Acquafredda, Ari Annisme, Luma Nogueira de Andrade, Simone Avila, Paola Bacchetta, Michela Baldo, Janik Bastien-Charlebois, Berenice Bento, Rachele Borghi, Felipe Bruno Martins Fernandes, Marta Boulanger, Renato Busarello, Isabelle Cambourakis, Sophia Caroline, Cristina Castellano, Crishna Correa, Oliver Davis, Karine Espineira, Thais Faria, Vinicius Ferreira, Angela Figueiredo, Gay Shame, le GEL (Grupo de Estudo sobre Lesbianidades), Vitor Gomes, Miriam Grossi, Vincent Guillot, Ahmed Haderbache, 8 Mars pour Tou·te·s, Kess Maria da Silva, Brian Kilgo-Kelly, os kings e as sapatão de Florianópolis, os kings de Maringá, Gérard Koskovich, Marina Laet, Patricia Lessa, Anne

Larue, Denilson Lopes, Fernanda Magalhães, Amélia Maraux, o coletivo Maria Lacerda de Moura, Maria Nengeh Mensah, Alice Moliner, Cornelia Möser, João W. Nery, o NEIM (Núcleo de Estudos Interdisciplinares sobre a Mulher), o NIGS (Núcleo de Identidades de Gênero e Subjetividades), Vir Nunes, Wellington de Oliveira Machado, Otto, Eide Pava, Mariam Pessah, Mauricio Pereira Gomes, Clark Pignedoli, Philippe Poncet, Goffredo Polizzi, Diana Pornoterrorista, La Pride de nuit, Françoise Prax, Cha Prieur, Geneviève Rail, Caterina Rea, Elisa Reimer, les Ritals de Paris, Maud-Yeuse Thomas, Cintia Tâmara, as transfeministas de L'Aquila, LG Santos, Thierry Schaffauser, Viviane Vergueiro, Elizabeth Vivero.

CONFERÊNCIAS, SEMINÁRIOS (E NÃO SOMENTE NA UNIVERSIDADE...)

Acquistapace, Alessia & Fiorilli, Olivia/Roger, "Tracce di autoinchiesta sul 'lavoro del genere' nel lavoro precarizzato e nelle relazioni trans", apresentação em *Per amore o per soldi. Lavoro domestico, sessuale, di cura dentro e fuori dal mercato*, Modène, Universidade de Módena e Reggio Emília, 2016.

Acquistapace, Alessia, "Gender as work", *Queer in UFSC*, *Séminaire Queer et néolibéralisme* com Sam Bourcier, Universidade Federal de Santa Catarina, Florianópolis, Brasil, 16 setembro 2015, www. academia.edu/19575041/Gender_as_work.

Andrade Irineu, Bruna (UFT), Martins Fernandes, Felipe Bruno (UFBA) & Nogueira de Andrade, Luma (UNILAB), "Extensão universitária, gênero e sexualidades: engajamento político e transformação social", *Desfazendo Gênero II: Ativismos das Dissidências Sexuais e de Gênero,* Universidade Federal da Bahia, Salvador, 5 setembro 2015.

Borghi, Rachele, conferência "Le corps indigne", Universidade de Verão de Signal, CIFAS, Bruxuelas, 10 setembro 2015, cifas. be/sites/ default/files/10.9.2015%20Rachele%20Borghi.pdf.

Bouteldja, Houria, "Race, classe et genre: une nouvelle divinité à trois têtes", conferência de encerramento, *7e Congrès international des recherches féministes dans la francophonie*, Montreal, 26 agosto 2015, http://indigenes-republique.fr/ race-classe-et-genre-une-nou- velle-divinite-a-trois-tetes-2/.

Campeggia queer (organização SomMovimento NazioAnale), verões 2015 e 2016.

Collectif Zarraiot (Sam Bourcier, Rachele Borghi, Roger/ Olivia Fiorilli & Lou Shone), "Arousing Consciousness", *Gender Crash - Frocizzare lo spazio pubblico. Tre giorni di sperimentazione attorno a drag king, postporno e performance queer*, Atlantide, Smaschieramenti, Bolonha, 9-11 maio 2013.

Clinton, Hillary, "Allocution de Madame Clinton", *Journée mondiale des droits de l'homme*, Genebra, 6 dezembro 2011.

Desfazendo Gênero I: Subjetividade, Cidadania e Transfeminismo, Universidade Federal do Rio Grande do Norte, Natal, 14-16 agosto 2013. ***Desfazendo Gênero II: Ativismos das Dissidências Sexuais e de Gênero***, Université Fédérale de Bahia, Salvador, 4-7 setembro 2015.

Homonationalism and Pinkwashing, Clags, Universidade de Nova York, 10-11 abril 2013.

Pignedoli, Clark, "Beyond Trans Medicalization: Gatekeeping and the Epistemological Privilege of Ignorance", realizado na conferência Cirque, *What's New in Queer Studies?*, L'Aquila, 31 março-2 abril 2017.

Raha, Nat, "Queering Marxist (Trans)Feminism: Queer and Trans Social Reproduction", realizado na conferência Cirque, *What's New in Queer Studies?*, L'Aquila, 31 março-2 abril 2017.

Sex Dem, Fuori & Dentro le Democrazie Sessuali, Facciamo Breccia, Roma, 28-29 maio 2011.
Suspect, "Where Now? From Pride Scandal to Transnational Movement", junho 2010.
I Seminário Queer - Cultura e Subversões das Identidades, Revista Cult/Sesc, São Paulo, 9-10 setembro 2015.
Sexual Nationalisms: Gender, Sexuality, and the Politics of Belong- ing in a New Europe, Universidade de Amsterdã, 27-28 janeiro 2011.
What's New in Queer Studies?, Cirque, L'Aquila, 31 março-2 abril 2017.

ZINES, PANFLETOS, FOLHETOS, SITES & BLOGS

"L'affiche officielle de la Marche des Fiertés parisienne 2011 est infecte", grupo de Facebook, www.facebook.comsearch/top/?q=l%27affiche%20officielle%20de%20la%20marche%20des%20fiert%C3%A9s%20parisienne%202011%20est%20 infecte.
Bonheur, Zarra: zarrabonheur.org/performer/about/.
Campeggia Queer:
- Frassanito (Lecce), programa 2016, SomMovimentoNazioAnale.noblogs.org/post/2016/08/08/campeggi-transfemminis-ta-lella-frocia-30-agosto04-settembre-2016/.
- Ozzano dell'Emilia (Bolonha), programa 2015, SomMovimentoNazioAnale.noblogs.org/post/2015/06/22/campeggia-queer-29-luglio-2-agosto-2015/.
- Chamada para o grupo "Attivismo e accademia", 2015, SomMovimentoNazioAnale.noblogs.org/post/2015/07/28/attivismo-e-accademia-activism-and-academia/.
- Ozzano dell'Emilia (Bolonha), programa 2014, SomMovimentoNazioAnale.noblogs.org/post/2014/01/21/

queerbrrr-campeggia-invernale/.
- Frassanito (Lecce) programa 2013, SomMovimentoNazioAnale.noblogs.org/post/2013/08/15/il-programma-della-campeggia-transqueerfemminista/.
- Relatório Frassanito (Lecce), SomMovimento NazioAnale.noblogs.org/post/2014/01/18/report-dei-tre-tavoli-della-campeggia-transfemministaqueer/.

Consultoria Queer:

- Consultoria TransFemminista Queer de Bolonha (consultoria-queerbologna.noblogs.org):
- "La Consultoria Transfemminista Queer prende spazio", consultoriaqueerbologna.noblogs.org/post/2017/03/05/la-consulto- ria-transfemminista-queer-di-bologna-prende-spazio/.
- "The day After: Consultoria Transfemminista Queer sgomberata la mattina dopo LottoMarzo", consultoriaqueerbologna.noblogs.org/post/2017/03/09/the-day-after-consultoria-transfemminista-queer-sgomberata-la-mattina-dopo-lottomarzo/.
- Queersultoria (Pádova), bioslab.org/tag/queersultoria/ **Gruppo Sconvegno**, Emanciparsi dal lavoro, Posse. Politica Filosofia Moltitudini, (Divenire-donna della politica), abril2003. ["Emanciparsi dal lavoro", *Multitudes*, n° 12, primavera 2003, multitudes.net/Emanciparsi-dal-lavoro/].

Laboratório Smaschieramenti:

- smaschieramenti.noblogs.org/.
- Che genere di città? #3, Bolonha, 2016, atlantideresiste.noblogs. org/post/2016/05/04/assemblea-pubblica-chegeneredicit-ta-3-verso-il-21-maggio/.
- Siamo contro natura, folheto contra a lei da união civil distribuída em Bolonha, 23 janeiro 2016, smaschieramenti.noblogs.org/ files/2016/01/siamo-contro1.pdf.

– Déclaration au lendemain de l'expulsion de l'Atlantide, 10 outubro 2015, atlantideresiste.noblogs.org/post/2015/10/09/saba- to-10-ottobre-2015-corteo-atlantideovunque/.
– Manifestação contra a união civil em Milão, www.facebook.comevents/996204143766316/.
– Declarações de apoio (nacional, internacional e coletiva) à Atlantis após a expulsão: atlantideresiste.noblogs.org/post/2015/10/11/atlantideovun- que-statement-of-solidarity/; atlantideresiste.noblogs.org/ post/2015/10/08/comunicati-contro-lo-sgombero-di-atlantide-in-aggiornamento/.
– Gender Crash - Frocizzare lo spazio pubblico, Bolonha, 2015 (fanzine do seminário *Gender Crash*, L'Atlantide, 9-11 maio 2013, smaschieramenti.noblogs.org/files/2015/01/Gender--Crash_-ver- sione-stampa-sequenziale-1.pdf.
– Spunti di riflessione dalle reti transfemministe queer, Euro-Nomade, Bolonha, 30 agosto 2013, euronomade.info/?p=224.
– Esorcismo dal Diversity Management, Antagonismogay/Laboratório Smaschieramenti, Mujeres Libres, Frangette Estreme, Barattolo e altre singole favolosità, Bolonha, 8 junho 2012, folheto, smaschieramenti. noblogs.org/post/2012/06/08/favolose-contro-lausterita/.
– Presentazione dell'inchiesta sulle relazioni, folheto da apresentação, Bolonha, 2009, smaschieramenti.noblogs.org/files/2010/12/sma- schieramenti_volantino_09.pdf.
– Antagonismogay, Laboratório Smaschieramenti, dal soggetto del dominio alle soggettività incarnate, folheto da apresentação, Bolonha, 2008, smaschieramenti.noblogs.org/files/2010/12/ SMASCHIERAMENTI_VOLANTINO_08.pdf.
Le blog de João, joaogabriell.com.
Maikey, Haneen & Darwich, Lynn, From the Belly of Arab Queer Activism: Challenges and Opportunities (2011) (bekhsoos.com2011/10/from-the-belly-of-arab-queer-activism-challenges-

and-opportunities/); Au cœur du mouvement queer arabe: défis et opportunités, Front du 20 mars, Paris, 2012 (http://frontdu-20mars.github.io/Textes/2012/08/17/au-coeur-du-mouvement-queer-arabe-defis-et-opportunites.html).

SomMovimento NazioAnale:

- SomMovimento NazioAnale.noblogs.org/.
- "Sfamily way: molto di più delle unioni civili", 14 fevereiro 2016, SomMovimento NazioAnale.noblogs.org/post/2016/02/14/sfa- mily-way-molto-di-piu-delle-unioni-civili/.
- "EuroSTRIKEpass - un curriculum per scioperare", 11 novembro 2014, SomMovimento NazioAnale.noblogs.org/post/2014/11/11/eurostrikepass-un-curriculum-per-scioperare/.
- "Sciopero Sociale: sciopero dai generi/dei generi", 13 novembro 2014, SomMovimento NazioAnale.noblogs.org/ post/2014/11/13/sciopero-sociale-sciopero-dai-generi-dei-ge-neri/.
- "Report del tavolo neomutualismo/welfare/benessere/ salute", 18 janeiro 2014, SomMovimento NazioAnale.noblogs.org/?s=Re- port+del+tavolo+neomutualismo.

PERFORMANCES & EXPOSIÇÕES

Abramović, Marina, *The Artist is Present*, MoMA, Nova York, 2010.

Antagonismogay/Laboratorio Smaschieramenti, Mujeres Libres, Frangette Estreme, Barattolo e altre singole favolosità, *Esorcismo contro il debito (Bnp Paribas)*, Bolonha, 15 maio 2012, www.youtube.comwatch?v=MD8tAg5WqPE&index=1&l is- twww.youtube.comwatch?v=5kdC0pfChdw.

- *"Senso di colpa, esci dai nostri corpi". L'esorcismo di Santa Insolvenza, esorcismo collettivo contro il ricatto del debito*, Bolonha, 15 maio 2012, www.youtube.comwatch?v=joVw-dEhejk.

- *"Vade retro austerità". L'esorcismo di Santa Insolvenza*, Bolonha, 15 maio 2012, www.youtube.comwatch?v=YlsNMVeYXl8.
Bellaqueer, *Bio-Strikers*, Perúgia, 14 novembro 2014.
Bonheur, Zarra, *Porno Trash*, 2013, zarrabonheur.org/performer/ porno-trash-4/.
Boudry, Pauline & Lorenz, Renate, *Normal love: precarious sex, precarious work*, Künstlerhaus Bethanien, Berlin, 2007.
- *Contagious!*, 2010.
- *Salomania*, 2009.
- *N.O. Body*, 2008.
Chargois, Marianne, *Golden Flux*, França, 2012.
Chicago, Judy & Schapiro, Miriam, *Womanhouse*, Mariposa Street, Los Angeles, 30/01-28/02 1972.
Cruising Queer Collective, Space/id Madrid & Queerartlab, *Urban Drag*, 2013, queerartlab.com2014/02/03/ inspiration-urban-drag/.
Favolosa Coalizione, **Favolose contro la crisi* esorcizza banca Carisbo*, Bolonha, 9 junho 2012, www.youtube. comwatch?v=5kdC0pfChdw.
- *Il Pride non è la Festa del Ringraziamento* (performance dans/contre la marche des fiertés après l'expulsion de l'Atlantide), Bolonha, 25 junho 2016, www.youtube.comwatch?v=zyhirdcXpIo.
- *Giorgetti chiede lo sgombero di Atlantide*, Bolonha, 23 maio 2014, www.youtube.comwatch?v=2SuhMGUVVx4.
- *"Occupy Mordor"_Clip su Atlantide*, 21 maio 2014, www.youtube. comchannel/UCt7vqpDFtZ8-pPbMl-BwxvA.
Lacy, Suzanne & Labowitz, Leslie, et al., *In Mourning and In Rage*, Los Angeles, 1977.
Ocaña, José Pérez, *La Macarena de la Ocaña en procesión por Barcelona*, 1977, www.youtube.comwatch?v=gbyOAvIzKoM
- *La Diosa Ocaña revolucionando Las Ramblas de Barcelona*, 1978,

www.youtube.comwatch?v=kqX_sW94J6w&t=24s **Pornoterrorista, Diana, & Video Arms**, *Paja Colectiva*, 2009.
Post-op, Quimera Rosa, Mistress Liar, DJ Doroti, *Oh Kaña*, Barcelona, 2010, www.youtube.comwatch?v=I3hcXumYjUs
Schneemann, Carolee, *Meat Joy*, 1964.
- *Interior Scroll*, 1975.
The Women's Coronation Procession, Londres, 5 junho 1911.

LIVROS, ARTIGOS, TESES

Acquistapace, Alessia,*"Tenetevi il matrimonio, dateci la dote"*, *Implica- zioni economiche delle relazioni d'affetto oltre la coppia nell'Italia urbana contemporanea*, tese de doutorado, Universidade de Milan-Bicocca, 2017.
- "Frammenti di auto-inchiesta frocia sul lavoro gratuito", in **Coin, Francesca** (dir.), *Salari rubati. Economia politica e conflitto ai tempi del lavoro gratuito*, Verona, Ombre Corte, 2017.
- "Decolonizzarsi dalla coppia. Una ricerca etnografica a partire dall'esperienza del Laboratorio Smaschieramenti", in **Giuliani, Gaia, Galetto, Manuela, Martucci, Chiara** (ed.), *L'Amore ai tempi dello tsunami. Affetti, sessualità, modelli di genere in mutamento*, Verona, Ombre Corte, 2014.
Acquistapace, Alessia, Arfini, Elisa A.G., De Vivo, Barbara, Ferrante, Antonia Anna et Polizzi, Goffredo, "Tempo di essere incivili. Una riflessione terrona sull'omonazionalismo in Italia al tempo dell'austerity", in **Zappino, Federico** (dir.), *Il Genere tra neoliberismo e neofondamentalismo*, Verona, Ombre Corte, 2016.
Acquistapace, Alessia, Busi, Beatrice, Fiorilli, Olivia/ Roger, Peroni, Caterina, Patrick, Darren, avec Sommovimento Nazioanale, "Transfeminist scholars on the verge

of a nervous break down", *Revista Feminismos*, vol. 3, n° 1, 2015, feminismos.neim.ufba.br/index.php/revista/article/viewFile/185/151 **Agamben, Giorgio**, *Homo Sacer, I. Il potere sovrano e la nuda vita*, Turin, Einaudi, 1995 [*Homo sacer, t. 1. Le pouvoir souverain et la vie nue*, Paris, Seuil, 1997].

Anzaldúa, Gloria, "To(o) Queer the Writer –Loca, escritora y chicana", in **Warland, Betsy** (ed.), *Inversions: Writings by Dykes, Queers and Lesbians*, Vancouver, Press Gang Publishers, 1991.

Arendt, Hannah, *The Human Condition*, 1958, Chicago, University of Chicago Press, 1958 [*Condition de l'homme moderne*, Paris, Calmann-Lévy, 1961].

Baldo, Michela, Borghi, Rachele, FIorilli, Olivia/Roger, *Il re nudo. Per un archivio drag king in Italia*, Pisa, ETS, 2014.

Baldo, Michela, "When the Body of the Queer Researcher Is 'Trouble'", *Lambda Nordica*, n° 2, 2014.

Becker, Gary S., *The Economics of Discrimination*, Chicago & Londres, University of Chicago Press, 2ª edição, 1971.

– *Human Capital: A Theoretical and Empirical Analysis, with Special Reference to Education*, University of Chicago Press, 3ª edição, 1994.

Berlant, Lauren & Warner, Michael, "Sex in public", *Critical Inquiry*, vol. 24, 1998.

Bilge, Sirma, « Le blanchiment de l'intersectionnalité », *Recherches féministes*, vol. 28, n° 2, Montreal, 2015.

Boltanski, Luc & Chiapello, Ève, *Le Nouvel esprit du capitalisme*, Paris, Gallimard, 1999.

Borghi, Rachele, Bourcier, Sam, Prieur, Cha, "Performing Academy: Feedback and Diffusion Strategies for Queer Scholactivists in France", in **Brown, Gavin and Browne, Kath** (dir.), *The Routledge Research Companion to Geographies of Sex and Sexualities*, Londres & Nova York, Routledge, 2016.

Bourcier, Sam, "Trouble dans les études genres", *Libération*, 15 janeiro 2017, liberation.fr/debats/2017/01/15/trouble-dans-les-etudes-de-genre_1541586.
– "Orlando: le drapeau arc-en-ciel vient de perdre sa dimension ironique", *Libération*, 14 junho 2016, liberation.fr/debats/2016/06/14/orlando-le-drapeau-arc-en-ciel-vient-de-perdre-sa-dimension-ironique_1459455.
– "Cinquante nuances de genres (et de sexes) ou plus ?", in **Leduc, Guyonne** (dir.), *Comment faire des études-genres avec de la littérature. Masquereading*, Paris, L'Harmattan, 2015.
– "Le dictionnaire des 52 nuances de genre de Facebook", *Slate*, 17 fevereiro 2014, slate.fr/culture/83605/52-genre-facebook-definition.
– "Bildungs-post-porn: notes sur la provenance du post-porn, un des futurs du Féminisme de la désobéissance sexuelle", in **Odello, Laura** (dir.), *Pour une autre pornographie*, Paris, *Rue Descartes*, n° 79, 2013.
– "Cultural translation, politics of disempowerment and the reinvention of queer power and politics", *Sexualities*, vol. 15, 2012, www. academia.edu/2130394/Cultural_translation_politics_of_disem- powerment_and_the_reinvention_of_queer_power_and_politics.
– "F*** the Politics of Disempowerment in the Second Butler", in Davis, Oliver & Kollias, Hector (éd.), *Paragraph*, vol. 35, n° 2, "*Queer Theory's Return To France*", julho 2012, www.academia.edu/1793111/_F_the_Politics_of_Disempowerment_in_the_Second_Butler.
– *Queer Zones 2. Sexpolitiques*, Paris, La Fabrique, 2005.
Busarello, Renato, "Diversity management, pinkwashing azien- dale e omo-neoliberismo. Prospettive critiche sul caso italiano", in **Zappino, Federico** (dir.), *Il Genere tra neoliberismo e neofondamen- talismo*, Verona, Ombre Corte, 2016.

Butler, Judith, *Notes Toward a Performative Theory of Assembly*, Cambridge & Londres, Harvard University Press, 2015 [*Rassemblement. Pluralité, performativité et politique*, Paris, Fayard, 2016].
- *Dispossession: The Performative in the Political. Conversations with Athena Athanasiou*, Cambridge, Polity Press, 2013 [*Dépossession*, Paris, Diaphanes, 2016].
- *Gender Trouble: Feminism and the Subversion of Identity*, Londres & New York, Routledge, 1990 [*Trouble dans le genre. Pour un féminisme de la subversion*, Paris, La Découverte, 2005].

Cavanagh, Sheila L., *Queering Bathrooms: Gender, Sexuality and the Hygienic Imagination*, Toronto, University of Toronto Press, 2011.

Castro-Gómez, Santiago, "(Post)Colonality for Dummies: Latin American Perspectives on Modernity, Coloniality, and the Geo- politics of Knowledge", in **Moraña, Mabel, Dussel, Enrique & Jáuregui, Carlos A.** (éds.), *Coloniality at Large: Latin America and the Postcolonial Debate*, Durham & Londres, Duke University Press, 2008.

Comité Invisible, *Maintenant*, Paris, La Fabrique, 2017.

Connell, R.W, *Masculinities*, Berkeley & Los Angeles, University of California Press, 1993 [**Connel, Raewyn**, *Masculinités*, Paris, Amsterdã, 2014].

Conrad, Ryan (éd.), *Against Equality: Queer Revolution, Not Mere Inclusion*, Edinburgh, Oakland, Baltimore, AK Press, 2014.
- "Against Equality, In Maine and Everywhere", in **Conrad, Ryan** (ed.), *Against Equality: Queer Revolution, Not Mere Inclusion*, Edinburgh, Oakland, Baltimore, AK Press, 2014.

Dalla Costa, Mariarosa & James, Selma, *Le Pouvoir des femmes et la subversion sociale*, Genève, Librairie Adversaire, 1973 [*The Power of Women & the Subversion of the Community*, Bristol, Falling Wall Press, 1973].

Davis, Angela, "(Un)Occupy: Remarks at Washington Square

Park, October 30", in **Taylor, Astra & Gessen, Keith** (&editors from *n+1, Dissent, Triple Canopy* & *The New Inquiry*), *Occupy!: Scenes from Occupied America*, Nova York, Verso Books, 2011.
Deleuze, Gilles, "Post-scriptum sur les sociétés de contrôle", *L'Autre Journal* n° 1, maio 1990, incluído em *Pourparlers*, Paris, Éditions de Minuit, 1990.
Deleuze, Gilles & Guattari, Félix, *L'Anti-Œdipe, Capitalisme et schizophrénie 1*, Paris, Éditions de Minuit, 1972.
Descartes, René, *Les Méditations métaphysiques*, Paris, 1641.
– *Discours de la méthode. Pour bien conduire sa raison, et chercher la vérité dans les sciences*, La Haye, 1637.
Duggan, Lisa, *The Twilight of Equality? Neoliberalism, Cultural Politics and the Attack on Democracy*, Boston, Beacon Press, 2003.
D'Emilio, John, "Capitalism and Gay Identity", in **Abelove, Henry, Aina Barale, Michèle, Halperin, David M.** (ed.), *The Lesbian and Gay Studies Reader*, Nova York & Londres, Routledge, 1993.
Ehrlich, Paul R. & Ehrlich, Anne, *The Population Bomb*, New York, Sierra Club/Ballantine Books, 1968 [*La Bombe "P". 7 milliards d'hommes en l'an 2000*, Paris, Fayard, 1971].
Fanon, Frantz, *Peau noire, masques blancs*, Paris, Seuil, 1952.
Fantone, Laura, "A Different Precarity: Gender and Generational Conflicts in Contemporary Italy", in *Feminist Review*, n° 87, 2007.
Farrow, Kenyon, "Is Gay Marriage Anti-Black???", in **Conrad, Ryan** (ed.), *Against Equality: Queer Revolution, Not Mere Inclusion*, Edinburgh, Oakland, Baltimore, AK Press, 2014.
Federici, Silvia, *Caliban and the Witch: Women, the Body and Primitive Accumulation*, Nova York, Autonomedia, 2004 [*Caliban et la sorcière. Femmes, corps et accumulation primitive*, Marseille, Genebra, Paris, Senonevero & Entremonde, 2014].

– *Revolution at Point Zero: Housework, Reproduction and Feminist Struggle*, Brooklyn, Oakland, Common Notions / PM Press, 2012 [*Point zéro: propagation de la révolution. Salaire ménager, reproduction sociale, combat féministe*, Donnemarie-Dontilly (77), Éditions iXe, 2016].
Ferguson, Roderick A., *Aberrations in Black: Toward a Queer of Color Critique*, Mineápolis, University of Minnesota Press, 2004.
– *The Reorder of Things: The University and its Pedagogies of Minority Difference*, Mineápolis, University of Minnesota Press, 2012.
Firestone, Shulamith, *The Dialectic of Sex: The Case for Feminist Revolution*, Nova York, Morrow, 1970 [*La Dialectique du sexe. Le dossier de la révolution féministe*, Paris, Stock, 1972].
Floyd, Kevin, *The Reification of Desire: Toward a Queer Marxism*, Mineápolis, University of Minnesota Press, 2009 [*La Réification du désir. Vers un marxisme queer*, Paris, Amsterdã, 2013].
Fortunati, Leopoldina, *The Arcane of Reproduction: Housework, Prostitution, Labor and Capital*, Nova York, Semiotext (E), 1988.
Foucault, Michel, *La Volonté de savoir. Histoire de la sexualité 1*, Paris, Gallimard, 1976.
– *Sécurité, Territoire, Population. Cours au Collège de France, 1977-1978*, Paris, Gallimard, Seuil, 2004.
– *Naissance de la biopolitique, Cours au Collège de France, 1978-1979*, Paris, Gallimard, Seuil, 2004.
Fraser, Nancy, *Le Féminisme en mouvements. Des années 1960 à l'ère néolibérale*, Paris, La Découverte, 2012.
Freeman, Elizabeth, *Time Binds: Queer Temporalities, Queer Histories*, Durham & Londres, Duke University Press, 2010.
Genet, Jean, *Miracle de la rose*, Paris, Marc Barbezat, 1946.
Grewal, Inderpal, *Transnational America: Feminisms, Diasporas, Neoliberalisms*, Londres & Durham, Duke university Press, 2005. **Grosfoguel, Ramón**, "Les implications des altérités

épistémiques dans la redéfinition du capitalisme global. Transmodernité, pensée frontalière et colonialité globale", *Multitudes*, n° 26, 2006.
– "The Structure of Knowledge in Westernized Universities: Epistemic Racism/Sexism and the Four Genocides/Epistemicides of the Long 16th Century", *Human Architecture: Journal of the Sociology of Self-Knowledge*, vol. 11, n° 1, 2013, http://scholarworks.umb.edu/humanarchitecture/vol11/iss1/8.
– "Vers une décolonisation des 'universalismes' occidentaux: le 'pluri-versalisme décolonial', d'Aimé Césaire aux zapatistes", *Ruptures postcoloniales. Les nouveaux visages de la société française*, Paris, La Découverte, 2010.
Hanhardt, Christina B., *Safe Space: Gay Neighborhood History and the Politics of Violence*, Durham & Londres, Duke University Press, 2013.
Haritaworn, Jin, *Queer Lovers and Hateful Others: Regenerating Violent Times and Places*, Londres, Pluto Press, 2015.
– "Loyal Repetitions of the Nation: Gay Assimilation and the 'War on Terror'", *Darkmatter. In the ruins of imperial culture*, maio 2008, darkmatter101.org/site/2008/05/02/loyal-repetitions-of-the-nation-gay-assimilation-and-the-war-on-terror/
Haritaworn, Jin, Tauqir, Tamsila & Erdem Esra,"Gay Imperialism: Gender and Sexuality Discourse in the 'War on Terror'", capítulo 2 censurado de **Kuntsman, Adi & Miyake, Esperanza** (ed.), *Out of Place: Interrogating Silences in Queerness/Raciality*, York (Reino Unido), Raw Nerve Books, 2008.
Hocquenghem, Guy, *Le Désir homosexuel*, Paris, Éditions universitaires, 1972.
Hurtaut, Pierre-Thomas-Nicolas, *L'Art de péter, Essai théori-physique et méthodique à l'usage des personnes constipées, des personnes graves et austères, des dames mélancoliques et de tous ceux*

qui restent esclaves du préjugé, Paris, 1751 [Paris, Payot, 2011].
Jabet, George (*aka* **Warwick, Eden**), *Nasology,or hints towards a classification of noses*, Londres, Bentley, 1848.
Johnston, Jill, *Lesbian Nation: The Feminist Solution*, Nova York, Simon & Schuster, 1973.
Klein, Naomi, *The Shock Doctrine: The Rise of Disaster Capitalism*, Toronto, Knopf, 2007 [*La Stratégie du choc. La montée d'un capitalisme du désastre*, Toronto, Arles, Léméac / Actes Sud, 2008].
Lavater, Johann Caspar, *Physiognomische Fragmente zur Beförderung der Menschenkenntnis und Menschenliebe*, Leipzig, Weidmanns Erben und Reich, 1775-1778.
Lacy, Suzanne, "In Mourning and In Rage (With Analysis Aforethought)", in *Leaving Art: Writings on Performance, Politics, and Publics, 1974-2007*, Durham e London, Duke University Press, 2010.
Lazaratto, Maurizio, *La fabrique de l'homme endetté. Essai sur la condition néolibérale*, Paris, Amsterdã, 2011 [*La fabbrica dell'uomo indebitato. Saggio sulla condizione neoliberista*, Roma, DeriveApprodi, 2013].
Levet, Bérénice, *La Théorie du genre, ou le monde rêvé des anges*, Paris, Grasset, 2014.
Lonzi, Carla, *Sputiamo su Hegel. La donna clitoridea e la donna vaginale e altri scritti*, Roma, Editoriale Grafica, 1970 [*Crachons sur Hegel. Une révolte féministe*, Paris, Eterotopia France, 2017].
Lorenz, Renate, *Normal Love: Precarious Sex, Precarious Work*, Berlin, b_books, 2007.
Manalansan IV, Martin F., "Race, Violence and Neoliberal Spatial Politics in the Global City", *Social Text*, n° 84-85, 2005.
Martucci, Chiara, Galetto, Manuela, Lasala, Chiara, Magaraggia, Sveva, Onori, Elisabetta, & Pozzi, Francesca (**il gruppo Sconvegno**), "Le inclassificabili", in Reale, Lorella

(dir.), *Futuro femminile. Passioni e ragioni nelle voci del femminismo dal dopoguerra a oggi*, Roma, Luca Sossella Editore, 2008.
McRobbie, Angela, *The Aftermath of Feminism: Gender, Culture and Social Change*, Londres, SAGE, 2009.
Massad, Joseph A., *Desiring Arabs*, Chicago, University of Chicago Press, 2007.
Mayhew, Henry, *London labour and the London Poor: a cyclopædia of the condition and earnings of those that will work, those that can- not work, and those that will not work*, Londres, Griffin, Bohn & Company, 1861.
Mieli, Mario, *Elementi di critica omosessuale*, Turin, Einaudi, 1977 [*Éléments de critique homosexuelle*, Paris, Epel, 2008].
Mignolo, Walter D., *Local Histories/Global Designs: Coloniality, Subaltern Knowledges and Border Thinking*, Princeton, Princeton University Press, 2000.
– *The Darker Side of Western Modernity: Global Futures, Decolonial Options*, Durham & Londres, Duke University Press, 2011.
Millot, Catherine, *Horsexe*, Paris, Seuil, 1983.
Nair, Yasmin, "Against Equality, Against Marriage: An Introduction", in **Conrad, Ryan** (ed.), *Against Equality: Queer Revolution, Not Mere Inclusion*, Edinburgh, Oakland, Baltimore, AK Press, 2014.
– "We Were There, We Are Here, Where Are We? Notes Toward a Study of Queer Theory in the Neoliberal University", *QED: A Journal in GLBTQ Worldmaking*, vol. 3, n° 2, 2016.
Oparah (Sudbury), Julia Chinyere & Okazawa-Rey, Margo, "Introduction: Activist Scholarship and the Neoliberal University after 9/11", in **Oparah (Sudbury), Julia Chinyere & Okazawa-Rey, Margo** (eds.), *Activist Scholarship: Antiracism,Feminism, and Social Change*, Boulder, Paradigm, 2007.
Preciado, Paul B., *Testo Junkie: sexe, drogue et biopolitique*, Paris, Grasset, 2008.

Said, Edward W., *Orientalism*, Nova York, Pantheon Books, 1978 [*L'Orientalisme. L'Orient créé par l'Occident*, Paris, Seuil, 1980].
Sandberg, Sheryl, *Lean In: Women, Work, and the Will to Lead*, New York, Knopf, 2013 [*En avant toutes. Les femmes, le travail et le pouvoir*, Paris, J.-C. Lattès, 2013].
Schaffauser, Thierry, *Les Luttes des putes*, Paris, La Fabrique, 2014.
Schulman, Sarah, *The Gentrification of the Mind: Witness to a Lost Imagination*, Berkeley, Los Angeles, University of California Press, 2012.
Smitj, Kenneth T., "Homophobia: A Tentative PersonalityProfile", *Psychological Reports*, n° 29, 1971.
Spade Dean, *Normal Life: Administrative Violence, Critical Trans Politics and the Limits of Law*, Nova York, South End Press, 2011.
Spivak, Gayatri Chakravorty, "Can the Subaltern Speak?"
Cary, Nelson & Grossberg, Lawrence (ed.), *Marxism and the Interpretation of Culture*, Urbana, University of Illinois Press, 1988. [*Les Subalternes peuvent-elles parler?*, Paris, Amsterdã, 2006].
Sontag, Susan, "Notes on Camp", *The Partisan Review*, 1964 [*L'Œuvre parle*, Paris, Seuil, 1968 ; Œuvres complètes, vol. 5, Paris, Bourgois, 2010].
Solanas, Valerie, *S.C.U.M Manifesto*, Nova York, Olympia Press, 1968 [*SCUM*, Paris, La Nouvelle Société, col. "Olympia", 1971].
– *Up Your Ass* ou *From The Craddle to the Boat* ou *The BigSuck* ou *Up from the Slime*, manuscrito não publicado, 1965, Archives Andy Warhol, Pittsburgh.
Stanley, Eric A., "Marriage is Murder: On the Discursive Limits of Matrimony", in **Conrad, Ryan** (éd.), *Against Equality: Queer Revolution, Not Mere Inclusion*, Edinburgh, Oakland, Baltimore, AK Press, 2014.
Taylor, Charles, *Multiculturalism and "The Politics of Recognition"*,

Princeton, Princeton University Press, 1992 [*Multiculturalisme. Différence et démocratie*, Paris, Flammarion, 2002].
Tinkcom, Matthew, *Working Like a Homosexual: Camp, Capital, Cinema*, Durham e Londres, Duke University Press, 2002.
Theweleit, Klaus, *Männerphantasien*, Francfort/Bâle, Roter Stern, 1977 [*Fantasmâlgories*, Paris, L'Arche, 2016].
Torres (Pornoterrorista), Diana J., *Pornoterrorismo*, Tafalla (Esp.), Txalaparta, 2010 [*Pornoterrorisme*, Hasparren (64), Gatuzain, 2012].
Virno, Paolo, *Grammatica della moltitudine. Per uma analisi delle forme di vita contemporanee*, Roma, DeriveApprodi, 2001 [*Grammaire de la multitude. Pour une analyse des formes de vie contemporaines*, Nîmes & Montreal, L'Éclat & Conjonctures, 2002].
Weinberg, Georges,"The homophobic scale", *Gay*, 30 agosto 1971.
– *SocietyandtheHealthyHomosexual*, NewYork, St.Martin'sPress, 1972.
Wesling, Meg, "Queer value", *GLQ*, vol. 18, n° 1, 2012.
Wittig, Monique, *The Straight Mind, and other essays*, Boston, Beacon Press, 1992 [*La Pensée straight*, Paris, Balland, 2001].
– *Paris-la-politique et autres histoires*, Paris, P.O.L, 1999.
– *Virgile, non*, Paris, Éditions de Minuit, 1985.
– *Les Guérillères*, Paris, Éditions de Minuit, 1969.
Wittig, Monique, Wittig, Gille, Rothenburg, Marcia & STEPhenson, Margaret (Shaktini, Namascar)**, "Combat pour la** libération de la femme", *L'Idiot international*, n° 6, maio 1970.
Žizek, Slavoj,"The sexual is political", *The Philosophical Salon, Los Angeles Review of Books*, 1 agosto 2016 : http://thephilosophicalsalon.comthe-sexual-is-political/
– *The Ticklish Subject: The Absent Center of Political Ontology*, Londres/Nova York, Verso, 1999 [*Le Sujet qui fâche. Le centre absent de l'ontologie politique*, Paris, Flammarion, 2007].

FILMES & TV

American Horror Story, temporada 2: *Asylum*, **Brad Falchuk & Ryan Murphy**, 2012-2013.
The Apprentice, NBC, 2004-2017.
Carol, **Todd Haynes**, 2016.
The Celluloid Closet, **Rob Epstein & Jeffrey Friedman**, 1995.
Decolonizing University: Fulfilling the Dream of the Third World College, **John Hamilton**, 2010.
Guy & Co, **Lionel Soukaz & René Schérer**, 2007.
Mariposas en el Andamio, **Margaret Gilpin et Luis Felipe Bernaza**, 1996.
On Strike! Ethnic Studies, 1969-1999, **Irum Shiekh**, 1999.
Poison, **Todd Haynes**, 1991.
Race d'Ep, **Lionel Soukaz**, 1979.
Riddles of the Sphinx, **Laura Mulvey**, 1977. *RuPaul's Drag Race*, **Logo TV**, 2007-2017.
Swoon, **Tom Kalin**, 1992.
Urinal (Pissoir), **John Greyson**, 1988.
Ziegfeld Follies, **Vincente Minnelli**, 1946.

AS DECLARAÇÕES-MANIFESTO

É "a pior conferência da qual já participei", disse Jasbir Puar, em relação ao seminário sobre os "nacionalismos sexuais", realizado em Amsterdã, em 2011. Ela poderia ter dito a mais imunda, ou a mais racista [conferência], uma vez que seu objetivo pretendido era criticar o homonacionalismo, mas foi, nada menos nada mais, que uma máquina de exclusão de queers não brancos, uma grande lavanderia de embranquecimento onde o.a.s organizadores.as pagavam pelo luxo de uma comemoração espetacular da morte do ativista ugandês David Kato, assassinado alguns dias antes, para lhes dar uma sensação de dever cumprido. *Os dias de estudo e as palestras universitárias são negligenciadas como "fontes" quando são um lugar único de experiência intelectual, emocional e política, mais tangível e coletiva. Talvez isso explique aquilo lá*. De fato, a leitura, mas também a escritura de um artigo ou um livro, muitas vezes são experiências solitárias. A bibliografia é extensamente supervalorizada em comparação com o que poderia ser uma conferênciografia. E como seria interessante ter traços imediatos desse tipo de evento, que não se limitam à publicação oficial dos "atos", mas que dão acesso às discussões e permitem uma análise do dispositivo e das relações de poder que o atravessam, resumindo, um arquivo vivo de conferências. É esse gesto que é esboçado aqui, com a publicação na íntegra da declaração das transfeministas do Aquila, após a conferência ignóbil sobre o "queer" organizada pelo Cirque, na Itália, em 2017, e que é o assunto de uma análise mais aprofundada neste livro. Essa declaração, originalmente redigida em italiano e inglês, foi publicada no blog do SomMovimento NazioAnale em abril de 2017 e depois disseminada na forma de um zine em junho pelo coletivo NDQUV[4] (grupo oeste)/Matraque.[5] Essa é a sua edição, e essa filosofia de produção e disseminação do conhecimento que é incluída aqui.[6] O objetivo não é excepcionalizar ou mitologizar essa conferência ou a de Amsterdã, mas encontrar os meios e as forças para reduzir o silêncio, a impotência e a violência que geram conferências em geral na era da "biodiversidade" minoritária universitária em um contexto neoliberal. Agora e depois. Porque a valorização (feita passando por cima de nós) também diz respeito à reescritura de conferências *a posteriori*, quando elas são relembradas. Penso em particular no brilho da conferência do Barnard College, em 1982,[7] seguindo as ideias de Wittig, a partir das quais ela "não teria vagina" e sua exploração desprezível e ignorante por Leo Bersani, por exemplo.

4 Nocturne Diurne/Queer Ultra-Violence.

5 Matraque: publicação desindividualizada do partido monstruoso real. NDQUV. Debates teóricos e práticos, publicações, edições, análises e bruxaria mental. Fanzines produzidos entre Bordeaux, Poitiers, Pantin e Paris. Difusão em manifestações e blocos gays nos últimos meses. Em 2016, o coletivo também traduziu, publicou e divulgou a Declaração de Independência do Povo das Twisted Lands, de Bolonha, que também é reproduzida no escritório do Unicórnio.

6 "Fechamos a declaração de Twisted Lands e a de L'Aquila para mostrar, por um lado, que poderíamos e que era necessário circular outros textos além do francês, que não nos importávamos com fronteiras, mas também e, sobretudo, porque as posições assumidas por essas declarações provam, no que se colocam contra a universidade, empresas e instituições de poder, que a palavra militante que fala, age e impõe radicalismo não é ouvida entre os gays no momento (a bunda posta em seu conforto néolib e sua boa consciência de ocasião), mas sim entre transfeministas e refugiado.a.s."

7 Barnard Conference on Sexuality, Annual Scholar and Feminist Conference IX, 24 abril 1982, Columbia University, Nova York.

De muitas maneiras, os problemas e opressões estruturais enfrentados pelo QTPOC[8] em Amsterdã, em 2011, ecoam os que encontramos na conferência de 2017 do Aquila sobre "o queer" na Itália. Mais uma vez, a teoria queer branca brilhou com sua ignorância e sua arrogância. Em Amsterdã, não se pode dizer que Butler, Scott e seus amigos franceses estavam do lado certo. Nos dois casos, os organizadores (IRIS, CNRS e EHESS, do lado francês em Amsterdã) demonstraram sua capacidade de reproduzir as hierarquias e as formas de dominação universitária, mas também a incapacidade de escutar, de se posicionar e de transformar o dispositivo da conferência universitária. E não é a declaração[9] publicada pela organização da conferência de Amsterdã após a conferência que prova o contrário, ou mesmo o artigo "acadêmico" que visava justificá-la e esclarecê-la.

Nos dois casos, queers não negros e transfeministas se viram em uma situação de tokenização, de "inclusão assassina" (Haritaworn) e desdenhosa, enrolad*s na farinha da diversidade (a "die.versity"), em contextos universitários em que há apropriação teórica e extração de valor nos bastidores. Em Amsterdã, os QOCs foram colocad*s em sessões semiplenárias na frente de Butler. No Aquila, os trans* eram bon.a.s apenas para os painéis de sexualidade. Nos dois casos, a política da citação em vigor consistia em apagar ou colocar a seu serviço de forma truncada a obra e as críticas de feministas ou queers não brancas. Em Amsterdã, os teóricos brancos levantaram a bola para

8 Queer Trans People Of Color.

9 Leia a versão comentada a partir de um ponto de vista do QPOC, Nacionalismos sexuais: Política sexual e racial europeia por meio do prisma acadêmico, no blog seckshoowalnationalims: seckshoowalnationalisms.wordpress.com2011/02/17/sexual-nationalisms/.

os acadêmicos europeus brancos, sempre concordando que estavam todos lá para apagar as críticas dos queers não brancos, que se encontravam na origem do tema da conferência e cujos representantes estiveram presentes ao lado de Jin Haritaworn e Fatima El-Tayeb, por exemplo. Até Jasbir Puar foi gentilmente convocada a deixar de lado seu conceito de "homonacionalismo" em favor do obscuro e mais abrangente "nacionalismo sexual", feito a partir da supremacia branca, enquanto a própria ideia dessa conferência nunca poderia ter se concretizado sem as mobilizações dos queer não brancos contra o homonacionalismo em Berlim e em outros lugares, que a precederam.

Com seis anos de diferença, essas duas conferências são representativas da violência epistêmica e da exploração de corpos e cérebros em um contexto universitário neoliberal. A boa notícia é que elas também são representativas da resistência que podemos lhes opor e das formas concretas que essa resistência pode assumir. Elas também são reservas de ideias, caixas de ferramentas. Eles oferecem maneiras comuns de nomear e analisar essas situações de desapropriação, assim como novas práticas. É por isso que elas são evocadas no escritório do Unicórnio. Esperando que essas práticas de resposta e intervenção, de ocupação do espaço universitário e de interrupção da violência universitária sejam retomadas e disseminadas. Que seja uma questão de encontrar a força, e isso passa pelo coletivo, de recusar, sem culpa, e apesar das pressões sob o pretexto de "diálogo", o trabalho pedagógico com as partes interessadas ou os organizadore.a.s ou de não assumir sozinh*s o trabalho e a responsabilidade da crítica da organização da conferência, porque cabe aos.às organizadore.a.s fazê-lo. Seja a renomeação de um painel para reapropriá-lo e fazer dele outra coisa: transformá-lo em um espaço de debate, como foi o caso em

Amsterdã com o painel "Homonacionalismo, homo-neoliberalismo, homo-neo-colonialismo: crise e viagens, Europa e além", de Jin Haritaworn, Fátima El-Tayeb, Suhraiya Jivraj e Jennifer Petzen; como foi o caso no Aquila com a transformação de um painel em um espaço autogerenciado para fazer greve e interromper o trabalho pedagógico gratuito para organizadore.a.s e palestrantes. Seja tomando o tempo necessário para nos reunirmos, para escrever coletivamente uma declaração *in situ* ou *a posteriori* sobre os conteúdos, a organização e a política das conferências nas quais assistimos, muitas vezes estupefat*s, indignad*s, zangad*s , desamparad*s, tristes, exaust*s e tendo que se autocensurar ou se amordaçar. Não só é possível dizer não a esse tipo de violência e apropriação, mas é possível fazer o contrário, fora, mas também na universidade, como comprovado pela bienal de geografia feminista[10] realizada em Paris, em junho de 2017, organizada por Rachele Borghi, Soumeya K., Mauve Létang, Cha Prieur e Marion Tillous, em um ambiente crítico estimulante, benevolente e respeitoso.

10 Bienal Masculins/féminins, Géographies Féministes (Théories, pratiques, engagements), Paris, La Sorbonne, 1-3 junho 2017.

EM GREVE DO TRABALHO UNIVERSITÁRIO E DA UNIVERSIDADE

Declaração de Aquila pelos grevistas transfeministas da conferência no Cirque

(31 de março a 2 de abril de 2017)

(Versão francesa de uma declaração publicada originalmente em versão bilíngue italiano-inglês)

Somos transexuais, lésbica.o.s, butch, fems, queers, feministas, "racializada.o.s". Somos acadêmicos temporários ou não remunerados; somos ativistas, performers, tradutores, professores titulares. O complexo universidade-industrial torna nossas vidas miseráveis. Somos constantemente acusado.a.s de sermos demasiadamente crítico.a.s, emocionais, subjetivo.a.s ou de viver em "guetos". Nós viemos e vivemos em contextos geográficos e culturais variados.

Sentimos a necessidade e a urgência de compartilhar esta nossa experiência que emergiu durante um simpósio politicamente problemático, como muitos outros, mas talvez ainda pior; uma necessidade que se traduz como uma greve do trabalho acadêmico precário, da exploração e da alienação que enfrentamos no complexo da universidade industrial e no complexo da produção cultural industrial, como trabalhadores trans, queers, sapatões e/ou "racializado.a.s". Para nós, esta GREVE está profundamente ligada à greve mundial das mulheres de 8 de março (Non Una di meno, "Nem uma a menos", em português).

Não é a primeira vez que experimentamos despolitização e tentativas de se apropriar do termo "queer", mas a maneira como o Cirque (Centro Interuniversitário de Pesquisa Queer) o fez no Aquila, na Itália, de 31 de março a 2 de abril, foi pior do que o habitual em termos de privilégios, violência, ausência de sensibilidade e de escuta (veja na 2ª parte da declaração).

No último dia da conferência, estávamos exausto.a.s e de saco cheio. Por isso, entramos em greve no painel principal da manhã, em que deveríamos nos apresentar, algun.ma.s como ouvintes, outro.a.s como oradore.a.s, e tomamos o tempo e o espaço físico e discursivo necessários para montar uma sessão autogerenciada, autônoma e transfeminista.

Criamos, assim, um espaço no qual fomos capazes de trocar ideias com base em nossas diferentes subjetividades, unida.o.s pelo reconhecimento mútuo e pela prática política da posicionalidade. Um espaço em que fomos capazes de avançar nossas ideias e, portanto, nossas lutas. Um espaço no qual não seríamos repelidos repetidamente pela ignorância que surge dos privilégios dos grupos dominantes.

Interrompemos o trabalho emocional e o trabalho pedagógico das classes dominantes; esse trabalho invisível e gratuito que é exigido de nós cada vez que a violência contra nós é feita dentro e fora da universidade, sempre que devemos explicar com precisão e paciência ao pobre homem branco cisgênero, hétero ou gay, cheio de boas intenções (ou qualquer outro sujeito que esteja em posição de privilégio e poder em uma determinada situação), por que tal comportamento é problemático ou nos machuca; sempre que tivermos que remediar a ignorância ou satisfazer a curiosidade das pessoas "normais" para sermos "aceito.a.s". A conferência circense do Cirque nos colocou nesse tipo de situação, inumeráveis e insuportáveis.

Paramos o árduo trabalho de networking, que deveria ser crucial na esperança de um dia encontrar um emprego, talvez apenas um enésimo emprego não remunerado. Em vez disso, aproveitamos o tempo para nos cuidarmos coletivamente e das NOSSAS necessidades (e realmente precisamos disso, depois de toda essa merda!).

Recusamos cumprir o requisito de visibilidade a que estamos constantemente sujeito.a.s. Preferimos dar visibilidade ao trabalho invisível que reproduzimos continuamente. Interrompemos a competição exigida entre nós pela disseminação e reconhecimento de nossas pesquisas e praticamos a troca e o compartilhamento de conhecimentos incorporados em nossas vidas, bem como o reconhecimento de colegas de maneira horizontal.

Nós desocupamos esse lugar (ocupamos esse espaço) e o defendemos. Alguns dos organizadores apareceram no início da sessão, convencidos, ingênuos de que eram, que mesmo esse espaço e esse momento seriam dedicados a eles. Eles não podiam imaginar que os privilégios pudessem ser nomeados ali; as relações de poder, desafiadas; e a pedagogia para eles interrompida a tal ponto que eles pudessem se sentir desconfortáveis, deslocados, não bem-vindos, excluídos, expulsos a ponto de sair da sala.

Exigimos melhores condições para o trabalho de cuidar, o trabalho reprodutivo econômico, emocional e coletivo não reconhecido que fazemos para a universidade. Já enfrentamos uma multiplicidade de opressões na sociedade. Portanto, objetamos contra ter que administrar nosso trabalho para ter tempo livre para realizar trabalhos difíceis e gratuitos em um ambiente universitário chamado "amigável" e "progressista", mas que se revelou hostil e violento.

Estamos em greve contra a violência epistêmica; contra o trabalho não remunerado e não reconhecido que estamos realizando; contra o trabalho de justificação e pedagógico voltado para as classes dominantes; contra a precarização, a exploração e opressão sofridas pela.o.s trabalhadora.o.s universitária.o.s; contra o racismo, a islamofobia, o *pinkwashing* nas universidades. Estamos em greve contra essas dinâmicas, porque todas elas têm consequências materiais para nossas vidas como pessoas queer, trans, "racializadas" e precárias, muito além da universidade.

Graças à solidariedade e à criatividade que nos permitiram transformar parcialmente nossa frustração, nossa raiva e nossa dor em ferramentas de resistência, a ferida foi cauterizada. Estamos nos cicatrizando, mas por que aqueles que nos machucam não entendem a necessidade de questionar ou assumir a responsabilidade por suas ações? Nós não ficaremos calados. O pensamento e as teorias queer e trans, dentro e fora da universidade, estão enraizados em nossas experiências e devem ser desenvolvidos para apoiar nossas vidas e nossas lutas.

Eles não podem nos parar. Resistimos, rejeitamos a exploração do trabalho, fazemos greve, revidamos. O patriarcado-branco-heterocissexista-capacitista-capitalista perecerá e um mundo queer transfeminista e mais bonito verá a luz do dia.

[Segunda parte da declaração]

Queer? Não importa, está tudo bem...

Separar o "queer" das subjetividades e dos corpos queer para se tornar uma ferramenta abstrata de desconstrução que pode ser usada por qualquer pessoa para qualquer fim, este foi o "novo horizonte de estudos queer", que nos foi proposto na conferência de abertura.

Sejamos claros: como transfeministas, somos os.as primeiro.a.s a militar em grupos compostos por uma pluralidade de subjetividades diferentes. Acreditamos que o "queer", como prática política e epistemológica, pode ser praticado por todo mundo, embora emane de experiências corporais de sapatões, queers, bixas, butchs, loucas, travestis e pessoas trans, "racializada.o.s" ou não, desde que você se posicione, saiba reconhecer seus privilégios, pontos cegos e conluios que podem derivar desse posicionamento (inclusive com a melhor boa-fé do mundo, em todos os aspectos). Em suma, muito pelo contrário do que foi feito e reivindicado explicitamente pelos organizadores da conferência de Aquila.

Devemos ser claros sobre os interesses que nos motivam a estudar certas experiências quando elas não são nossas. Estamos cansados de todas essas tentativas de recodificar a neutralidade sob nomes falsos. Quem pode falar por quem? Com base em que interesses? Obviamente, a questão não é dizer que é preciso ser trans para estudar pessoas trans, gay para estudar gays, etc. O que estamos dizendo é que, se não questionarmos a posicionalidade, mesmo o conhecimento mais crítico e subversivo se tornará uma ferramenta a serviço das classes dominantes. A conferência do Cirque nos deu inúmeros exemplos disso.

Durante a conferência, vimos o termo "queer" sendo usado para designar algo vagamente não normativo, uma perspectiva qualquer crítica sobre esse ou aquele assunto, e mais particularmente práticas que pareciam "transgressivas" (qualquer que seja o significado atribuído a esse termo) aos olhos de muitos pesquisadores, sem nenhum traço de "queer" em sua abordagem metodológica ou sem que os contextos, métodos e epistemologias *straight* e conservadores sejam questionados.

Muito pelo contrário: eles foram mantidos no local para se passarem por "científicos".

"Queer" foi essencialmente reduzido ao seu significado original: "chocante", "estranho", "moralmente assustador". Essa manipulação do termo "queer" corre o risco de recair em atitudes queerfóbicas ou antiqueer. Ou não é precisamente uma atitude antiqueer que influencia essa interpretação do "queer"? É claro que a razão mais óbvia para esses atalhos é o fato de que, aos olhos de acadêmicos *straight*, o "queer" ser apenas um nicho entre outros a ocupar, algo "cool" e "intrigante". Por exemplo, algumas comunicações usaram o termo "queer" para legitimar indiretamente o sexo intergeracional e não consensual. Embora o estudo da pedofilia possa ser legítimo, nesse caso específico, a ligação entre estes trabalhos e a a noção de "queer", sinônimo de "qualquer coisa", está longe de ser clara. Tudo isso sem nenhuma preocupação com as questões éticas de tais pesquisas e sem nenhuma consideração pelas experiências de pessoas presentes no público que foram abusadas durante a infância, inclusive depois dessas se exprimirem.

O título da conferência era "O que há de novo nos estudos queer?". Foi um engodo. Nada de novo pode ser trazido por pessoas que não sabem do que estão falando! Mas o que isso nos diz sobre o significado da palavra "queer"? Quem é legítimo para qualificar sua pesquisa como "queer" e quem afirma ser dos "estudos queer"? Essa é a verdadeira questão por trás de "O que há de novo nos estudos queer?".

Estamos todos cientes do desejo da universidade de capitalizar o "queer", as experiências e os corpos de pessoas trans, especialmente mulheres trans na pobreza e mulheres trans não brancas. Sabemos em nossa carne como é ser tratado como objeto de estudo desumanizado. Como é ver nossas práticas de luta e resistência reduzidas a práticas estéticas despolitizadas. O pensamento que produzimos em nossas comunidades é roubado de nós e se torna matéria-prima e dados para alimentar especulações teóricas comercializadas posteriormente "vendidas" como "produções científicas". Atualmente, na Itália, em particular, estamos testemunhando uma tentativa de renovar o imperialismo epistêmico: a universidade italiana está tentando apagar as experiências de gêneros dissidentes e sexualidades excêntricas nas quais em que crescemos como ativistas e acadêmicos queer e provar que ela pode atender aos padrões anglo-saxônicos, o que o leva a produzir um padrão no que é "queer" ou o que deveria ser e reproduzir suas próprias hierarquias neste espaço.

Supremacia branca, apropriação cultural e racismo em todos os lugares, que nunca são questionados.

A conferência estava saturada de brancura, impregnada de apropriação cultural e apropriação do trabalho acadêmico de mulheres não brancas. Os falantes brancos se apropriaram da raça para torná-la legal (o "*transrace*" é o máximo!). Distorcendo de maneira grosseira os argumentos ou usando citações seletivamente para servirem seus propósitos de acordo com seus objetivos, mesmo que esses sejam contrários às teses dos teóricos não brancos que eles citaram. Por que a conferência não incluiu nenhuma pessoa negra entre seus participantes, quando as pessoas brancas presentes que se apropriaram das identidades afro e das teorias militantes de pensadores racializado.a.s se consideravam transgressores? Ao mesmo tempo, ouvimos dizer que atuar em outras culturas é radical porque "o queer é performance, portanto, então a raça também pode ser performada". A única pessoa de cor visível, uma mulher trans não branca, teve que explicar o imperialismo e o colonialismo à pessoa que reivindicou a *drag race* para fazê--lo entender como a performance do *"indian face"* das duas mulheres brancas do dia anterior, que projetava uma índia orientalista e imaginária, era o produto de uma apropriação cultural insultuosa e racista. Mas ele se recusou a ouvi-la e continuou a interrompê-la.

Tudo o que faltava era um toque de islamofobia. Isso foi feito com intervenções que legitimavam o discurso islamofóbico e deslegitimavam o ativismo anti-islamofóbico queer em nome da pseudoneutralidade que justifica o "pensamento" em nome da liberdade de expressão. Aqui, como em outros lugares, o ex-muçulmano LGBT foi usado para silenciar vozes muçulmanas e estranhas. Homens brancos praticaram a islamofobia e o *pinkwashing* com base na "opressão do Islã às mulheres e queers" para reforçar seus privilégios.

O circo dos malucos: trans patologizado.a.s e sexualizado.a.s

As apresentações sobre o temático trans italiana e/ou conferencistas trans italianos (neste caso, pessoas autoidentificadas como pessoas transmasculinas) foram colocadas nos painéis intitulados "sexualidades". A classificação "sexualidade" é problemática para a maioria das pessoas trans e, nesse caso específico, esse rótulo que lhes foi imposto exemplica um mal-entendido de corpos e experiências trans, porque misturar experiências trans e sexuais faz parte de uma referência médica. Também gostaríamos de enfatizar a total ausência de mulheres trans e pessoas transfemininas da Itália, enquanto pudemos assistir a uma comunicação sobre mulheres trans por uma pesquisadora cis incrivelmente transmisógina, putofóbica, classista e paternalista, que provocou a raiva de pessoas queer, trans e feministas na plateia. Quando foi solicitada a se posicionar em relação ao sujeito da pesquisa, a interveniente reafirmou sua experiência objetiva sobre o assunto, dizendo: "Eu sou um dos poucos não LGBT que estudam essas pessoas". Ela piorou a situação, explicando que é necessário um olhar externo para realizar pesquisas. Ao mesmo tempo, a pessoa que presidiu pediu às mulheres trans presentes que fossem pacientes e educassem a conferencista. O conhecimento produzido e legitimado pela conferência do Cirque, o conteúdo e as práticas implantadas ali não contribuíram para revelar as diferenças entre a opressão das subjetividades trans em geral e as específicas da Itália. Pelo contrário, os mecanismos específicos do contexto italiano que alimentam a opressão trans foram reforçados, em particular a fetichização de mulheres trans, que foram hipervisibilizadas como "objetos" de estudos realizados por pessoas cis (não trans), enquanto objetos de um discurso que economizava seus próprios termos; a masculinidade trans também foi apagada e invisibilizada. Tudo em um contexto cultural (italiano) em que todas as pessoas trans são apagadas, excluídas dos dispositivos educacionais ou incluídas com a condição de pagar o preço: microagressões, marginalização, excesso de trabalho e chantagem.

Sem documentos, sem wi-fi! Em abundância de violência administrativa

O comitê organizador se atreveu a pedir aos participantes que fornecessem fotocópias de seus documentos de identidade (sim, documentos de identidade!) com antecedência, para que pudessem ser registrados e terem acesso ao wi-fi durante a conferência. Em vez de se preocupar com a escolha do Aquila como local da conferência, os organizadores talvez devessem ter se lembrado da violência administrativa normalmente gerada pelos documentos de identidade, seja para pessoas trans, vítimas ou sobreviventes do terremoto de Aquila, em 2009, pessoas que se viram em campos administrados pelo exército, com toque de recolher e obrigação de mostrar seus documentos para sair e passar nos vários pontos de verificação distribuídos por toda a cidade.

A questão da tradução

Durante a conferência, nunca se abordou os problemas de tradução e nenhuma tradução foi fornecida. A questão da tradução não é apenas uma questão linguística, é uma questão política. As vozes dissidentes foram silenciadas devido a barreiras linguísticas. A universidade italiana está tão ocupada cumprindo os critérios internacionais anglo-saxões que a prioridade dos organizadores dessa conferência na Itália foi a acessibilidade das apresentações para o público de língua inglesa de uma perspectiva colonialista e monolinguística, influenciada pelo imperialismo linguístico do inglês na Itália. Tudo isso, apesar do fato de a escolha de Áquila como local da conferência enfatizar a história local e o renascimento das ruínas do terremoto de 2009. A questão da tradução deve ser melhor entendida como um meio de promover um intercâmbio aprofundado entre várias línguas, culturas e contextos intelectuais, e não como uma opção que não merece salário e que não é digna de reflexão, fazendo os organizadores dizerem que não havia dinheiro para tradução, sem pensar em soluções alternativas. Por que a questão da tradução não foi levada ao mesmo nível que a da alimentação ou da apresentação da conferência, em benefício dos participantes?

A violência sistêmica

Essa conferência foi mais uma manifestação da violência que enfrentamos diariamente, dos golpes que sofremos, inclusive na universidade. Os organizadores reproduziram todas as hierarquias, ignorando o fato de que somos precários por causa de opressões sistêmicas e hierarquias universitárias. Ser queer e trans nos relega ao fundo da cadeia alimentar. Mas o fundo da cadeia alimentar precisa comer. Queremos ser pagos pelo trabalho que fazemos. E faremos greve sempre que for necessário.

As transfeministas em greve na conferência Cirque (Aquila, de 31 de março a 2 de abril de 2017).

Texto traduzido por uma equipe fabulosa de tradutore.a.s entre Paris, Bolonha, Montreal e Bordeaux, formatado pelo NDQUV groupe ouest. Junho 2017.

Contato: *andystrikes2@gmail.com* | *baton@tutanota.com*

À BAS LA DICTATURE
DES NORMAUX

12
13
14
15
16
17
18

NDQUV

DECLARAÇÃO DE INDEPENDÊNCIA DO POVO DAS TWISTED LANDS

Vivemos horas sombrias. Velhos homens de cabelos grisalhos, braços carregados de livros, estão dispostos como peças em um tabuleiro de xadrez e nos pedem para nos abrigar rapidamente, porque a derrota da ordem retro/heterossexual e a vitória da Internacional Queer são iminentes. E eles estão certos, não encontrarão abrigo.

Vivemos horas sombrias. Foram necessários meses de discussões acaloradas apenas para os parlamentares decretarem que homossexuais poderiam ser transformados em casais gentis e submissos, mas sem filhos para criar. Porém, muito antes de nos autorizarem, já tínhamos criado e vivido no meio de redes de múltiplos afetos compostos por amigos, camaradas, irmãos, irmãs, bebês, amantes.

Vivemos horas sombrias. As sociedades heteropatriarcais e sexistas apenas descobriram a defesa da liberdade das mulheres para demonizar melhor os muçulmanos e militarizar as cidades. Mas a luta das mulheres contra a violência masculina sempre foi auto-organizada. Feministas, migrantes e homossexuais de todos os tipos já estão marchando juntos para destruir fronteiras e se mover livremente de um gênero ou território para outro.

Vivemos horas sombrias. Em alguns locais de trabalho, temos que fingir ser heterossexuais; em outros, somos obrigados a sacrificar nossa excentricidade em prol de nosso empregador, nos maquiarmos para responder aos caprichos do departamento de marketing. E, mesmo que um visual glamour underground, lesbo-chic ou gay aumente os lucros, sempre recebemos uma ninharia e nossas vidas permanecem precárias. Chega! Enquanto nos preparamos para a

Primavera Pink, dizemos: se realmente precisamos vender a nós mesmos, cabe a nós decidir como queremos nos vender e fixarmos o preço.

Nós, os queers bárbaros, os criativos exaustos, as boas velhas caminhoneiras, as velhas rainhas do baile sem dinheiro, as.os transeufórica.o.s, as megeras-de-casa, as butchs arruinadas, as prostitutas sobrecarregadas, as vovós rebeldes, os subcontratados precários: nós estamos unidos e proclamamos ao mundo a...

Declaração de Independência do Povo das Twisted Lands.

Somos bixas selvagens, feministas subaproveitadas, flores trans, clandestinas e sinceras: criamos genealogias e laços familiares além das espécies. Somos transecologistas, resistimos à radioatividade da família nuclear ao experimentar formas subversivas de afeto, prazer, solidariedade, relacionamentos. Nós somos os.as guerrilheiro.a.s da luta anal contra o capital.

Aproveitamos a criatividade das marcas de moda. No entanto, as condessas H&M e as rainhas Lulu Lemon (Repetto?) terão que se vestir sozinhas. Criadores e cabeleireiros, estilistas e vendedores, colocamos à disposição equipamentos temporários para o enterro da heterossexualidade compulsória. Lésbicas virtuosas e habilidosas, nós paramos de vender as mercadorias para lojas e marcas de ferramentas, posando com brocas, serras e martelos. Em vez disso, nós os usamos para construir espaços livres da competição e da exploração neoliberais. Já nos infiltramos na equipe editorial da imprensa feminina, na rádio comercial e na televisão popular nacional. Estamos interrompendo este programa sobre papéis de gênero e a programação de todas as novas identidades pré-construídas para anunciar um novo formato: A Subversão.

Através dos poderes que nos são conferidos, estamos abolindo o culto ao trabalho autônomo e a obrigação de transformar tudo o que somos e o que fazemos em habilidades comercializáveis. Minha buceta é minha start-up! A partir das migalhas de reconhecimento que as empresas e as políticas antidiscriminatórias nos concedem, fabricaremos cookies. Aconteça o que acontecer, decidimos assumir o controle de toda a loja de doces. Falamos em nosso próprio nome e reconhecemos, independentemente, outros em cada um de nós.

Para sempre, apreendemos o conhecimento que produzimos na Academia do Capital para colocá-lo novamente em livre circulação. Não seremos mais um objeto de estudo porque nossas vidas não podem ser reduzidas a nenhuma teoria: geramos autonomamente conhecimento "sobre nós", sobre animais humanos e não humanos e sobre o mundo. Coletiva e autonomamente, recuperamos nossos corpos, nossa capacidade de vir, criar, transformar.

Nos espaços de aconselhamento transfeminista/queer/bixa de conselho entre iguais, desconstruímos e reconstruímos nosso corpo com toda e qualquer prótese física e química que desejamos, reinventamos padrões estéticos, prazeres, o conceito de saúde e vamos subverter as práticas de cuidados.

Dur Labeur: por ocasião da Primavera Pink, declaramos a abolição da exploração através do trabalho. Estamos implementando o plano anual queer, que nos dá um lar, eletricidade, água, rosas, gardênias e flores para a luta perpétua de cada um, cada cérebro e cada peito. Estamos cansados de morar em apartamentos feios e muito caros: por isso, recuperamos as basílicas, os palácios, os prédios abandonados e os castelos para que todos os ocupem. Para cada um suas necessidades, seus desejos, suas fantasias.

Proclamamos o advento da descivilização. Rejeitamos a lógica que separa as culturas "avançadas" das culturas "atrasadas", tomando como pretexto os "direitos" das mulheres ou das chamadas "minorias" sexuais. Substituímos a linha reta do progresso por linhas oblíquas, curvas, passos de dança e vagabundagens.

Tomamos todo o espaço que precisamos. Bombeiros nas árvores, miau, despejos, tchau!

Nós, o povo das Twisted Lands, estamos invadindo o espaço público em excesso e em oposição a estilos de vida autorizados. Deixamos salas escuras, academias e retiros rurais, emergimos dos espaços autogerenciados nos quais fomos perseguidos, das ruas e calçadas, dos espaços circunscritos nos quais eles queriam nos guetizar. Estamos convergindo para a expansão constante de espaços comuns. Contaminamos cada local com nossa Fabulosidade: cada rua, cada avenida, cada esquina útil para redesenhar a geografia de nossos desejos e prazeres. Eles queriam nos deixar empoeirados dentro de casa? Eles nos encontrarão na rua espalhando as cinzas dos papéis de gênero.

Nós somos o grão de areia nas rodas da capital. Junte-se a nós e venha se fortalecer conosco!

Texto escrito num sábado, 21 de maio de 2016, em Bolonha, Itália, pela NatioAnal TransFeministLezzyFaggy Demo, traduzido e editado por NDQUV groupe ouest.

WE CUM EVERYWHERE!

Espaços, corpos e desejos auto-organizados.

NDQUV

WE ARE FROM GHETTO!
WE ARE THE GHETTO!

DADOS INTERNACIONAIS DE CATALOGAÇÃO NA PUBLICAÇÃO (CIP)
DE ACORDO COM ISBD

B767h Bourcier, Sam

Homo Inc.orporated: o triângulo e o unicórnio que peida / Sam Bourcier ; traduzido por Marcia Bechara. - n-1 edições; Crocodilo Edições, 2020.
288 p. ; 14cm x 21cm.

Tradução de: Homo Inc.orporated: Le triangle et la licorne (qui pète)
Inclui índice.
ISBN: 978-65-86941-01-2

1. Gênero. 2. Sexualidade. I. Bechara, Marcia. II. Título.

2020-1569 CDD 306.43
CDU 316.7

ELABORADO POR VAGNER RODOLFO DA SILVA - CRB-8/9410

ÍNDICE PARA CATÁLOGO SISTEMÁTICO:
1. Gênero : Sexualidade 306.43
2. Gênero : Sexualidade 316.7

n-1

O livro como imagem do mundo é de toda maneira uma ideia insípida. Na verdade não basta dizer Viva o múltiplo, grito de resto difícil de emitir. Nenhuma habilidade tipográfica, lexical ou mesmo sintática será suficiente para fazê-lo ouvir. É preciso fazer o múltiplo, não acrescentando sempre uma dimensão superior, mas, ao contrário, da maneira mais simples, com força de sobriedade, no nível das dimensões de que se dispõe, sempre n-1 (é somente assim que o uno faz parte do múltiplo, estando sempre subtraído dele). Subtrair o único da multiplicidade a ser constituída; escrever a n-1.

Gilles Deleuze e Félix Guattari

n-1edicoes.org
www.crocodilo.site